Diogenes Taschenbuch 24328

de
te
be

HANSJÖRG SCHNEIDER, geboren 1938 in Aarau, arbeitete als Lehrer und als Journalist. Mit seinen Theaterstücken, darunter *Sennentuntschi* und *Der liebe Augustin,* war er einer der meistaufgeführten deutschsprachigen Dramatiker, seine *Hunkeler*-Krimis führen regelmäßig die Schweizer Bestsellerliste an. 2005 wurde er mit dem Friedrich-Glauser-Preis ausgezeichnet. Er lebt als freier Schriftsteller in Basel.

Hansjörg Schneider

Hunkeler und der Fall Livius

Der sechste Fall

Roman

Diogenes

Die Erstausgabe erschien 2007 im Ammann Verlag, Zürich
Covermotiv: Foto von Tetra Images

*Die Personen und die Handlung
des vorliegenden Romans sind frei erfunden,
jede Ähnlichkeit mit realen Personen oder
Begebenheiten ist rein zufällig*

*Der Autor dankt Herrn
Kriminalkommissär Markus Melzl
für die Durchsicht des Manuskripts
sowie dem Zeitzeugen Herrn Oskar Runser
aus Knoeringue / Alsace für Hinweise
auf historische Begebenheiten*

Veröffentlicht als Diogenes Taschenbuch, 2015

info@diogenes.ch · www.diogenes.ch
In Fragen zur Produktsicherheit (GPSR):
truepages UG (haftungsbeschränkt)
Westermühlstraße 29, 80469 München
info@truepages.deh
ASR / 24 / 852 / 2
ISBN 978 3 257 24328 4

Peter Hunkeler, Kommissär des Kriminalkommissariats Basel, früherer Familienvater, jetzt geschieden, lag in seinem Haus im Elsass und schlief. Er merkte, dass er angenehm lag und es schön warm hatte. Er hörte etwas schnurren, das war die schwarze Katze, er spürte sie an seinen Kniekehlen. Er hörte ein Krähen, das war der Hahn Fritz im Hühnerstall. Er vernahm ein leises Schnarchen. Das war seine Freundin Hedwig, ihr Rücken hatte sich an seinen Bauch geschmiegt. Er öffnete die Augen und sah durchs Fenster draußen den Kirschbaum stehen, ein knorriges Geäst, kaum erkennbar im Nebel.

Gestern, fiel ihm ein, war Silvester gewesen. Sie hatten bis drei Uhr in der Wirtschaft in Zaessingue getanzt. Dann waren sie heimgetuckert auf Nebenwegen, weil sie reichlich Rotwein getrunken hatten zum Schweinebraten und um Mitternacht noch einen Crémant d'Alsace hatten knallen lassen. Die Gendarmerie verstand keinen Spaß, auch in den frühen Morgenstunden von Neujahr nicht.

Eine gute Nacht war es gewesen, ein übervoller Wirtsraum, Jung und Alt vereint. Eine Kapelle von ennet dem Rhein aus dem Markgräflerland, eine junge Frau an der Handorgel, ein alter Glatzkopf am Schlagzeug, der ihr Vater war oder ihr Liebhaber. Schützenliesl, drei Mal hat's gekracht Pumm Pumm Pumm, Prosit Neujahr! Die Musik war immer noch in seinen Ohren, die Bewegung des Tanzes in seinen Hüften, er fühlte sich müde, leicht und froh. Er schob sich näher an Hedwigs Leib heran, um wieder einzuschlafen.

Aber da war etwas, was die Ruhe aufriss. Ein Klingeln, er zählte mit, vier, fünf, sechs. Er gab es auf, er wusste, es würde nicht aufhören. Die Katze sprang vom Bett herunter, dehnte den Rücken und gähnte.

Er ging zum Telefon, das im Gang draußen an der Wand hing, ein schwarzer Festnetzapparat. Er hatte vergessen, den Stecker rauszuziehen. Er hob ab.

»Frohes Neujahr«, sagte er. »Wie spät ist es?«

Er vernahm ein kaum wahrnehmbares Kichern. Es war Korporal Lüdi.

»Tut mir leid, dass ich dich wecken muss. Es ist Viertel vor neun.«

»Und?«, fragte Hunkeler. Er hörte es draußen knallen. Das waren die Buben des Dorfes, die auf der Straße herumböllerten.

»Was knallt denn so in deinem friedlichen Elsass?«, fragte Lüdi.

»Alter Neujahrsbrauch. Schieß endlich los, ich will mich wieder hinlegen.«

»Ich fürchte, das geht nicht. Wir sind nämlich auf Pikett. Und wir brauchen dich.«

»Nein«, sagte Hunkeler, »mich braucht niemand mehr, außer der Katze und Hedwig. Die braucht mich als Bettflasche. Es hat die ganze Nacht kalte Luft hereingeweht.«

Wieder war das Kichern zu vernehmen, meilenweit entfernt, wie aus einem andern Erdteil. Hunkeler wusste, dass es nichts Gutes verhieß. Er spürte die Kälte des gefliesten

Bodens an den Fußsohlen, sie kroch ihm die Beine hoch in den Bauch.

»Die einen liegen in warmen Betten und schlafen gemütlich ihren Rausch aus«, sagte Lüdi, »und die andern müssen die Drecksarbeit machen.«

»Ich bin freigestellt für besondere Aufgaben. Weil meine Arbeitsmethoden scheint's nicht mehr tolerierbar sind. Das hat der Erste Staatsanwalt persönlich erklärt. Du hast es selber gehört.«

»Stimmt, tolerierbar bist du vielleicht nicht mehr. Aber wie gesagt, wir brauchen dich.«

Draußen knallte es wieder, direkt vor der Haustür.

»Moment«, sagte Hunkeler.

Er riss die Haustür auf und sah, wie einige Buben wegrannten.

»Salauds«, schrie er, »verdammte Saubande, Saugoofe.«

Dann musste er grinsen. Er wusste eben, was sich gehört, er, Kommissär Hunkeler, im Nachthemd vor seinem Haus, schimpfend mit den frechen Flegeln, vor sich den verschneiten Vorplatz, auf dem sich die Spuren der Bubenschar abzeichneten. Im Stall gegenüber brannte Licht, die Melkmaschine war zu hören. Der Bauer war also auch spät dran. Vermutlich hatte er zusammen mit seiner Frau bis in die Morgenstunden hinein bei Scholler in Knoeringue gesessen.

Hunkeler trat zum Nussbaum, um sich zu erleichtern. Dann ging er zurück ins Haus. Er holte in der Stube eine Zigarette und steckte sie an. Das hatte er seit Jahren nicht mehr getan, am Morgen auf nüchternen Magen. Irgendetwas war los, irgendein Schrecken. Sonst hätte ihn Lüdi nicht am Neujahrsmorgen geweckt.

»Also, was ist los?«, fragte er, als er den Hörer wieder in der Hand hielt.

»Du kennst doch die Schrebergärten an der Hegenheimerstraße, dicht an der Grenze. Du fährst dort vorbei, wenn du ins Elsass fährst.«

»Was soll das? Komm endlich zur Sache.«

»In allen diesen Gärten steht ein Häuschen, meist aus Holz. Man könnte in diesen Häuschen schlafen und zur Not sogar wohnen, aber erlaubt ist es nicht. Jedenfalls sind sie liebevoll ausgestattet mit Fähnchen und allerlei Andenken. Es sind Luxusvillen der armen Leute.«

»Was soll der Schwachsinn?«, schrie Hunkeler. »Wenn du es spannend machen willst, so sag's. Dann frühstücke ich vorher.«

Aber Lüdi ließ sich nicht beirren.

»Auf Parzelle B35 steht ein besonders schönes Häuschen. Es sieht aus wie ein Berner Chalet im Taschenformat, richtig heimelig. Es heißt Enzian. Es steht eine Fahnenstange davor. Daran hängt die Berner Fahne mit dem Bär drauf. Das ist nicht gestattet. Denn die Gärten liegen auf französischem Hoheitsgebiet.«

Hunkeler wartete. Er wusste, dass ihm nichts anderes übrigblieb. Lüdi musste zuerst Anlauf nehmen. Dieser Anlauf zog sich manchmal in die Länge.

»Bist du noch da?«

»Ja«, sagte Hunkeler, »ich habe alle Zeit der Welt.«

»Dieses Häuschen auf Parzelle B35 also gehört einem Anton Flückiger. Ursprünglich heißt er Anton Livius und stammt aus Ostpreußen, aus Tilsit genau. Das haben wir aus dem Einwohnerregister. Er ist nach dem Zweiten Weltkrieg in die Schweiz gekommen und hat sich in Rüegsbach im Emmental einbürgern lassen. Er ist über achtzig, Jahrgang 1922. Wohnhaft an der Dammerkirchstraße in Basel, vormals Magaziner bei einer Lebensmittelkette, ledig, ohne Nachkommen. Er spricht Berndeutsch. Das ist das, was wir bis jetzt wissen.«

»Warum erzählst du mir das?«

»Paul Wirz ist da, von der Gendarmerie in St-Louis. Er sagt, er kennt dich.«

»Natürlich kennen wir uns, aber was hat Monsieur Wirz mit Anton Flückiger zu tun?«

Wieder war das Kichern zu hören, es klang fast schadenfroh.

»Ein Monsieur François Bardet ist auf der Anfahrt. Aus Mulhouse. Er hat am Telefon gleich nach dir gefragt.«

Die Kälte hatte jetzt Hunkelers Gedärm erreicht. Er schlotterte plötzlich. Er brauchte dringend etwas Warmes, Heißes in den Magen.

»Bardet«, sagte er langsam. »Der befasst sich mit Mord.«

»Das ist genau der Punkt. Dieser Anton Flückiger nämlich, alias Livius aus Tilsit, der ist heute Nacht aufgehängt worden.«

»Wie aufgehängt?«

»Erst wurde er erschossen, mit einem glatten Schuss in die Stirn. Jedenfalls nehmen wir an, dass das zuerst geschah. Dann wurde er aufgehängt, an einem Fleischerhaken, den ihm jemand unters Kinn gerammt hatte. Am Balken über der Tür des Chalets Enzian. Als ob ein Stück Vieh da hängen würde.«

Eine halbe Stunde später saß Hunkeler am Küchentisch und schaute in den Nebel hinaus. Auf die weiß verschneite Wiese mit den braunen Hühnern drin, die er hinausgelassen hatte. Auf Kirschbaum und Weide, auf Birnbaum und Pappel, die kaum mehr zu erkennen waren. Ein Buchfinkenweibchen flatterte auf den Fenstersims, pickte ein paar Körner auf, die Hedwig hingestreut hatte, schaute kurz zu dem alten Mann, der am Tisch saß, und flog davon.

Er hatte Tee aufgegossen und Kaffee für Hedwig. Er hatte Feuer gemacht im Herd und dem Knacken des Tannenholzes gelauscht. Er hatte bedächtig einen Joghurt gegessen und Käse und Brot. Er hatte dies alles möglichst langsam getan, damit ja nichts die verschneite Morgenruhe beschädigen konnte, keine schnelle Bewegung, kein Klirren der Tasse.

Erst in die Stirn geschossen, dachte er, dann aufgehängt an einem Fleischerhaken. Oder umgekehrt? Erst aufgehängt bei lebendigem Leibe? Wie könnte jemand dies tun? Nein, das war unmöglich, der Mann hätte sich gewehrt.

Also erst der Schuss, der wohl nicht aufgefallen war bei der allgemeinen Knallerei an Silvester. Dann das Aufhängen. Aber wie hängt man einen toten Mann an einen Fleischerhaken? Wie viele Leute braucht es dazu? Zwei oder drei?

Hunkeler füllte den Katzen den Fressnapf nach. Die taten nichts anderes als fressen und schlafen zu dieser kalten Jahreszeit. Das war genau das, was er auch vorgehabt hatte. Und damit war jetzt wohl nichts.

Er steckte sich eine Zigarette an, nahm drei Züge und drückte sie wieder aus. Damit wollte er jetzt nicht wieder anfangen, mit der verdammten Raucherei schon am Morgen. Mit der atemlosen Hetzerei, dem Hecheln auf unsicherer Spur. Er würde sich nicht mehr hineinziehen lassen. Diesmal nicht, nein.

Die Tür ging auf, Hedwig kam herein im blauen Morgenmantel. Sie trottete zum Tisch, setzte sich, goss sich Kaffee ein und einen Schuss Milch und trank. Sie fasste ihn kurz ins Auge, scheinbar noch halb schlafend. Dann schenkte sie sich eine zweite Tasse ein.

»Was ist los?«, fragte sie.

»Ich muss zurück in die Stadt. Zu den Schrebergärten beim Grenzübergang nach Hegenheim. Dort hat sich ein alter Mann erhängt.«

Sie schaute ihn an, wortlos.

»Es hat ihn jemand erschossen und aufgehängt«, sagte er. »Heute Morgen haben sie ihn gefunden.«

Sie schnitt sich ein Stück Brot ab, strich Butter und Honig darauf, sie kaute sehr langsam.

»Wir haben abgemacht«, sagte sie, »dass wir uns bis Dreikönige nicht von der Stelle rühren. Nur Wandern durch den verschneiten Wald, sonst nichts.«

»Monsieur Bardet aus Mulhouse kommt her«, sagte er. »Er will mich sehen. Ich bin immer noch im Amt, ich beziehe Lohn.«

Sie tunkte die Messerspitze ins Glas und drehte sorgfältig den Honigfaden ab. Es fiel ihm auf, wie sehr er ihre Bewegungen mochte.

»Früher«, sagte sie, »wenn wir etwas abgemacht haben, habe ich mich gefreut wie ein Kind. Zum Beispiel zehn Tage Winterruhe in Hunkelers Haus im Elsass. Eine warme Ofenkunst. Eisblumen an den Fenstern. Eulenrufe in der Nacht.

Heute gelingt es mir nicht mehr, mich auf etwas zu freuen. Weil ich weiß, dass es nicht klappt.«

»Hör auf, ja?«, sagte er mit einer Schroffheit, die ihn selber überraschte.

»Siehst du?«, sagte sie.

Als er die Anhöhe zur Hohen Straße hinauffuhr, die Hésingue mit Altkirch verband, spürte er, wie die Antriebsräder durchdrehten. Unter dem Schnee lag Eis. Ein richtiger Winter also, er grinste zufrieden.

Oben beim Kreuz des St. Imber sah er einen Körper am Straßenrand liegen. Er trat voll auf die Bremse, er hätte ihn beinahe übersehen. Vorsichtig stieg er aus und näherte sich ihm. Es war ein großer, männlicher Dachs, den jemand totgefahren hatte. Er lag da, als ob er geschlafen hätte, vielleicht war der Körper noch warm. Dort, wo die Schnauze den Schnee berührte, leuchtete rot das Blut.

Er ließ das Tier liegen, stieg wieder ein und fuhr weiter. Bald würde ein Jäger vorbeikommen, der würde wissen, was mit dem Kadaver zu tun war.

Auf der Hohen Straße fuhr er im Schritttempo, so schlecht war die Sicht. Niemand überholte ihn, niemand kam ihm entgegen, er schien allein unterwegs zu sein. Bei Trois Maisons schaute er zum großen Riegelhaus hinüber, ob dort ein Licht brannte. Es brannte keines.

Er rollte langsam nach Ranspach hinunter, er hatte es nicht eilig. Es gefiel ihm, dieses Eingepacktsein im Nebel, es war wie ein Versteck. Das tote Tier kam ihm in den Sinn, Meister

Grimbart, der Pech gehabt hatte. Das graue Fell, die beiden Streifen über der Schnauze, das Blut im Schnee. Warum hatte er seinen Bau verlassen, was hatte er gesucht in der Kälte? Er hatte auf der Böschung gelegen wie ein Tier aus dem Märchen.

In der Ebene unten hatte sich der Nebel gelichtet. Der Schnee lag nur noch handhoch auf den Wiesen. Der Grenzübergang war unbewacht. Links die wieder aufgefüllte Kiesgrube, eine weiße Fläche, auf der Krähen hockten. Rechts die Lager der Baufirmen, zerlegte Krane, Lastwagen, gelbe Bulldozer. Vorne der Kiesturm aus hellem Beton, das Förderband ein schräger Strich. Ein Niemandsland die Grenze entlang, eine historische Absurdität im 21. Jahrhundert. Links lag der französische Kies im Boden, der von der Schweiz aus herausgeholt wurde. Ebenfalls links die Schrebergärten, von Schweizern bewirtschaftet. Weiter vorn, der Stadt zu, der Judenfriedhof.

Er sah die Autos von weitem. Mehrere Wagen der Gendarmerie, eine französische Ambulanz, drei Autos der Basler Polizei, darunter die kriminaltechnische Abteilung. Auch ein französischer Kommandowagen stand da, in einer Nische im Zaun. Das war wohl noch französischer Boden.

Zwei Gendarmen bewachten den Eingang. Es mussten Männer aus der Gegend sein, die sich auf Elsässisch mit aufgebrachten Gartenpächtern unterhielten.

Hunkeler trat zu Haller, der verlegen an seiner Luzerner Pfeife nuckelte.

»Ist Bardet schon da?«

»Ja«, sagte Haller, »auch Madame la Juge d'Instruction, Madeleine Godet. Die ist mit dem Kommandowagen eingetroffen. Und der Verbindungsmann Pierre Morath, Paul Wirz von der Gendarmerie St-Louis ist da. Eine Menge Techniker. Ein Journalist von der *Alsace*. Nur wir dürfen nicht hinein. Ich wünsche ein frohes Neujahr.«

Er grinste bitter, entflammte ein Streichholz und zündete sich die Pfeife an.

»Madörin sitzt drüben in der Blume. Er hat eine Sauwut, zudem ist er betrunken. Lüdi ist im Waaghof und sucht in den verschiedenen Karteien, wer denn dieser Anton Flückiger war. Ich denke, er hat Pech, denn an so einem Morgen liegt jeder normale Mensch noch im Bett.«

»Wo ist Staatsanwalt Suter?«

»In Davos, am Spenglercup. Er ist doch Eishockeyfan. Oder weißt du das nicht?«

»Doch«, sagte Hunkeler, »aber ich habe es vergessen. Ich habe sogar vergessen, dass ich Polizist bin.«

Haller nahm die Pfeife aus dem Mund und spuckte auf den Boden.

»Hör mal, Hunki«, sagte er. Aber der hatte sich schon abgewandt und überquerte die Straße.

Rechts lag der Laden vom Garten-Walther, der geschlossen hatte. Es gab nichts anzupflanzen, der Boden war gefroren. Links ein kleiner Backsteinbau, Stadtgärten-West stand auf einer Tafel. Dazwischen die Wirtschaft Blume. Es war eine Baracke mit Ölofen in der Mitte, mit Stammtisch links und Theke rechts. Jassteppiche hingen an der Wand, das Zweierli Merlot kostete 3.80. Eine Vereinskneipe also, sonst wäre der Wein nicht so billig gewesen.

Der Stammtisch war voll besetzt. Ältere Männer, vor sich Bier oder Kaffee mit Schnaps. Am Nebentisch ein Mann in violetter Jacke. Er trug einen Borsalino auf dem Kopf und sprach italienisch in ein Handy.

Detektivwachtmeister Madörin saß hinten in der Ecke vor einem Bier.

»Was tust du hier?«, fragte Hunkeler.

»Das siehst du doch, saufen.«

Hunkeler bestellte Kaffee.

»Ich habe dich noch nie am Morgen Bier trinken sehen.«

»Wer bin ich denn? Bin ich der letzte Dreck? Ich bin jetzt 26 Jahre im Dienst und habe keinen einzigen Tag gefehlt. Was meinen diese Elsässer Waggisse? Ist dieser Flückiger ein Schweizer oder nicht? Sind das unsere Leute oder nicht?«

Er hob den Blick, ein Dackel mit traurigen Augen, den jemand in den Hintern getreten hatte.

»Ich habe mich um vier ins Bett gelegt, mit einigem Alkohol intus. Um acht rief Lüdi an und sagte, in den Familiengärten West hänge einer an einem Dachsparren. Ich bin gleich hingefahren, ohne Frühstück. Ich war der Erste am Tatort.«

»Bist du wahnsinnig geworden?« Hunkeler schrie es fast, so dass die Männer am Stammtisch herüberschauten. »Bist du verrückt geworden?«

»Warum? Er hätte doch noch leben können. Die französische Ambulanz ist erst um halb neun gekommen. Ich habe sie von weitem gehört und bin abgehauen.«

»Wenn das rauskommt«, sagte Hunkeler, »bekommen wir größte Schwierigkeiten. Die lassen sich nicht gern in die eigene Suppe spucken. Das ist französisches Hoheitsgebiet. Da ist die Gendarmerie zuständig oder die Police Nationale. Aber nicht du.«

»Eben. Drum besaufe ich mich. Was kümmert es mich, wer den Kerl aufgehängt hat? Ich fahre jetzt gleich ins Kleinbasel hinüber und setze mich im Schwarzen Bären zum Pack.«

Er bestellte ein weiteres Bier.

»Pass auf«, sagte Hunkeler, »du bist im Dienst.«

»So, bin ich das?«

Hunkeler deutete zu einem Glatzkopf am Stammtisch hinüber.

»Wer ist das dort drüben? Kennst du den?«

»Wen?«

»Den Dicken mit der Glatze. Er hat mir zugenickt.«

»Was kümmert mich das?«

Hunkeler rührte zwei Zucker in den Kaffee. Er tat es sehr sorgfältig, er brauchte Zeit zum Überlegen.

»Ich habe Weihnachten im Emmental verbracht«, sagte Madörin, »mit meiner Frau zusammen, bei meiner Tochter. Die hat dort ganzjährig ein Häuschen gemietet. Sie will ihren Kindern eine ländliche Umgebung bieten, damit sie nicht ganz verstädtern. Und jetzt das.«

»Jetzt was?«

»Jemand hat ihm einen Fleischerhaken ins Kinn gerammt. Jemand hat ihm damit beinahe den Kopf abgerissen. Auch von der Stirn ist nicht mehr viel da. Der Schuss muss aus nächster Nähe abgegeben worden sein.«

Er hob den Blick, gequält, verzweifelt.

»Was ist das für ein Beruf? Kannst du mir das sagen? Da verbringst du geruhsame Tage im Emmental. Nur Schnee und Wind und Tannenwald. Und dann das.«

Hunkeler hatte sich wieder gefasst.

»Kamerad«, sprach er, »wir gehören beide dem Basler

Polizeicorps an. Wir halten zusammen, auch wenn wir uns manchmal anschreien. Fahnenflucht gibt es nicht. Ist das klar?«

Madörin nickte.

»Danke dir, Kamerad.«

»Und nun der Reihe nach. Hat der Mann noch gehangen, als du kamst?«

»Meinetwegen. Aber ich brauche noch ein Bier.«

»Nein. Kaffee.«

Er winkte der Kellnerin und bestellte Kaffee. Madörin schüttelte ein paar Mal den Kopf. Dann war er bereit.

»Es waren zwei Rentner da. Martin Füglistaller und Jürg Stebler. Die haben in der Hütte nebenan übernachtet. Die haben ihn heruntergenommen. Dann haben sie angerufen, Lüdi hat abgenommen. Er hat mich angerufen und die französische Ambulanz und anschließend in der Einwohnerkartei nachgeschaut. Es scheint ursprünglich ein Ostpreuße zu sein.«

»Bitte langsam und der Reihe nach. Ich bin auch erst um drei ins Bett gekommen.«

Madörin nahm mit zittrigen Händen die Kaffeetasse und trank.

»Also gut. Ich habe geparkt. Dann bin ich hineingegangen, das Tor stand offen. Ich habe niemanden gesehen. Es gab nur wenige Spuren im Schnee. Zwei waren von einer Frau oder einem Kind und einem Mann. Sie sind nebeneinander bis zum Ausgang gegangen. Sonst war alles frisch verschneit.«

»Hast du gesehen, woher diese zwei Spuren kamen?«

»Ja. Sie kamen von Parzelle B26. Parzelle B26 liegt links,

Parzelle B35 rechts, weiter hinten. Dort hat es mehrere Spuren gegeben, bis zu den Parzellen B37 und B39. Es waren auch Spuren da, die Richtung Elsass geführt haben. Ich habe nicht groß darauf geachtet. Füglistaller und Stebler waren eben daran, auf B35 die Berner Fahne herunterzuholen, als ich aufgetaucht bin. Der Tote lag quer vor dem Eingang zur Hütte auf den Steinplatten. Auf dem Rücken, in einem blauen Trainingsanzug. Blut ist keines mehr geflossen, aber die Steinplatten waren voll davon. Schnee lag dort keiner, der Vorplatz ist überdacht. Der Haken lag neben dem Kopf. Die Tür stand offen, die beiden Idioten sind in der Hütte herumgetrampelt. Sie sind auf dem ganzen Vorplatz herumgetrampelt. Das Einzige, was ich feststellen konnte, war, dass jemand neben dem eingepackten Rosenstrauch in den Schnee gepinkelt hatte. Und zwar war dieser Jemand ein barfüßiger Mann.«

»Und in der Hütte drin?«

»Da war am meisten Blut. Ich habe das Schussloch gesehen, in der Wand gegen Norden. Eine dünne Holzwand, es war ein glatter Durchschuss.«

»Hat jemand in der Hütte übernachtet?«

»Eindeutig ja. Auf einem Klappbett. Es war umgefallen. Die Decke lag auf dem Boden. Seltsam war, dass diese Decke einen rot-weiß karierten Überzug hatte. Meine Großmutter hat auch solche Überzüge gehabt.«

»Seltsam«, sagte Hunkeler, »ein alter Mann mit bewegtem Lebenslauf, der sich ein gemütliches Stück Emmental aufbaut, wird wie ein Kaninchen geschlachtet.«

»Das ist noch nicht alles«, sagte Madörin, und es war klar zu sehen, dass er sich wieder in seinen Beruf zurückgeredet hatte, ein scharfer, zäher Dackel. »Es hat alles so ausgesehen, als ob sich einer zu später Stunde zum Schlafen hingelegt hätte. Gut, das Faltbett war umgekippt, auch ein Stuhl lag am Boden. Auf dem Tisch standen zwei leere Bierflaschen und drei Gläser, daneben eine fast leere Chiantiflasche. Eine Schachtel Kopfwehtabletten lag da, ein Wasserglas, in dem noch Reste eines weißen Pulvers zu sehen waren. Ich habe ja nur wenig Zeit gehabt, aber das habe ich genau gesehen.«

»Sehr gut.« Hunkeler nickte anerkennend.

»Hör bitte auf, verarsche mich nicht.«

»Wie kommst du da drauf?«

Aber Madörin schob das weg. Er war jetzt auf der Fährte.

»An der Wand rechts hingen Ansichtskarten, alle aus Thailand. Und Fotos von thailändischen Schönheiten, alle nackt.«

»Schau an«, sagte Hunkeler, »ein Lebemann also.«

»Daneben hing ein Apothekerkasten, weiß mit rotem Kreuz drauf. Am Boden darunter lagen Arzneimittel, der Kasten war leer. Ich habe kurz hingeschaut, was da alles herumlag. Pillen gegen hohen Blutdruck, Vitaminpillen, Magnesium. Zwei Packungen Kondome.«

»Er hat sich fit gehalten«, sagte Hunkeler, »und offenbar ist es ihm gelungen.«

»Ja, aber etwas hat gefehlt.«

»Was?«

»Was wohl? Denk mal nach.«

»Ach so. Das Potenzmittel.«

»Siehst du?« Madörin hatte jetzt Oberwasser, er genoss seinen Triumph. »Ich habe gesucht in seinen Hosentaschen. Da war nichts. Aber in seiner linken Jackentasche war es. Hier ist es.«

Er legte die Schachtel auf den Tisch.

»Bist du wahnsinnig?«, schrie Hunkeler. »Das ist Entwendung von Beweismaterial.«

»Das ist mir egal. Ich habe Handschuhe getragen.«

»Das kann dich Kopf und Kragen kosten.«

»Ach was. Wer zu spät kommt, ist selber schuld.«

Hunkeler knallte seine Kaffeetasse auf den Tisch, so dass sie beinahe zerbrochen wäre.

»Wie stellst du dir das vor?«, brüllte er. »Wie sollen wir das erklären?« Er steckte sich eine Zigarette an, zog tief den Rauch ein. Dann, sehr leise: »Ein Basler Detektiv, der auf einem französischen Tatort herumtrampelt. Der Skandal ist perfekt.«

»Stimmt nicht. Ich bin herumgeschlichen.«

»So? Und die beiden Pächter, Füglistaller und Stebler? Die haben dir zugeschaut.«

»Das kann schon sein. Aber die werden das Maul halten. Die hatten ein schlechtes Gewissen.«

»Warum?«

»Das weiß ich nicht. Aber sie hatten etwas zu verbergen vor mir, das habe ich gemerkt.«

»Was denn? Was hatten sie zu verbergen?«

Madörin zuckte mit den Achseln.

»Keine Ahnung. Sie haben herumgedruckst, ich habe es genau gesehen. Füglistaller hatte immer noch die Fahne in der Hand, als ich abgehauen bin.«

»Sind sie nicht mit dir weggerannt?«

»Nein. Stebler hat gesagt, sie wollten noch ein bisschen Totenwache halten. Bezahlst du mir den Kaffee?«

Hunkeler dachte an den Dachs, der im Schnee gelegen hatte. An das Blut um die Schnauze, das den Schnee geschmolzen hatte. War das Tier selber auf die Böschung gekrochen, mit letzter Kraft, um sich zu retten? Oder war es vom Fahrer von der Straße geschleppt worden? Hatte er weiterfahren können, so ohne weiteres, nach dem schweren Aufprall?

Wann hatte es überhaupt zu schneien aufgehört an diesem Morgen? Nach drei, als er mit Hedwig heimgetuckert war, war die Luft noch voller Schneeflocken gewesen.

Madörin, der kurz nach acht am Tatort gewesen war, hatte zwei Spuren gesehen, von einer Frau und einem Mann. Sie hatten von Parzelle B26 zum Ausgang geführt. Also hatten die beiden den Garten vermutlich nach drei verlassen. Oder hatte es in der Ebene unten früher aufgehört zu schneien als oben auf der Hohen Straße?

Er erhob sich, ging zum Stammtisch hinüber und setzte sich auf einen freien Stuhl.

»Darf ich?«

»Aber selbstverständlich, Herr Hunkeler«, sagte der Glatzkopf, »wir kennen uns ja.«

»Ach so?«

»Ich bin doch Ihr Nachbar. Ich wohne auch an der Mittleren Straße. Ich sehe Sie jeweils, wenn Sie zum Joggen in den Kannenfeldpark gehen. Mein Name ist Cattaneo, Ettore Cattaneo.«

»Ach so, ich erinnere mich. Sie haben doch diese kleine, lustige runde Frau, nicht wahr?«

»Nein, die ist tot.«

Ein Schimmer huschte über die Augen des Mannes, ein Nebelschleier, Wasserschleier. Er war gegen achtzig, gedrungen, mit rotem, aufgeschwemmtem Gesicht. Dreitagebart, weiße Stoppeln. Warmes Sporthemd, schwarz-weiß kariert. Wattierte Jacke, schwere Schuhe an den Füßen, das Gummiprofil hatte sich auf dem Parkett nass abgezeichnet. Eine Vibramsohle, ein Bergsteigerprofil.

»Ach so«, sagte Hunkeler, »das tut mir leid.«

»Das ist schon vier Jahre her. Das Leben geht weiter, ich habe mich neu verliebt.«

»Ich gratuliere.«

»Danke, wir kommen gut aus miteinander. Darf ich Ihnen die Herren vorstellen?«

»Gern, wenn Sie gestatten, dass ich mir die Namen notiere.«

Er zog sein Notizheft heraus, das mit den blaukarierten Seiten. Er schaute sich die Herren an. Alte, gezeichnete Männer mit schweren Händen. Zwei trugen einen doppelten Ehering, das waren Witwer. Unrasiert waren sie alle und übernächtigt.

»Warum sitzen Sie hier und liegen nicht im Bett?«, fragte er.

»Beat hat es auf Radio Basilisk gehört«, sagte Cattaneo. »Der hat ein paar angerufen. Schließlich wollen wir wissen, was im Garten läuft.«

»Und die andern?«

»Ein paar haben im Garten übernachtet. Ausnahmsweise, weil Silvester war. Wie ist es überhaupt, wenn man fragen darf, führen Sie die Untersuchung? Oder macht das Paul Wirz aus St-Louis oder dieser Gockel aus Mulhouse? Wie heißt er schon wieder?«

»Bardet«, sagte sein Nachbar, »die Arroganz in Person.

Wir sollen uns zur Verfügung halten. Wie lange denn? Wer schaut hier eigentlich zum Rechten?«

»Dieser Anton Flückiger«, sagte Hunkeler, »was war das für einer?«

»Der war einer von uns«, sagte Cattaneo. »Stimmt es, dass sie ihm den Kopf abgerissen haben?«

»Nun mal der Reihe nach«, sagte Hunkeler, »schön langsam bitte.«

Er nahm einen Stift und notierte, was er hörte.

Werner Siegrist, Schreibwarenhändler am Blumenrain, Präsident des Vereins Stadtgärten-West. Der, der gefragt hatte, wer hier zum Rechten schaue. Dichtes, weißes Haar. Café crème.

Matthyas Schläpfer, Graphisches Büro, Bachlettenstraße, Vizepräsident, doppelter Ehering. Kaffee Schnaps.

Rudolf Pfeifer, Schreinermeister, Lothringerstraße. Doppelter Ehering. Schwarztee.

Beat Pfister, Antiquariat und Trödel, Hegenheimerstraße. Ehering. Kaffee Schnaps.

Alle in Rente, notierte Hunkeler, brave, gestandene Leute, les petites gens.

»Halt«, sagte er, »ich habe noch etwas vergessen. Was waren Sie von Beruf?«

Ettore Cattaneo, notierte er, Chemikant, Mittlere Straße. Neu verliebt, daher ohne Ring. Kaffee Schnaps.

»Wie ist das?«, fragte Siegrist. »Nützt das, was Sie hier aufschreiben, überhaupt etwas? Wenn Sie doch nicht die Untersuchung leiten?«

»Da die Gärten auf französischem Gebiet liegen«, erklärte Hunkeler, »hat die Gendarmerie St-Louis die Verantwortung.

Bei Mord die Police Nationale Judiciaire Mulhouse. Da das Opfer ein Schweizer Bürger ist, wird Mulhouse mit dem Basler Kriminalkommissariat zusammenarbeiten. Dafür gibt es einen Verbindungsmann. Er heißt Pierre Morath, wohnt in Village-Neuf und hat ein Büro im Spiegelhof. Die Police Nationale wird ein Rechtshilfeersuchen stellen. Der Staatsanwalt wird darauf eingehen. Das wird sich alles geben. Übrigens waren es zwei Schweizer Pächter, die den Toten gefunden haben. Füglistaller und Stebler. Hat jemand heute Morgen die beiden gesehen?«

Sie überlegten ziemlich lange. Sie kratzten sich hinterm Ohr, am Hals. Sie nahmen einen Schluck vom Bier, vom Kaffee.

»Hat sie jemand gesehen?«, fragte Schläpfer. »Ich nicht, ich habe sie nicht gesehen.«

Sie schüttelten alle den Kopf, keiner hatte sie gesehen. Hunkeler wartete, er ließ sie schmoren.

»Jetzt habe ich gemeint«, sagte er dann, »ein paar hätten im Garten übernachtet und gemeinsam gefeiert.«

»Hat einer von euch im Garten übernachtet?«, fragte Siegrist.

Nein, es hatte keiner im Garten übernachtet.

»Ich habe gehört«, insistierte Hunkeler, »dass Füglistaller und Stebler ihre Hütten gleich neben B35 haben. Ist das nicht so?«

»Doch, Füglistaller hat B37 und Stebler B39«, sagte Siegrist. »Sie brauchen ja nur auf dem Plan nachzuschauen, dann wissen Sie es.«

»Eben ja. Ich verstehe schon, dass Sie Ihre Kameraden schützen wollen. Aber so geht das nicht.«

»Gut«, sagte Siegrist, »Sie werden es ohnehin erfahren. Füglistaller hat Kaninchen gehalten, obschon das nicht gern gesehen wird. Es ist gestattet, Kleintiere zu halten, wenn der Halter Mitglied eines Kleintiervereins ist. Und das ist er. Beat Pfister hält ja auch Enten.«

»Stimmt«, sagte Pfister, »und die Enten haben es gut bei mir.«

»Füglistaller hat seine Kaninchen so gern gehabt, dass er sie nicht selber gegessen hat. Er hat jeweils zwei aufs Mal geschlachtet. Er hat sie an Fleischerhaken aufgehängt und ihnen das Fell über die Ohren gezogen. Dann hat er sie verschenkt. Das ist gutgegangen bis zum ersten Advent. Oder wann war es?«

»Stimmt nicht«, sagte Pfister, »es war der zweite Advent. Es war schon kalt. Es fiel der erste Schnee. Jedenfalls lagen an jenem Sonntag alle 14 Kaninchen tot vor der Hütte. Alle zusammen, es waren schöne Schweizer Schecken, mit weichem Fell. Alle durch einen Schlag ins Genick getötet. Man hätte die Tiere noch ohne weiteres essen können, aber Füglistaller wollte sie nicht hergeben. Er hat alle im Garten begraben. Obschon das ja verboten ist.«

»Das ging schon«, sagte Siegrist, »das Loch war tief genug.«

»Wer könnte die Tiere umgebracht haben?«, fragte Hunkeler.

»Keine Ahnung«, sagte Siegrist.

Hunkeler wartete eine Weile. Dann schloss er sein Notizheft und steckte es in die Tasche. Es war klar, dass hier nichts mehr zu erfahren war.

»Nur etwas noch«, sagte er. »Gibt es etwas wie eine Gartenordnung?«

Siegrist nickte, ohne aufzuschauen.

»Dort, die Wirtin hat eine.«

»Also dann«, sagte Hunkeler fröhlich. »Wir sehen uns bestimmt bald wieder.«

Er ging zur Theke und wollte bezahlen.

»Schon gut«, sagte die Wirtin, »ist schon bezahlt. Hier ist die Familiengartenordnung.«

Sie zeigte auf das Heft, das sie hingelegt hatte.

Die Menschentraube draußen hatte sich vergrößert, die Mordtat hatte sich herumgesprochen. Die Leute schwiegen, als sie ihn kommen sahen. Sie schauten ihn aus bösen Augen an.

»Endlich«, sagte einer, »endlich taucht einer auf von den Basler Tschuggern. Was macht ihr denn, seid ihr eingeschlafen? Meint ihr, wir wollen den Mord den Waggissen überlassen? Das war einer von uns.«

Hunkeler blieb stehen und schaute sich den Mann an. Um die siebzig war er, kräftig gebaut, in grüner Jägerjacke.

»Ich bin hier gewählter Arealwächter. Widmer, Walter heiße ich. Die Pächter haben meinen Anweisungen unbedingt Folge zu leisten. Übrigens ist es verboten, im Garten eine Schusswaffe zu tragen.«

»Klar«, sagte Hunkeler, »im Garten drin ist ja alles verboten, nicht wahr?«

»Wollen Sie mich verarschen, was? Sie Tschugger.«

»Aber nein. Warum denn?«

Er schob den Mann zur Seite und trat zu Haller.

»War der dicke Hauser da?«

»Nein, bis jetzt noch nicht.«

»Wenn du Verstärkung brauchst, ruf an. Es müssen einige auf Streife sein.«

»Ich habe schon mehrmals angerufen. Sie haben alle gearbeitet bis in den Morgen hinein.« Haller klopfte umständlich die Pfeife aus. »Was meinst du, wie viele Leute würde es brauchen, um den ganzen Garten abzuriegeln? Zwanzig oder dreißig?«

»Aber den dicken Hauser lässt du nicht hinein. Diesmal nicht.«

»Wenn er hineinwill, kann er irgendwo über den Zaun klettern.«

Es war heller geworden und merklich wärmer. Im Westen hing dunkles Gewölk. Links der Betonturm des Kieswerks, weiter nördlich das dunkle Band der Vogesen. Rechts durch den Hag sah man die Grabsteine des jüdischen Friedhofs, dahinter den Kamin der Kehrichtsverbrennung. Dahinter die langgezogenen Berge des Schwarzwaldes, die seltsamerweise in der Sonne lagen. Föhn wohl, oder war es der warme Westwind, der vom Meer her kam?

Hunkeler ging durch die Roggenburgerstraße. Links und rechts standen Mietshäuser, fünfstöckig, mit hellen Wohnungen und Spielplätzen. Schaukel, Rutschbahn, Sandgrube, der übliche Kram. Er hatte eine Zeitlang auch in einer solchen Wohnung gelebt, drüben an der Markircherstraße, mit Frau und Tochter. Isabelle hieß sie, er hatte sie seit Jahren nicht mehr gesehen.

Der Himmel hatte sich verfinstert, die dunklen Wolken schoben sich über die Stadt. Plötzlich fiel Schnee, nicht sanft und leise, es waren keine schaukelnden Flocken. Graupelschauer nennt man das wohl, dachte er, es rieselt. Er zog die Kapuze über den Kopf.

Vorn neben der Kurve stand die Baracke des Robinsonspielplatzes. Da war er ein paar Mal hingegangen, zusammen mit seiner Tochter. Vor Jahren war es gewesen, oder hatte er es nur geträumt? Jetzt, an diesem Neujahrsmorgen, schien die Baracke leer zu sein. Daneben lag der Raum der Cannibal Frost, einer Heavy-Metal-Band, die man auf dem Kriminalkommissariat zur Genüge kannte. Ruhestörung noch und noch. Die Mieter der umliegenden Wohnungen hatten es durchgesetzt, dass die Band nur bis 22 Uhr spielen durfte. Aber dann wollte diese erst anfangen. Jede Menge Sachbeschädigungen, wenn im Viertel etwas kaputtging oder gestohlen wurde, waren es die Cannibals gewesen.

Hunkeler kannte die Band ein bisschen. Die Burschen gefielen ihm nicht schlecht. Nur fand er ihre Musik zu laut. Jetzt schien der Raum leer zu sein, es war kein Licht zu sehen. Vielleicht lag es auch am Graupelschauer. Es trommelte herunter, dass man keine zwanzig Meter weit sah.

Als er die Hegenheimerstraße Richtung Wirtschaft Luzernerring überquerte, raste ein Kleinwagen heran. Er rettete sich mit einem Sprung aufs Trottoir. Das war der dicke Hauser gewesen, die schnellste Kamera Basels. Er war unterwegs für die Zürcher Boulevardzeitung.

Hunkeler blieb einen Augenblick stehen und schaute dem Auto hinterher. War er tatsächlich ein Vater gewesen, überlegte er, der mit seiner kleinen Tochter auf den Robinsonspielplatz gegangen war? Nein, war er nicht, er hatte es bloß geträumt. Er grinste bitter. Er konnte seine Vergangenheit nicht mehr ändern. Oder höchstens in der Erinnerung.

Er schaute zurück zur Baracke, fast sehnsüchtig. Einige Hütten, von Kindern erbaut, hingen immer noch in den Bäumen.

Er betrat die Wirtschaft und setzte sich rechts an einen Tisch. Eine aufgeräumte Stimmung war hier drin, fast sonntäglich. Tatsächlich war Sonntag heute, fiel ihm ein, ein sonntäglicher Neujahrstag. Die Tische waren blankgefegt, im Kachelofen knisterte ein Feuer. Nur ein paar Fasnachtsbändel an den Lampen oben waren von der Silvesternacht übriggeblieben.

Mara kam an den Tisch und fragte, was er wünsche. Sie bediente hier seit über dreißig Jahren, sie kam aus Ex-Jugoslawien. Er hatte sie schon oft fragen wollen, ob aus Serbien, Kroatien oder dem Kosovo. Er hatte es bleibenlassen, er wäre sich blöd vorgekommen dabei.

Er bestellte Wasser, er hatte Durst. Der kam wohl vom Crémant d'Alsace.

»Schön«, sagte er, »dass ihr aufhabt am Neujahrsmorgen.«

»Schon seit neun«, sagte sie. »Der Wirt ist erst seit einem halben Jahr hier, der gibt sich noch Mühe.«

Sie blieb stehen an seinem Tisch, sie richtete sich die Frisur.

»Warum bist du hier? Hast du etwas mit dem Mord in den Gärten zu tun?«

»Ja, aber nicht direkt. Es ist französisches Hoheitsgebiet.«

»Stimmt es, dass sie ihn geköpft haben?«

»Wer sagt das?«

»Ich habe Radio Basilisk gehört. Ich habe den Toni Flückiger gut gekannt.«

»Ach so?«

»Er hat gleich um die Ecke an der Dammerkirchstraße gewohnt. Er war Stammgast hier. Er hat stets dort hinten in der Nische gesessen.«

»Was hat er getrunken?«

»Armagnac. Immer nur einen. Im Schwenker. Es trinkt sonst niemand Armagnac hier. Die Flasche war ausschließlich für ihn da.«

Wieder strich sie sich die Frisur zurecht, verlegen. Ihr Haar war grau geworden, fiel ihm auf, aber Charme hatte sie noch immer.

»Du hast ihn gemocht, nicht wahr?«, fragte er.

Sie nickte.

»Er war ein Frauentyp, er hat den Frauen gefallen. Manchmal ist er über eine Stunde dagesessen, ohne mit jemandem zu reden. Ich hätte ihm gerne geholfen, aber er wollte sich nicht helfen lassen. Ein paar Mal hat er geschrieben.«

»Was geschrieben?«

»Postkarten, Ansichtskarten. Mit dem Basler Münster und dem Rhein drauf.«

»Hast du gesehen, was für eine Adresse es war?«

»Nein, ich wollte nicht unverschämt sein. Ich habe ihn in Ruhe gelassen.«

»Wie hat er geredet?«

»Berndeutsch, sehr breit, wie vom Lande. Aber er ist irgendwie fremd gewesen. Fremd in seiner Haut, fremd hier in Basel. Ich habe das genau gespürt, ich bin auch fremd hier.«

»Und warum erzählst du mir das?«

»Weil ich mit jemandem darüber reden muss. Der hat keiner Fliege etwas getan.«

Sie schaute ihn noch einmal an, fast flehend. Dann ging sie zurück zur Theke. Er sah ihr nach, wie sie ging. Seltsam, dachte er, sie ist nicht alt geworden. Wie hat sie das geschafft?

Armagnac? Warum Armagnac? Wie kam Anton Flückiger dazu, diesen französischen Edelbrand zu trinken?

Am Stammtisch drüben hockte ein jüngerer Mann vor einem Bier, den Kopf vornübergebeugt. Er schien zu schlafen. Den Hut hatte er auf dem Tisch liegen.

Hunkeler griff zur Familiengartenordnung und fing an zu lesen.

Das Areal der Stadtgärten-West, las er, ist vom baselstädtischen Baudepartement gepachtet. Für das geordnete Funktionieren ist die Staatliche Kommission für Familiengärten SKF zuständig. Diese schließt mit den Pächtern einen Pachtvertrag ab. Ausführendes Organ ist die Abteilung für Familiengärten AF.

Grund für eine fristlose Kündigung des Pachtvertrages sind u. a. Tätlichkeiten, Verunkrautung oder allgemein Unordnung.

Folgende Gartenhaustypen sind erwünscht: Chalethaus, Chalethaus mit integriertem Vorbau, Haus mit Pultdach, Langhaus. Länge 3,50 Meter, Breite 2,50 Meter, Höhe 2,80 Meter ab höchster Terrainhöhe.

Pro Garten ist eine angebaute Pergola mit oder ohne Bedachung erlaubt. Schattenlauben ohne Dach dürfen auch freistehend errichtet werden. Die Stützen dürfen nur aus einem Stützbalken bestehen.

Auf einer Seite darf eine Verkleidung aus natürlichen Schilfmatten angebracht werden. Alte, hässlich aussehende Schilfmatten sind umgehend zu entfernen. Die Dachausbildung muss waagrecht erfolgen. Giebelartige Formen sind verboten.

Je Garten kann 1 Seerosenbassin eingerichtet werden mit einer Oberfläche von höchstens 6 Quadratmetern und einer maximalen Tiefe von 80 Zentimetern. Kinderplanschbecken mit einem Volumen von über 0,7 Meter sind untersagt.

Die Bewirtschaftung hat nach biologischen Anbaumethoden zu erfolgen.

Die Nachbargärten dürfen nicht durch Samenflug beeinträchtigt werden. Bei maßlosem Auftreten von Wildkräutern können die Aufsichtsorgane einschreiten.

Die Installierung eines Gartengrills ist erlaubt. Seine Gesamthöhe (inkl. Rauchabzug) darf 2,20 Meter über Terrain nicht überschreiten.

Verboten sind:

Das Halten von Kleintieren. Kaninchen und Hühner sind erlaubt, wenn der Halter einem Kleintierzüchterverein angehört.

Andauerndes Gebell von Hunden. Katzen dürfen nicht gefüttert werden.

In den Häusern darf nicht übernachtet werden.

Der Verkauf von Gartenerträgen ist untersagt.

Schusswaffen sind verboten.

Das Abschießen von Wildtieren ist dem Arealjäger erlaubt.

Die Anweisungen der Arealwächter sind unbedingt zu befolgen.

Seltsam, dachte Hunkeler, da bauen sich einige das Paradies. Und als Erstes stellen sie Verbote auf. Aber war das nicht schon im biblischen Paradies so gewesen? Hatte es nicht schon damals ein Verbot den Apfelbaum betreffend gegeben? Zum Glück, dachte er, hat sich Eva nicht daran gehalten. Sonst würde die Menschheit noch immer Ringelreihen tanzen.

Er war verstimmt. Diese Familiengärten konnten ihn mal, und zwar kreuzweise. Aber warum war Anton Flückiger an einem Fleischerhaken aufgehängt worden? Das nächtliche Ansägen der Pergola nebenan wegen störenden Schattenwurfes, das war vorstellbar. Ein Hieb mit dem Beil wegen eines ausufernden Seerosenteichs ebenso. Auch ein Schrotschuss in den Hintern bei allzu dichtem Samenflug von Wildkräutern aufs eigene Areal. Aber wer schoss einen Mann erst glatt durch den Kopf und hängte ihn anschließend an den Dachbalken? Reichte dazu die Wut eines Familiengärtners, der sein Terrain verteidigte?

Hunkeler glaubte das nicht. Der Schuss war vorstellbar, der schon. Jemandem einen aufs Fell brennen, glatt in die Birne, ein für alle Mal, damit endlich Ruhe war. Aber der Fleischerhaken?

Nein, der Fleischerhaken war mehr. Der war ein Zeichen, der auf etwas hindeutete. Auf einen bestimmten Punkt. Es musste eine Absicht dahinterstecken, eine Geschichte.

Er steckte sich eine Zigarette an und zog gierig den Rauch in die Lunge. Diese Gier fiel ihm auf, aber sie störte ihn nicht. Nicht in diesem Moment. Er war eben doch süchtig, auch wenn er zwischendurch tagelang nicht mehr rauchte.

Die Sucht blieb. Sie würde bleiben, solange er lebte. Die Sucht nach Nikotin. Die Sucht nach Geschichten.

Er schaute zum Mann hinüber, der drüben am Stammtisch schlief. Er hatte sein Bier noch nicht angerührt, er hatte es wohl auf Vorrat gekauft.

»Weiß jemand«, sprach Hunkeler in den leeren Raum hinein, »wann es heute Morgen aufgehört hat zu schneien?«

»Nein«, sagte Mara, die hinter der Theke Gläser einreihte. »Ich bin gegen drei nach Hause gegangen. Da hat es noch dicht geschneit.«

Der Mann am Stammtisch hob den Kopf. Er griff zum Glas, nahm es mit beiden Händen und führte es langsam zum Mund. So blieb er eine Weile, er ließ sich die Lippen netzen. Dann begann er zu schlürfen, sorgfältig, als ob etwas hätte kaputtgehen können. Er trank das Bier wie ein Säugling die Milch.

»Im Kleinbasel drüben«, sagte er, »hat es um Mitternacht geschneit. Genau dann bin ich in den Alten Schluuch hinübergegangen. Ich weiß das, weil alle Glocken der Stadt geläutet haben. Um halb drei habe ich ins Klingenthal gewechselt. Da hat es immer noch geschneit. Gegen sechs bin ich ins Schiefe Eck gegangen. Da hat es nicht mehr geschneit. Aber auf der Straße lag Schnee, man hat jede Spur gesehen.«

Das Rieseln hatte aufgehört, als Hunkeler auf die Straße hinaustrat. Ein heftiger Wind wehte. Er zerrte an den Ästen der Bäume gegenüber, die ihre Schneelast fallen ließen und in die Höhe schnellten.

Einen Augenblick dachte er daran, schnurstracks zu seinem Auto zu gehen und zurück ins Elsass zu fahren. Hedwig saß jetzt bestimmt am Küchentisch und fragte sich, was sie mit dem Neujahrstag machen sollte.

Die Kirchenuhr von Hegenheim im Elsass drüben schlug zwölf, als er zurück war bei den Familiengärten. Erst vier helle Schläge, dann langsam zwölf tiefe, vom Westwind herübergeweht. Es hatte zu regnen begonnen.

Haller hatte Verstärkung bekommen. Es war Wachtmeister Kaelin von der Kantonspolizei mit seinen Kollegen von der Streife.

»Gut, dass Sie da sind«, sagte Kaelin, »hier geht alles drunter und drüber.«

»Was denn? Was geht drunter und drüber?«

»Niemand weiß, was er tun soll. Unser technischer Dienst ist vor einer halben Stunde weggefahren. Und wie sollen wir den ganzen Garten bewachen, mit drei Mann?«

»Wie lange haben Sie geschlafen?«

»Nicht ganz zwei Stunden. Aber das macht nichts. Wir wären schon einsatzbereit, wenn man uns ließe.«

»Das Beste ware wohl«, entschied Hunkeler, »wenn Sie sich hinlegen würden. Wir müssen auf das Rechtshilfeersuchen warten. Ich denke, es wird heute noch eintreffen. Dann müssen wir ran.«

»Gut«, sagte Kaelin, »wir verschwinden.«

Er setzte sich mit seinen Kollegen ins Auto und fuhr Richtung Stadt davon.

Hunkeler trat zu Haller, der bei den beiden Elsässer Gendarmen stand und sich mit ihnen unterhielt.

»Geh heim«, sagte er, »wir haben hier nichts mehr verloren.«

»Ganz meine Meinung«, sagte Haller. »Aber eigenartig ist es schon. Da drin in den Gärten ist offenbar eine richtige Silvesterparty abgegangen, mit jeder Menge Raketen und Feuerwerk. Viele haben übernachtet in ihren Hütten. Aber niemand ist mehr drin, keiner weiß etwas. Wir dürfen nicht hinein, und die Franzosen dürfen nicht nach Basel. Wie soll das gehen?« Er zog an seiner Pfeife, aber die war ausgegangen. »Suter kommt übrigens zurück. Um vier ist Rapport.«

Hunkeler schaute zum französischen Kommandowagen hinüber, in dem Licht brannte. Er wäre gern hinübergegangen, er hätte gern mit Bardet gesprochen. Aber er durfte nicht. Er spürte den Westwind, der ihm beinahe die Kapuze vom Kopf riss, den heftigen Regen, der auf seinen Rücken trommelte. Er sah das Licht der Scheinwerfer im Garten drin. Bestimmt hatten sie allergrößte Mühe bei diesem Wetter, den Tatort aufzunehmen und die Spuren zu sichern.

Er fuhr an die Mittlere Straße und parkte. Er nahm die Drucksachen aus dem Briefkasten und stieg hoch in den zweiten Stock, wo er wohnte. Die Drucksachen warf er in den Mülleimer, er setzte sich an den Küchentisch und rief Hedwig an. Er hörte das Besetztzeichen.

Was sollte er tun? Füglistaller und Stebler suchen? Er suchte im Telefonbuch nach, er fand ihre Namen. Aber er hatte keine Vollmacht. Er schaltete kurz den Fernseher ein und hörte ein paar Takte eines Walzers, gespielt von den Wiener Philharmonikern. Nein, das war nicht das Richtige jetzt. Er musste seinen Kopf auslüften, Distanz gewinnen zu dem, was geschehen war. Erst das Tanzen mit Hedwig, die Heimfahrt durch die verschneite Nacht. Dann das plötzliche Erwachen, die Meldung des Mordes, das Eindringen in eine Welt, die er nicht gewählt und gesucht hatte. Aber so war sein Beruf, er war ein Opfer der Täter.

Er stieg wieder auf die Straße hinunter und ging Richtung Stadt. Es war fast niemand unterwegs. Der nasse Schnee rutschte von den geparkten Autos, im Rinnstein lag Wasser.

Er ging über den Petersplatz und bog auf den Heuberg ein mit den mittelalterlichen Häusern. Wie organisch gewachsen standen sie da, jedes verschieden vom andern und doch ein tröstliches Ganzes bildend. An manchen Orten war Basel wirklich eine schöne Stadt.

Er stieg die Treppe hinunter zum Barfüßerplatz. Eine Trambahn hielt an und öffnete die Türen. Drei Leute stiegen aus, niemand stieg ein. Das Tram schloss die Türen und fuhr an, sein Grün leuchtete unwirklich im Regen. Taxis standen da und warteten auf Kunden, die Fahrer schienen zu schlafen.

Er kam an der Rio Bar vorbei und schaute hinein. Er sah zwei Männer sitzen, die er von früher kannte, jeder für sich, jeder vor einem Bier. Er überlegte, ob er hineingehen und sich zu ihnen setzen sollte. Er ließ es bleiben.

Auch die Steinen Vorstadt war leer. Bierdosen und zerbrochene Flaschen lagen herum, einige Tische und Stühle hatte wohl der Wind umgeworfen. Oder hatten sich ein paar junge Leute einen Spaß daraus gemacht, ein bisschen zu randalieren?

Ihm war das egal, er steuerte das Hochhaus an. Dort betrat er den Lift und fuhr hoch zu Harrys Sauna. Er schwitzte kurz und heftig, drei Mal dicht hintereinander. Dazwischen das kalte Wasser. Dann stieg er hoch auf die Dachterrasse. Er legte sich auf den Rücken, er spürte den Regen auf seinen Bauch fallen.

Als er erwachte, fühlte er sich besser. Es war ihm kalt, er schlotterte fast ein bisschen, wie früher in der Jugend, wenn er lange im kühlen Wasser geblieben war. Es regnete noch immer, der Schnee auf der Terrasse war geschmolzen. Er trat an die Brüstung und schaute hinunter, auf Kreuzung und Viadukt, über den Autos mit eingeschalteten Scheinwerfern rollten.

Er saß eine gute halbe Stunde an der Bar, trank eine Kanne Schwarztee, ungezuckert, und aß einen Croque Monsieur: knusprig geröstete Toastscheiben, dazwischen Schinken und geschmolzener Käse. Er unterhielt sich mit Harry, über das Wetter, das an diesem Morgen so schnell umgeschlagen hatte. Über den Spenglercup in Davos, den die russische Mannschaft gewonnen hatte. Als er die Sauna verließ, hatte er die Stadtgärten-West beinahe vergessen.

Frau Held an der Pforte des Waaghofs empfing ihn mit einem strahlenden Lächeln. Sie war altmodisch, was Hunkeler gefiel. Sie trug eine weiße Bluse, im Ausschnitt lag eine rote Korallenkette.

»Wie schaffen Sie es nur«, sagte Hunkeler, »dass Sie sogar an einem verpissten Neujahrstag wie ein Weihnachtsbaum aussehen?«

Sie hob den Finger und drohte ihm.

»Sie Schlingel, Sie verlogener Charmeur.«

Es war wie immer, wenn er nach ein paar Tagen Elsass an seinen Arbeitsplatz zurückkam. Er stand im Lift wie ein Fremder, er sah die Zahlen der Stockwerke wie im Traum aufleuchten. Er ging durch den Gang, als würde er nicht sich selber gehören.

Das Team war bereits anwesend, als er eintrat. Dr. de Ville, Elsässer und Leiter der kriminaltechnischen Abteilung, war von einer eigenartigen Blässe. Offenbar war ihm schlecht. Oder er hatte die Nacht durchgemacht.

Madörin fehlte.

Von französischer Seite waren da Commissaire Bardet aus Mulhouse. Den Hut hatte er vor sich auf dem Tisch liegen. Madame Madeleine Godet, ebenfalls aus Mulhouse, Juge d'Instruction de la Police Nationale Judiciaire, eine kleine, jüngere Frau mit Hornbrille. Der Verbindungsmann Pierre Morath aus Village-Neuf, ein junger Mann mit strengem Blick und Nickelbrille.

Staatsanwalt Suter trug einen knallgelben Skipullover, darunter ein Hemd von reinstem Weiß. Im Gesicht hatte er eine Bräune, die von sausenden Abfahrten über stiebende Schneehänge zeugte. Es war auf den ersten Blick erkennbar, dass ihn sein vorbildliches Pflichtbewusstsein aus den wohlverdienten Winterferien herausgerissen hatte.

»Gut«, sagte er mit schmerzlich entschlossener Miene, »dann können wir endlich anfangen.«

Seine Rede war wieder einmal eine rhetorische Meisterleistung. Er begann mit der Sehnsucht des kleinen, braven Mannes nach einem Stück Heimat, nach eigener Scholle, sei sie noch so klein. Die Schweizer seien nun einmal ein Volk von Bauern, die Eidgenossenschaft sei von Hirten und Sennen gegründet worden. In jedem Einzelnen stecke noch immer diese Wurzel, diese Erdung. Er habe dies wieder tief empfunden in Davos oben, inmitten der verschneiten Dreitausender. Davos sei zwar inzwischen längst zur Stadt geworden, wo die mondäne Welt zu Gast sei. Aber noch immer werde das Ortsbild vom Bündner Dialekt und von urigen Berglern bestimmt, besonders in den Skihütten oben vor der letzten Talfahrt, bei einem Glas Veltliner im vergehenden Abendlicht.

Gerade das sei das Wunderbare an der Schweiz, diese Verschiedenheit in der Einheit. Hier der Bergler auf der Alp, der im Sommer das Vieh hüte und Käse produziere. Da der wackere Anton Flückiger, der ein Leben lang als Magaziner gearbeitet habe. Hier Alphütte, da Gartenhaus. Der Unterschied sei nicht so groß, wie es scheine. Habe nicht der Magaziner Flückiger sein Häuschen auf den Namen Enzian getauft? Das sei die blaue Blume schlechthin. Hier Stadt, dort Land, vereint im Blau der freundeidgenössischen Treue.

Schade, dachte Hunkeler, dass keine Fernsehkamera da war. Es wäre eine durchschlagende Neujahrsansprache gewesen.

»Aber vergessen wir nicht«, sprach Suter, »dass wir in Europa leben. Versuchen wir, dieses blaue Band ein bisschen weiter zu spannen, über die engen Landesgrenzen hinaus. Gerade Basel ist von seiner Geschichte her prädestiniert, den ersten Schritt über die Grenzen hinaus zu tun. Vergessen wir nicht, dass unsere Nachbarstadt Mülhausen einmal ein zugewandter Ort der Eidgenossenschaft war. Die eidgenössischen Wappen sind noch heute am Mülhauser Rathaus zu sehen. Und deshalb freut es mich besonders, hier in unserer Runde drei Vertreter aus dem Elsass begrüßen zu dürfen.

Was ist geschehen? Ein braver Schweizer Bürger, ein wackerer Rentner ist in einem der Basler Stadtgärten ermordet worden. Entsetzlich, es fehlen die Worte. Diese Tat darf nicht ungesühnt bleiben. Wenn der einfache Bürger in seiner Hütte nicht mehr sicher ist, drohen die Grundfesten unserer Gemeinschaft einzustürzen. Ich bin entschlossen, diesen Mordfall unbedingt aufzudecken. Ich erkläre ihn zur Chefsache.

Wir wissen, dass die Untat auf französischem Boden geschehen ist. Zuständig ist folglich die Police Nationale. Ich betone, dass wir vollstes Vertrauen in die französischen Untersuchungsorgane haben. Und wir bieten mit allem Nachdruck unsere freundnachbarliche Hilfe an.«

Staatsanwalt Suter setzte sich, er schien plötzlich erschöpft zu sein. Er schob sich einen Finger zwischen Hemdkragen und Hals, um sich Luft zu schaffen.

Bardet hatte sich während der Rede eine Zigarette angesteckt, obschon Rauchen eigentlich verboten war.

»Gibt es hier keinen Aschenbecher?«, fragte er.

Lüdi rannte hinaus, um einen zu holen.

»Merci, Monsieur le Procureur«, sagte Bardet, »merci pour ce discours patriotique. Wir haben heute den ersten Januar, und da ist es durchaus üblich, zur Nation zu reden. Woher wissen Sie übrigens, dass Monsieur Flückigers Hütte Enzian heißt?«

Suter kratzte sich am Hals. Dann schien er sich zu erinnern.

»Von Korporal Lüdi. Ich habe mit ihm ein längeres Telefongespräch geführt. Warum?«

»Nur so. Was ich Ihnen sagen will: Mulhouse heißt immer noch Mulhouse und schon lange nicht mehr Mülhausen. Und noch etwas: Stecken Sie sich Ihren blauen Enzian irgendwohin.«

Suter blieb gefasst. Das Braun in seinem Gesicht wich sehr schnell einer Blässe, die sich im Kontrast zum gelben Pullover seltsam deplatziert ausnahm. Dann lächelte er süß.

»Habe ich richtig gehört, Monsieur?«, fragte er. »Haben Sie sich nicht soeben im Ton vergriffen?«

»Das kann schon sein. Aber auch Sie haben soeben einen sehr eigenartigen Ton angeschlagen.«

»Mais restez tranquilles, Messieurs«, sagte Madame Godet, »versuchen wir, ruhig zu bleiben. Wir müssen zusammenarbeiten, ob es uns passt oder nicht. Ich schlage vor, wir kommen zur Sache.«

»Einverstanden«, sagte Suter, »wir sind bereit.«

»Gut. Ich danke Herrn Staatsanwalt Suter, dass er unserem Rechtshilfeersuchen so schnell entsprochen hat. Ich bin froh, dass wir das telefonisch erledigen konnten, die Papiere und Unterschriften werden nachgeliefert werden. Wir stehen diesem Fall ziemlich hilflos gegenüber. Wir werden zwar sämtliche technischen Untersuchungen durchführen, eingeschlossen die Autopsie. Aber an die Menschen, an die möglichen Täter kommen wir nicht heran, da alle diese Gärten von Baslern gepachtet sind.«

»Es könnte auch sein«, sagte Suter, »dass die Täterschaft aus dem Elsass kommt.«

»Stimmt, das könnte ebenfalls sein. Auch diese Möglichkeit werden wir selbstverständlich untersuchen. Wie Sie sehen, sind wir zu dritt hier. Pierre Morath, Sie kennen ihn, ist unser Verbindungsmann, Monsieur Bardet, auch er ist bekannt. Und meine Wenigkeit«, sie versuchte ein charmantes Lächeln, das ganz gut gelang, »brauche ich auch nicht mehr vorzustellen. Wir haben von Staatsanwalt Suter die Befugnis bekommen, bei wichtigen Befragungen und Untersuchungen mitzuarbeiten. Zwar nicht auf eigene Faust, aber in Begleitung von Basler Untersuchungskräften. So ist es doch, Herr Staatsanwalt?«

»Das ist richtig«, sagte Suter, »alles gemäß dem Staatsvertrag Schweiz–Frankreich.«

»Gut. Als Erstes würde uns interessieren, wer alles am Tatort gewesen ist. Als die Ambulanz vorfuhr, waren dort zwei ältere Herren anwesend. Sie sind nach kurzer Diskussion weggegangen, ohne Namensangabe.«

»Mich würde interessieren«, sagte Hunkeler, »warum die Ambulanz so spät vorgefahren ist.«

»Stimmt«, sagte Bardet, »die Ambulanz war relativ spät da. Das hängt damit zusammen, dass wir einen schweren Unfall in Rosenau hatten, wegen Glatteis.«

»Die beiden Männer«, sagte Hunkeler, »heißen Martin Füglistaller, wohnhaft an der Wanderstraße. Und Jürg Stebler, wohnhaft an der Allschwilerstraße. Ich habe diese Namen am Stammtisch in der Blume erfahren.«

»Ach so?«, sagte Bardet und lächelte überaus freundlich. »Sie haben nachgefragt?«

»Ja natürlich.«

»Es scheint sich noch ein Dritter am Tatort herumgetrieben zu haben«, sagte Bardet, »wir haben seine Spuren festgestellt. Er ist sogar in die Hütte eingedrungen und hat sich an den Kleidern des Opfers zu schaffen gemacht. Kennen Sie auch diesen Namen?«

»Nein, den kennen wir noch nicht.«

Wieder lächelte Bardet, er nickte freundlich.

»Wie kommt es denn«, fragte er, »dass im Garten eine Menge Leute übernachtet haben, obschon das nicht gestattet ist?«

»Das wird Gegenstand der Untersuchung sein«, sagte Hunkeler. »Vermutlich war es der starke Schneefall, der die Leute am Heimgehen gehindert hat. Wann hat es eigentlich aufgehört zu schneien?«

»Um 3 Uhr 42«, sagte Lüdi, »ich habe die Meteorologische Station angerufen.«

»Ja natürlich«, lächelte Bardet, »der starke Schneefall. Erst deckt er die Spuren zu. Dann trampeln ein paar Hornochsen am Tatort herum. Und zuletzt wischen Westwind und Regen alles weg, was an Spuren noch da war.« Er hieb mit der Faust auf den Tisch, so dass der Aschenbecher hüpfte. »Wie soll man da eine Untersuchung durchführen können?«

»Wollen Sie damit andeuten«, fragte Suter, »dass wir für das Wetter verantwortlich seien?«

Bardet schüttelte den Kopf, mehrmals hintereinander. Dann hatte er sich wieder in der Gewalt. Er steckte sich eine weitere Zigarette an und versuchte zu lächeln.

»Entschuldigung. Ich bin diese Behinderungen durch die Landesgrenze nicht gewohnt. Zudem bin ich übernächtigt.«

»Gut«, sagte Madame Godet, »fangen wir an. Alle Fäden der Untersuchung laufen in unserem Kommandowagen zusammen, vorerst jedenfalls, bis wir ein besseres Lokal finden. Das ist unabdingbar.«

»Selbstverständlich«, sagte Suter.

»Gut. Die technischen Untersuchungen werden Zeit brauchen. Wir werden Sie sofort informieren, wenn wir Resultate haben. Wer ist unser Ansprechpartner?«

»Korporal Lüdi wird in seinem Büro anzutreffen sein.«

»Nicht immer«, sagte Lüdi, »aber meistens. Auf dem Handy bin ich immer erreichbar.«

»Ich möchte mit Kommissär Hunkeler reden«, sagte Bardet. »Wir haben schon ein paarmal gut zusammengearbeitet.«

»Als Erstes sollten wir uns diese beiden Herren vornehmen«, sagte Madame Godet. »Wie heißen sie noch?«

»Füglistaller und Stebler«, sagte Hunkeler.

Damit war die Sitzung beendet. Beim Hinausgehen fasste Hunkeler Bardet am Arm.

»Übernachten Sie hier?«

»Ich weiß nicht«, sagte Bardet. »Jedenfalls brauche ich für die nächsten Tage ein Zimmer.«

»Hotel au Violon«, sagte Hunkeler, »im ehemaligen Gefängnis Lohnhof. Zentral und angenehm. Gehen Sie hin. Ich hole Sie in einer Stunde ab.«

»Abgemacht«, sagte Bardet.

Sie hatten größte Mühe, Staatsanwalt Suter zu beruhigen, nachdem die französische Delegation den Waaghof verlassen hatte. Das sei unerhört, schrie er, das lasse er sich nicht bieten von diesen verdammten Elsässern, diesen Turlips. Diesen Ton habe er nicht nötig. Er fahre jetzt gleich nach Davos. Diese dahergelaufenen Waggisse könnten dann schauen, wo sie blieben. Ihm solle so schnell keiner mehr unter die Augen kommen.

Keine Frage, er war beleidigt, der stolze Basler. Bildete er sich doch einiges ein auf seine Rhetorik, der er seine Karriere verdankte.

Erst als ihm Lüdi vorhielt, was möglicherweise für Schlagzeilen in der Zürcher Boulevardpresse zu lesen sein würden (»La dolce vita des Basler Staatsanwalts«), beschloss er, in Basel zu bleiben.

Hunkeler zog sich in sein Büro zurück. Er setzte sich auf den Stuhl, den er von zu Hause mitgebracht hatte, Eiche, gebeizt. Er betrachtete die aufgeschichteten Zettel auf dem Pult, die sein hauptsächliches Handwerkszeug waren. Den Computer, den er praktisch nie brauchte. Das taten die andern, Kollege Lüdi war ein Meister darin. Er hatte bestimmt schon die ganze Maschinerie angeworfen, ausgedruckte Papiere und Listen noch und noch. Am Schluss würde nichts dabei herauskommen, außer volle Papierkörbe und ein bisschen heiße Luft.

Er griff zum Telefon und rief Madörin an. Es meldete sich der Anrufbeantworter. »Hör auf zu saufen«, sprach er aufs Band, »wir brauchen dich morgen Montag.«

Behutsam stellte er die Füße gegen die Pultkante, erst den linken, dann den rechten. Er kippte den Stuhl nach hinten, so dass er schön in der Schwebe blieb. Er legte die Hände auf die Knie und rollte sich ein, so dass der Kopf die Hände berührte. So blieb er mehrere Minuten, ruhig atmend, als ob er seinen Kopf geliebt hätte. Aber er liebte nicht den Kopf, er liebte bloß diese Stellung. Er wusste, dass ihm dabei nichts Neues einfallen würde. Was hätte ihm auch einfallen sollen? Er wusste von nichts.

Dann ging er zu Lüdi hinüber.

»Was weißt du alles über Anton Flückiger?«, fragte er.

»Nicht viel mehr, als was ich dir heute Morgen am Telefon gesagt habe.«

»Also was?«

»Geboren 1922 als Anton Livius in Tilsit. Aufgewachsen dortselbst. Mehr ist aus seinem früheren Leben nicht bekannt. Ich nehme an, weil im Krieg die Einwohnerkarten verbrannt sind.«

»Und später? Wann wird er wieder fassbar?«

»1945, gleich nach dem Krieg. Er wurde vom Zollamt Riehen registriert, als flüchtiger deutscher Soldat. Das war damals nicht ungewöhnlich. Dann vergehen wieder einige Jahre, ohne dass er auftaucht. Das ist allerdings ungewöhnlich. Vielleicht ist er nach Deutschland zurückgekehrt. Wir haben erst wieder einen Eintrag aus dem Jahr 1956. Damals wurde er in Rüegsbach/Emmental eingemeindet.«

»Warum Rüegsbach? Wie kam er dorthin? Und warum hat er seinen Namen geändert?«

»Das weiß ich nicht. Vielleicht sollte man einmal hinfahren.«

Gute Idee, dachte Hunkeler. Eine gemütliche Fahrt durch das Emmental, hinauf auf die Lueg und hinunter in den nächsten Bären zu Bratwurst mit Rösti.

»Wann ist er nach Basel gekommen?«, fragte er.

»1963. Er hat an der Dammerkirchstraße gewohnt. Den Garten hat er 1972 gepachtet.«

»War er ledig?«

»Ich weiß nichts anderes.«

»Eigenartig«, sagte Hunkeler. »Ich meine, ein abgebrannter deutscher Soldat, der im Emmental eine neue Heimat findet und sogar den Emmentaler Dialekt annimmt, der will doch im Emmental bleiben. Außer es tritt ein gravierendes Ereignis ein.«

»Das meine ich auch.«

»Wie ist es eigentlich? Kommt man nicht an seine Wehrmachtsakte heran? Wenn er Soldat war, müsste doch etwas zu finden sein.«

»Ich versuche es, aber es ist schwierig. Von diesen Akten wurden viele vernichtet.«

Hunkeler schob sich eine Zigarette in den Mund, steckte sie aber nicht an.

»Hast du keinen Aschenbecher?«, fragte er.

»Nein. Er steht immer noch auf dem Tisch im Sitzungszimmer.«

Hunkeler schob die Zigarette in die Schachtel zurück.

»Was meinst du, ganz allgemein, meine ich?«

»Schwierig«, sagte Lüdi, »ich glaube, ich denke dasselbe wie du.«

»Nämlich?«

»Wer rammt schon einem Menschen einen Fleischerhaken ins Kinn?« Er kicherte leise vor sich hin, fast tonlos. Er schüttelte den Kopf. »Nein, das ist nicht mehr normal. Das muss einen Grund haben. Vielleicht liegt der Grund in Flückigers Vergangenheit. Oder was meinst du?«

»Könnte sein. Schau einmal nach, wer Parzelle B26 gepachtet hat.«

Lüdi griff sich Papiere vom Pult.

»Hier, B26 wurde gepachtet von Moritz Hänggi, wohnhaft an der Gotthelf-Straße.«

»Danke, mein Engel.«

Als Hunkeler im Lift hinunterfuhr, traf er Dr. de Ville.

»Hélas Hünkelé«, sagte er, »warum müssen sich diese Idioten umbringen, wenn wir einen freien Tag hätten? Können die keine Rücksicht nehmen auf uns?«

»Mir wäre es auch lieber, ich hätte im Elsass bleiben können.«

»Elle pue, la merde. Die Kacke ist am Dampfen. Ich fahre an die Dammerkirchstraße. Kommen Sie mit?«

Gegen 19 Uhr betrat Hunkeler das Restaurant Au Violon im Lohnhof. Hier, neben dem alten Gefängnis, war während Jahren sein Arbeitsplatz gewesen. Er liebte das Filigran der gotischen Kirche auf dem Vorplatz, die alten Lindenbäume, aus denen der Regen tropfte. Den Blick auf die Dächer der Stadt, auf Barfüßerkirche und Münster. Es war eine ruhige Oase. Vor kurzem war aus dem Lohnhof ein Hotel geworden, in dem die Gäste in den alten Zellen übernachten konnten.

Bardet saß in einer Fensternische gegen die Stadt hin, vor sich eine leere Flasche 99er Vouvray.

»Schmeckt's?«, fragte Hunkeler.

»Himmlisch«, sagte Bardet, »ein trockener Chenin blanc von der Loire. Trinken Sie mit?«

»Nein, ich will mir Flückigers Wohnung anschauen.«

»Gut, ich komme mit.«

Sie fuhren durch die verregneten Straßen. Sie sprachen lange kein Wort. Dann begann Hunkeler mit seinem Geständnis.

»Der dritte Mann in der Hütte, das war Detektivwachtmeister Madörin.«

»Non«, sagte Bardet. Er schüttelte mehrmals den Kopf. »Il est trop con. Er ist zu blöd.«

»Tut mir leid, ich kann es nicht ändern.«

»Das ist ein Skandal, das wissen Sie.«

»Stimmt. Wenn es rauskommt, sind wir erledigt. Da, diese Schachtel hat er gefunden, in Flückigers linker Jackentasche. Es ist ein Potenzmittel.«

»Sie wollen also, dass ich Sie decke, n'est-ce pas?«

»Was bleibt mir anderes übrig? Nehmen Sie endlich, Herrgottsack. Er hätte ja noch leben können. Und warum soll sich ein alter Mann nicht helfen lassen, wenn er sich zu einer Frau legt?«

Endlich nahm Bardet die Schachtel.

»Über achtzig Jahre alt und noch immer scharf auf Frauen«, sagte er und lachte fast ein bisschen, »immerhin etwas, was Hoffnung macht, n'est-ce pas? Aber was tun wir, wenn man in Flückigers Blut Spuren davon findet? Wie erklären wir das?«

»Dann haben wir Pech gehabt.«

»C'est une connerie, eine Riesenschweinerei. Das kostet etwas. Ein paar Dutzend Austern, Fines de clair. Und einige Flaschen Vouvray.«

Es war eine Dreizimmerwohnung im Erdgeschoss, keine sechzig Quadratmeter groß. Der Gang war abgedeckt mit

Plastikfolie. In den Zimmern hantierten die Techniker. Ein Tisch mit zwei Stühlen in der Küche, eine Wohnwand im Wohnzimmer, eine Polstergruppe samt Rauchertischchen, ohne Aschenbecher. Unbewohnt schaute es hier aus, wie ein spärlich möbliertes Appartement. Das Einzige, was auffiel, waren die rot-weiß karierten Überzüge der Bettwäsche.

»Nichts gefunden?«, fragte Hunkeler.

»Nichts Vernünftiges, nein«, sagte de Ville, »außer Pass, Krankenkassenausweis, Bankauszüge und so weiter.«

»Wie viel ist da drauf?«

»Wenige tausend Franken. Der Kerl scheint sich hier nicht gern aufgehalten zu haben. Oder er hat sich versteckt. Kein PC, bloß ein altes Festnetztelefon. Kein Bild an der Wand, kein Foto. Keine Schachtel mit Briefen. Nur das da.«

Er zeigte auf die Ablage, die neben der Wohnungstür stand. Darauf waren vergilbte Papierblumen in einer Vase. Daneben lag eine Miniaturpantine aus weißem Porzellan, blau verziert.

»Ein Andenken aus Holland offenbar«, sagte de Ville, »man kann es als Aschenbecher gebrauchen.«

»Und die Blumen?«

»Die kann man herausschießen auf der Kirmes. Sie müssen mehrere Jahrzehnte alt sein.«

»Und sonst?«, fragte Hunkeler. »Es muss doch etwas zu finden sein. Er kann nicht ohne irgendein Andenken gelebt haben.«

»Ein paar Ansichtskarten, ohne Briefmarken, er hat sie nicht abgeschickt. Sie lagen alle in einem gelben Kuvert. Hier. Aus Amsterdam, Prag, Karlsbad und aus Altkirch.«

»Warum Altkirch?«

»Keine Ahnung. Auch aus Sumiswald im Emmental ist eine da. Da steht eigenartiges Zeug drauf, wie eine Geheimsprache. Küssu, Köbu, Wäutu, Fridu, Ülu, Tönu. Was meinen Sie dazu?«

»Blödsinn. Und auf den anderen Karten steht nichts?«

»Doch, sie sind alle beschrieben. Hier.«

Hunkeler nahm die Karten und schaute sie an. Er sah eine Gracht in Amsterdam, die Karlsbrücke in Prag, einen Kurpark in Karlsbad, die Wirtschaft zum Kreuz in Sumiswald. Alles abgegriffen und vergilbt. Hinten drauf verblichene Buchstaben, einige in Sütterlinschrift.

»Wo hat dieses Kuvert gelegen?«

»In der Küche, in der Tischschublade.«

»Gut. Diese Ansichtskarten werden wir uns morgen beim Rapport vornehmen. Sorgen Sie dafür, dass wir alle Buchstaben lesen können. Ziehen Sie einen Sachverständigen bei. Sonst noch was?«

»Ja. Auf dem gelben Kuvert steht eine zwölfstellige Telefonnummer. Die Vorwahl ist 006676, davor stehen die Buchstaben AK. Das ist Phuket in Thailand. Was die Buchstaben bedeuten, weiß ich nicht.«

»Sie haben aber nicht angerufen?«, mischte sich Commissaire Bardet ein.

»Mais non, was denken Sie. Wir mischen uns doch nicht ein in fremde Angelegenheiten.«

»Gut«, sagte Hunkeler, »gehen wir essen.«

Er nahm Bardet am Arm, sie gingen hinaus.

»Ich mag diesen Kleinkram nicht«, sagte er, als sie im Auto saßen. »Da wird ein ganzes Menschenleben ans Licht gezerrt, die intimsten Kleinigkeiten. Da gibt's keine Scham.

Das kotzt mich an. Ich weiß, dass es sein muss. Aber ich muss ja nicht unbedingt dabeisein.«

»Fahren wir zurück ins Violon«, sagte Bardet.

Man begann mit Austern. Commissaire Bardet ergab sich seiner Lieblingsbeschäftigung. Er trank ein Glas nach dem andern. Dazwischen schlürfte er schnell drei Austern und kaute sie, bevor er sie schluckte.

»Himmlisch«, sagte Hunkeler.

»Göttlich«, sagte Bardet, »c'est une merveille.«

Er griff wieder zu den Muscheln, die er mit verblüffender Schnelligkeit ausschlürfte. Er bestellte weitere zwei Dutzend. Hunkeler hielt wacker mit. Er aß fast nie Austern, außer am Meer. Jetzt schien er den salzigen Wind zu spüren, den scharfen Geruch des Atlantiks zu riechen. Er schlürfte mit Genuss den Weißwein, er stellte bewundernd fest, dass Bardet eine dritte Flasche bestellte.

Der Beizer stellte eine braune Terrine mit Kutteln auf den Tisch. Dazu gab es bitteren Salat. Sie schmatzten schweigend, sie nickten sich anerkennend zu. Dann, nach der Platte mit dem zerfließenden Camembert – er stank, aber er war gut –, begannen sie mit dem Gespräch.

»Wie kommt es«, fragte Bardet und steckte sich eine schwarze Caporal-Zigarette an, »dass ein Basler Staatsanwalt so einen Schwachsinn erzählt? Suter ist doch sonst ein kluger Mann. Nehmen Sie auch eine?«

»Gern«, sagte Hunkeler. »Ich habe diese Marke auch einmal geraucht. Früher in Paris, in der guten alten Zeit.«

Er ließ sich Feuer geben und zog den Rauch tief in die Lunge, wobei ihm fast ein bisschen schwindlig wurde.

»Sie stecken einiges weg, nicht wahr?«, sagte er. »Essen, trinken, rauchen. Keine Beschwerden?«

»Ich nicht, aber meine Frau. Sie beklagt sich, ich sei zu schwer für sie. Aber was soll's? Ich genieße das Leben, c'est tout.«

»Basel«, sagte Hunkeler, »war seit je eine freie Reichsstadt von europäischer Bedeutung. Hier fand im 15. Jahrhundert ein Konzil statt, hier wurde die erste Schweizer Universität gegründet. Es war immer eine urbane Stadt. Es besaß zwar einige Untertanengebiete, aber die waren nie so wichtig wie z. B. für Bern. Basel hat vom Buchdruck gelebt, von der Wissenschaft, vom Handel, seit kurzem von der Chemie. Basel war schon immer eine geschlossene Gesellschaft, etwas dünkelhaft zwar, aber energisch und schlau. Es steckt noch heute sehr viel Geld in dieser Stadt. Nur zeigt man es nicht, oder höchstens in Form von Kunst. Man macht diese Kunst nicht selber, man lässt sie machen und kauft sie. Die Basler sind Sammler und Jäger. Erst jagen sie dem Geld nach, dann sammeln sie Kunst. Sind Sie noch nie im Kunstmuseum gewesen?«

»Doch«, sagte Bardet und nippte an einem kleinen schwarzen Kaffee. »Erstaunlich, was da alles hängt.«

»1833 hat man den Baslern auch noch das letzte Stück Untertanenland weggenommen, das Baselland. Sie sind noch heute beleidigt deswegen. Seither schmoren sie im eigenen Saft. Sie haben keine Ahnung mehr, wie man mit einem Nichtbasler redet, mit einem Aargauer oder Elsässer. Insgeheim denken sie immer noch, sie seien die Herren und die anderen ihre lieben Untertanen. Genau deshalb hat Suter so dummes Zeug geredet.«

»Und Madörin?«

»Er ist ein übereifriger Prolet. Er kann sehr giftig sein, fast fanatisch. Wenn er einmal auf einer Fährte ist, lässt er nicht mehr los, bis er am Ziel ist.«

Bardet hatte sich einen Armagnac kommen lassen, im Schwenker, versteht sich. Er hob ihn an die Nase, roch daran, schloss die Augen und trank.

»Merveilleux«, sagte er, »Duft und Geschmack sind ein Gedicht. Und Sie?«

»Soll das ein Verhör sein?«

»Warum nicht? Ich will wissen, mit wem ich es zu tun habe.«

»Ich bin ein Mann vom Lande. Etwas bäurisch, wie Sie sehen. Aus dem belächelten Aargau. Mir ist das egal, ich komme gern aus dem Aargau.«

»Douce France«, sprach Bardet, »pays de mon enfance. Ich bin Elsässer, i kome us Blotze.«

»Kenne ich. Dort gibt's eine gute Beiz.«

»Im Elsass gibt's überall eine gute Beiz«, sagte Bardet und kippte sich die letzten Tropfen des Armagnacs in die Kehle. »Nehmen Sie auch einen?«

»Ich muss noch fahren.«

Bardet bestellte noch einen. Er schien alles bestens zu vertragen, er war fast zwei Meter groß.

»Anton Flückiger hat auch Armagnac getrunken«, sagte Hunkeler. »Im Schwenker, wie Sie. Im Luzernerring. Ich weiß es von Mara, die dort bedient.«

»Eigenartig«, sagte Bardet und schloss träumerisch die

Augen. »Dieser Weinbrand aus der Gascogne ist edler als jeder Cognac. Soll Monsieur Flückiger doch Cognac trinken und uns den Armagnac lassen.«

Er überlegte eine Weile. Dann kam er zur Sache.

»Ich habe gehört, dass im Zweiten Weltkrieg in ganz Frankreich kein Armagnac mehr aufzutreiben war. Die Herren von der Wehrmacht haben alles beschlagnahmt und selber getrunken. Es gab wohl nicht nur Idioten unter ihnen, es gab auch einige Connaisseurs. Immerhin haben sie Paris nicht kaputtgemacht. Auch Colmar und Kaysersberg nicht. Oms Gottswille nid. Aber den Armagnac hätten sie uns lassen sollen.«

Er kippte den zweiten Schwenker leer und schmatzte noch einmal. Dann stellte er das leere Glas hin.

»Warum hat Anton Flückiger Armagnac getrunken?«, fragte er. »Wie ist er auf den Geschmack gekommen? Ist er vielleicht mit der Wehrmacht in Frankreich gewesen? Wie kommt die Ansichtskarte von Altkirch in seine Sammlung? Ist er im Sundgau gewesen?«

Lass ihn träumen, dachte Hunkeler, er träumt richtig.

»Könnte ja sein, nicht wahr?«, sprach Bardet. »Es könnte sogar sein, dass diese mögliche Tatsache etwas mit seiner Ermordung zu tun hat.«

»Das kann sein«, sagte Hunkeler.

»Es könnte aber auch sein, dass diese mögliche Tatsache nichts mit dem Mord zu tun hat. Dass die Täterschaft im Umkreis der Gartenpächter zu suchen ist. Es kann auch sein, dass die Täterschaft aus einem ganz anderen Bereich kommt. Das heißt, wir müssen mehrgleisig fahren. Jedenfalls brauchen wir dringend Einsicht in Flückigers Militärakte.«

»Es scheint schwierig zu sein. Wir haben es auch schon versucht.«

»Ach ja? Hat es Detektivwachtmeister Madörin versucht?«

»Nein, Korporal Lüdi. Solche Akten sind normalerweise ohne weiteres zugänglich. Hier scheint es anders zu sein.«

»Was geschieht mit den Ansichtskarten und den Blumen?«, fragte Bardet.

»Das wird alles der Police Nationale übergeben. Wie alle anderen Informationen auch. Wir stellen Kopien davon her, selbstverständlich. Wir arbeiten ja zusammen, nicht wahr?«

»Gut. Was ist mit Madörin?«

»Den setzen wir auf die Pächter an. Er soll sich umhören. Darin ist er gut.«

»Meinetwegen. Wenn er mir bloß nicht mehr unter die Augen kommt.«

Er überlegte wieder eine Weile. Dann lächelte er auf eine überaus entwaffnende Weise.

»Haben Sie es nicht bemerkt? Das Problem mit dem Potenzmittel hat sich gelöst.«

Nein, Hunkeler hatte es nicht bemerkt.

»Im Badezimmer, auf der Ablage unter dem Spiegel. Da hat die gleiche Packung gelegen. Ich frage mich schon die ganze Zeit, ob Flückiger ein Sexomane war.«

»Nein, bloß ein Frauentyp«, sagte Hunkeler.

»Ach so? Was ist der Unterschied?«

»Keine Ahnung.«

Bardet grinste. Er steckte sich eine weitere Zigarette an.

»Da wir uns vertrauen, sage ich Ihnen Folgendes: Wir haben etwas sehr Eigenartiges gefunden. In der Hütte, im Erdboden drin. In einem der dicken Bretter, die den Fußboden bilden, hat eine Schraube gesteckt, die erst kürzlich gelöst und wieder hineingeschraubt worden war. Man hat es kaum gesehen, jemand hat Schmutz darübergewischt. Aber einer unserer Techniker hat es doch gesehen. Wir haben das Brett gelöst und darunter eine Vertiefung gefunden. Darin lag eine größere Blechschachtel. Sie war leer. Aber nur fast. Es lag etwas Blut darin. Nur wenig, bloß ein paar Tropfen. Wir fragen uns jetzt, was das für Blut ist.«

»Blut im Keller«, sagte Hunkeler. »Eine Leiche im Keller. Was soll das?«

Bardet bestellte einen weiteren Kaffee. Er wollte ihn ohne Zucker haben.

»Das fragen wir uns auch. Ich habe noch nie von etwas Ähnlichem gehört. Ein Schuss in die Stirn, okay. Ein Fleischerhaken ins Kinn, das ist vorstellbar. Aber beides zusammen? Und dann noch aufhängen? Etwas ist immerhin klar. Er war schon tot, als er aufgehängt wurde. Jedenfalls hat kein Kampf stattgefunden, kein Kampf auf Leben und Tod.«

»Ach so? Was hat denn für ein Kampf stattgefunden? Das Bett scheint umgekippt zu sein. Und ein Stuhl auch.«

Bardet hob den Blick, mit erstaunlicher Schärfe.

»Sonst noch was?«

»Ja. Madörin hat von Spuren geredet. Von zwei Spuren, die von B26 hergekommen sind und zum Ausgang geführt haben. Ein Mann und ein Kind. Oder ein Mann und eine Frau.«

»Es war eine Frau, hat unser Spezialist gesagt. Die Männerspur ist kaum zu identifizieren. Es sind einige dort hindurchgegangen. Auch die Ambulanz ist über den Weg gefahren. C'est vraiement une connerie.«

Er schlürfte den Kaffee, lustlos plötzlich, als ob er ihn angewidert hätte.

»Um 3 Uhr 42 hat es aufgehört zu schneien«, sagte er. »Die Leute von B26 haben ihre Hütte also nach 3 Uhr 42 verlassen. Vielleicht sollten wir einmal diese Hütte unter die Lupe nehmen.« Er zog ein Papier aus der Tasche und schaute nach. »B26 ist gepachtet von einem Moritz Hänggi. Seine Lebensgefährtin heißt Jeanette Wiest. Das ist ein Sundgauer Name. Die beiden sind heute Nachmittag um 13 Uhr 50 nach Fuerteventura abgeflogen, vom EuroAirport aus. Für eine Woche. Was verständlich ist bei diesem Wetter.«

Er war verstimmt. Offenbar hatte er den Schluckauf und versuchte, ihn zu unterdrücken.

»Ein paar Blutstropfen und zwei Spuren im Schnee«, sagte Hunkeler, »und der Armagnac.«

»Stimmt, das ist verdammt wenig. Plus noch wenige verwaschene Spuren, die durch den hinteren Teil der Gärten führen, übers Feld nach Hegenheim.«

Als Hunkeler nach 22 Uhr ins Elsass zurückfuhr, waren beide Grenzposten besetzt. Der Schweizer kannte ihn, er winkte ihn durch. Der Franzose wollte seinen Ausweis sehen.

»Hän Si eppis trunke?«

»Nein.«

»Aha, e Gendarme. Det hän si eine ufghänggt.«

Er zeigte hinüber in die Gärten, wo man das Licht der Scheinwerfer sah.

»Ich weiß. Aber ich bin privat unterwegs.«

»Aha. Wohääre?«

»In mein Haus, gleich nach Folgensbourg.«

»Aha, e Nochpuur, i wohne z'Ranspach-le-Haut. Gueti Reis.«

In Hegenheim leuchtete der Weihnachtsschmuck über der Straße, der Stern von Bethlehem. Wie schön, dachte Hunkeler, er führt mich zu meinem Stall.

Auf der Höhe oben lag immer noch Schnee. Er rollte langsam, im zweiten Gang. Es gab fast keinen Verkehr, die Straße war zu glitschig.

Der Dachs war nicht mehr da. Jemand musste ihn ins Auto geschleppt haben. Man sah die Schleifspur, man sah den roten Schimmer im Schnee, wo das Tier aus Nase und Maul geblutet hatte.

Vor dem Haus stand ein fremdes Auto mit Basler Nummer. Hunkeler trat ans Stubenfenster und schaute hinein. Am Tisch, beschienen von der Lampe mit dem Porzellanschirm, saßen zwei Frauen, vor sich eine Weinflasche. Welch schönes Bild, dachte er, welch trautes Paar, er schaute gebannt hin.

Es war Annette, die auf Besuch war, Hedwigs Freundin und Kindergartenkollegin. Sie kam aus einer schwerreichen Basler Familie und hatte offenbar Mühe, ihren Reichtum psychisch zu verkraften. Deshalb war sie überaus sozial eingestellt. Was Hunkeler nicht störte. Er war es im Grunde auch.

»Du hättest anrufen können«, sagte Hedwig, als er eingetreten war. »Wir hätten mit dem Essen gewartet.«

»Stimmt, es tut mir leid. Ich vergesse immer wieder, dass ich ein Handy bei mir habe. Ich habe bereits gegessen, mit einem Commissaire aus Mulhouse.«

»Es scheint ja eine schlimme Geschichte zu sein. Wir haben Radio gehört.«

»Und? Was haben sie berichtet?«

»Dass sie einem alten Mann beinahe den Kopf abgerissen haben.«

»Davon weiß ich nichts«, sagte Hunkeler und schenkte sich ein Glas Rotwein ein. »Ich weiß überhaupt sehr wenig. Es kann sein, dass es eine lange Geschichte wird.«

»Nie hast du Zeit. Nicht einmal in der Neujahrswoche.«

»Doch, ich nehme mir Zeit. Die Zeit ist das Einzige, was mir hilft. Ich schlage vor, wir machen morgen nach dem Frühstück einen Spaziergang, ob's regnet oder schneit. Zu dritt.«

Sie ließen die Gläser klingen.

»Was ist das, ein Frauentyp?«, fragte er.

Hedwig kicherte, Annette kicherte mit.

»Schau einmal in den Spiegel, dann weißt du, was das ist.«

»Blödsinn«, sagte er, »es gibt nichts Harmloseres als mich.«

»Was sind das für Leute in diesen Gärten?«, fragte Annette. »Ich meine, sozial gesehen?«

»Ich weiß es nicht. Es scheinen normale Leute zu sein.«

»Es gab doch vor Jahren einmal eine Reportage, die für Furore gesorgt hat. Über eine Wohnwagensiedlung am Rhein. Von einem bekannten Zürcher Journalisten. Oder war er Schriftsteller?«

»Niklaus Meienberg hat er geheißen«, sagte Hunkeler. »Er war beides, Journalist und Schriftsteller.«

»Stimmt. Er hat diese Leute arg kritisiert, er hat sie in die Pfanne gehauen.«

»Der Meienberg hat alle in die Pfanne gehauen.«

»Ich meine, die haben doch auch ein Anrecht auf ein Stück Glück. Ich finde es jedenfalls richtig, dass die Stadt Basel dieses Angebot macht.«

»Ich finde es auch richtig. Aber wir alle drei würden es keinen Tag in einem solchen Garten aushalten. Da ist alles mit genauen Vorschriften geregelt. Das muss offenbar so sein, damit kein Streit entsteht. Und gerade deswegen gibt es Streit. Obstbäume dürfen zum Beispiel bloß eine Stammhöhe von 120 Zentimetern haben. Wenn so ein Baum über diese Norm hinauswächst, musst du ihn umhauen.«

»Das leuchtet ein«, sagte Annette. »Stell dir vor, jemand pflanzt einen Birnbaum, und der wächst und wächst und schiebt seine Äste über die umliegenden Gärten. Da kommt doch der Nachbar mit dem Beil und haut den Baum um. Und vielleicht haut er das Beil auch noch auf den Kopf des Baumbesitzers.«

»Das sage ich ja«, sprach Hunkeler, »das hält kein Schwein aus.«

Er ging früh schlafen an diesem Abend, er legte sich in Hedwigs Bett im Zimmer nebenan. Die Tür ließ er einen Spaltbreit offen, damit er die beiden Frauen reden hörte. Sie wisperten, sie kicherten, sie ließen einen zweiten Korken knallen. Er spürte die Katze, wie sie sich an seine Kniekehlen schmiegte. Dann schlief er ein.

Am anderen Morgen frühstückten sie ausgiebig. Er hatte die Hühner herausgelassen und drei Eier mit in die Küche genommen. Feuer gemacht, Tee aufgegossen und Kaffee, die Katze gefüttert. Die üblichen Hantierungen des Morgens, langsam und schön zu erledigen, wenn man Zeit hatte. Und er hatte Zeit.

Dann holte er die beiden Frauen aus dem Bett. Hedwig lag auf dem Bauch und schnarchte leise, wie immer, wenn sie tief schlief. Er küsste ihren Nacken.

»Was ist denn?«, flüsterte sie.

»Aufstehen, Bärzelistag. Wir machen zu Ehren des heiligen Berchtold einen Spaziergang.«

»Wer ist das?«

»Keine Ahnung. Das Frühstück ist fertig.«

Annette tappte wie eine Schlafwandlerin die Treppe herunter, sie hatte im oberen Stock geschlafen. Das Haar hing ihr über den roten Morgenmantel, er sah ihre versteckte Schönheit. Er liebte das, schlaftrunkene Frauen am Morgen.

Es war kurz nach neun, als sie sich auf den Weg machten. Die beiden trotteten hinter ihm her, in gelben Plastikpelerinen und schwarzen Gummistiefeln. Schneematsch lag auf dem Weg, es regnete noch immer. Dazwischen segelten Schneeflocken herunter. Der Bach hinten in der Kurve war über die Ufer getreten, sie wateten hindurch.

Als sie in den Wald kamen, hängte sich Hedwig bei ihm ein.

»Du spinnst«, sagte sie, »bei diesem Hundewetter spazieren zu gehen. Du spinnst so sehr, dass du zum Mitspinnen verführst. Das ist ganz in Ordnung so.«

Diesmal nahm er den Weg durch die Dörfer, als er nach Basel zurückfuhr. Es war ihm heimelig zumute. Knoeringue mit den Riegelhäusern. Aus den Kaminen stieg Rauch auf. Die gotische Kirche, die Wirtschaft Scholler daneben. Dann der Wald, unbetreten, unberührt seit tausend Jahren. Kein Nadelholz, bloß Eichen, Buchen, Akazien. Es lohnte nicht, diesen Wald zu bewirtschaften, die Bäume wuchsen zu langsam, zu knorrig. Der Täuferhof auf der Höhe oben. Die Milchkühe standen draußen im Schnee, schwarzweiß gefleckt, über vierzig Stück. Der weiße Wasserturm über Folgensbourg, die Wirtschaft zum Adler, wo die Postkutschen früher die Pferde gewechselt hatten. Dann die leicht abfallende Straße in die Ebene hinunter. Der EuroAirport links, die Stadt Basel geradeaus mit ihren dunklen Kirchtürmen und den hellen Hochhäusern der Chemie.

Die Grenzposten waren noch immer besetzt. Der übliche Schwachsinn, die reine Schikane. Als ob man hier den Täter hätte fangen können.

Der Schweizer Grenzwächter hielt ihn an, mit ausgestrecktem Zeigefinger. Was dazu führte, dass Hunkelers lyrische Stimmung verflog.

»Was gibt's denn?«, fauchte er. »Was tun Sie hier?«

»Ausweis bitte. Und bitte recht freundlich.«

Mit unbewegter Miene blätterte er den Pass durch, von vorn nach hinten, dann von hinten nach vorn.

»Stimmt das? Sind Sie tatsächlich Kriminalkommissär?«

»Was meinen Sie denn, was ich hier mache? Spazieren fahren?«

»Entschuldigung. Aber es treibt sich allerlei Gesindel in der Gegend herum. Drüben in den Gärten ist die Hölle los.«

»Was soll da los sein?«

»Sie haben dem Pfister Beat die Enten gekillt. Heute Nacht muss das passiert sein. Obschon niemand hineindarf, außer wenn er Tiere hat. Ich kenne den Beat. Der bringt doch seine eigenen Enten nicht um.«

»Herrgottsack«, sagte Hunkeler.

Er parkte vor der Blume. Im Kommandowagen jenseits der Grenze brannte Licht. Aus den Gärten war das Geräusch eines Kompressors zu hören. Vor dem Eingang stand Haller bei einem Gendarmen. Sie lachten beide, sie erzählten sich wohl Witze.

»Wie war das möglich?«, fragte Hunkeler. »Wie konnte das geschehen?«

Haller setzte seine traurige Miene auf.

»Ich weiß es nicht. Ich bin in der Nacht nicht da.«

»Wer ist denn da?«

»Kaelin mit zwei Kollegen. Es geschah auf Parzelle B76. Die liegt direkt am Golan.«

»An was?«

»Direkt am Rande der Gärten. Dort gibt es einen Kieshügel. Die Leute nennen ihn Golanhöhe, weil man von dort ins Elsass hineinsieht.«

»Dieser Schwachsinn«, brüllte Hunkeler, »wer ist hier eigentlich zuständig?«

Haller klopfte seine Pfeife aus. Fast andächtig machte er das.

»Das weißt du doch.«

»Gilt hier eigentlich Auge um Auge, Zahn um Zahn? Was klopfst du immer an deiner Pfeife herum?«

Haller schob sie in seine Jackentasche, erschrocken.

»Was hast du plötzlich, Hunki?«

Der hörte nicht mehr zu, der ging zum Auto zurück und setzte sich hinein. Er griff zum Handy und rief Bardet an.

Er hörte den Beantworter. Er rief Lüdi an. Er hörte wieder den Beantworter. Er schmiss das Handy vor den Nebensitz auf den Boden.

Was war los? Warum war er plötzlich so wütend? War es das Alter, hielten seine Nerven nicht mehr? Hatte er zu wenig geschlafen? Nein, er hatte genug geschlafen.

Er setzte sich schön hin, mit durchgestrecktem Rücken, soweit das in seinem Kleinwagen möglich war. Er legte die Hände auf die Knie und versuchte, ruhig und langsam zu atmen. Ich bin ganz ruhig und entspannt, sprach er, und auch mein rechter Arm ist ganz schwer und warm.

Es nützte nichts. Er steckte sich eine Zigarette an, das ging schon besser.

Es war also eine Fehde im Gange in den Stadtgärten-West, rücksichtslos, gnadenlos, bis zum bitteren Ende. Ein paar Tropfen Blut im Keller. Gestern die Kaninchen, heute die Enten, morgen brannte vielleicht eine Hütte. Und zwischendurch hing einer am Dachsparren. Eine Art Blutrache war das, wie im Balkan.

Er hatte die Nase voll. Er wollte sich nicht hineinbegeben in diesen Mief. Er wusste, dass es nichts Unerbittlicheres gab als die Rache eines Kleinbürgers, der in seinem Stolz verletzt war.

Nein, er würde sich fernhalten von diesem Kleinkrieg. Das konnte ruhig Madörin übernehmen. Der kannte sich aus darin, der hatte selber eine Kleinkrämerseele.

Er schmiss die Zigarette aus dem Fenster und hob das Handy auf. Es war robuste Ware, zum Glück.

Er betrat die Blume. Ein feiner Bratenduft hing in der Luft, die Tische waren voll essender Leute. Weinflaschen standen da, nicht offener Merlot, sondern Beaujolais village. Die Stimmung feierlich, wie bei einem Begräbnis erster Klasse.

Am Stammtisch saßen auch Martin Füglistaller und Jürg Stebler. Sie wollten sich gleich erheben, als sie ihn hereinkommen sahen. Siegrist hielt sie zurück. Nun saßen sie da wie ertappte Schülerbuben.

Hunkeler war so überrascht, dass er einen Augenblick stehen blieb. Er sah den Mann in der violetten Jacke, der Borsalino lag vor ihm auf dem Tisch. Gegenüber saß eine kleine Frau mit Mopsgesicht. Er sah hinten in der Ecke Madörin, zusammen mit Verbindungsmann Morath und Arealwächter Widmer. Alle hatten sie ein saftiges Stück vom Rindsfilet vor sich.

Er trat an Madörins Tisch. Niemand sagte ein Wort.

»Ausgeschlafen?«, fragte er.

»Ja natürlich. Ich bin hier am Arbeiten.«

»Erst die Arbeit, dann das Vergnügen, nicht wahr? Was tun Sie hier, Monsieur Morath?«

»Wir haben Füglistaller und Stebler befragt«, sagte Morath, »drüben im Büro des Vereins. Wir haben alles zu Protokoll genommen, einwandfrei. Es ist klar, dass die beiden nichts mit der Tat zu tun haben. Warum sollen wir nicht mitessen?«

»Stimmt eigentlich«, sagte Hunkeler.

Er trat zum Stammtisch, setzte sich auf einen freien Stuhl, griff sich ein Glas und schenkte sich ein.

»Zum Wohl, meine Herren, es soll gelten.«

Noch immer sagte keiner ein Wort. Dann griff Siegrist zu seinem Glas, hob es und sprach einen Toast.

»Wir trinken auf unseren verstorbenen Kameraden Anton Flückiger. Möge seine Seele Frieden finden.«

Es war das richtige Wort zur richtigen Zeit. Alle hoben die Gläser und tranken.

»Erst die Totenwache, dann das Leichenmahl, wie es sich gehört«, sagte Hunkeler. »Kann ich nicht auch so ein Filetstück haben? Es schaut lecker aus.«

»Schon unterwegs«, sagte Siegrist, »es reicht für alle.«

Richtig, die Wirtin brachte einen Teller. Das Fleisch war medium gebraten, nicht zu viel und nicht zu wenig, gerade richtig. Es schmeckte hervorragend. Hunkeler aß langsam, er brauchte Zeit.

»Das ist ein alter Gärtnerbrauch«, sagte Siegrist. »Wir machen das nicht im Friedhof Hörnli draußen, sondern hier im Vereinslokal. Alle sind eingeladen. Nur der Wein muss bezahlt werden.«

»Ein schöner Brauch«, sagte Hunkeler. »Und alle sind gekommen, um Abschied zu nehmen.«

»Alle vom Stamm, das stimmt.«

»So gut gelagertes Rindsfleisch«, sagte Hunkeler, »bekommt man sonst nur im Elsass. Wie viel war es denn? Vier Kilo? Fünf Kilo?«

Er schmatzte jetzt richtig, er nahm einen Schluck Wein.

»Sie, Herr Füglistaller und Herr Stebler, verstehe ich gut. Erst haben Sie sich versteckt. Es ist ja nicht einfach, Zeuge in einem Mordfall zu sein. Immerhin sind Sie nicht abgehauen. Ich meine, Sie hätten den Flug nach Fuerteventura nehmen können.«

Stebler fing plötzlich an zu husten. Irgendetwas war ihm in den falschen Hals geraten. Füglistaller war da schon gelassener.

»Wir sind nicht Zeugen«, sagte er. »Ich habe ihn bloß hängen sehen, als ich am Morgen einmal austreten musste. Aber wir haben ein reines Gewissen.«

»Ja, verstehe ich.« Hunkeler sagte das überaus freundlich. »Aber wenn Sie nicht gleich jetzt die Wahrheit sagen, lasse ich Sie festnehmen. Wegen dringenden Tatverdachts.«

Er hatte erwartet, dass Madörin nach diesen Sätzen aufspringen und schreien würde. Aber der blieb schön ruhig.

»Wir haben alles zu Protokoll gegeben«, sagte Füglistaller. »Alles, was wir gesehen haben. Alles, was wir wissen.«

Hunkeler lächelte süß. Er griff sich einen Zahnstocher.

»Warum sind Sie denn abgehauen, als die Ambulanz eingetroffen war? Warum haben Sie nicht auf die Gendarmerie gewartet?«

»Weil wir immer noch Alkohol im Blut hatten. Wir wollten mit den Autos heimfahren, ohne Kontrolle.«

»Schluss jetzt«, brüllte Hunkeler. »Jetzt reden Sie. Oder ich lasse eine Streife kommen.«

Es war jetzt richtig ungemütlich geworden im Raum. Keinem schmeckte es mehr.

»So red halt«, sagte Siegrist. »Es ist ja kein Verbrechen.«

Füglistaller nickte. »Wir können überhaupt nichts dafür. Der Toni hat mit Fleisch gehandelt. Nicht im großen Stil. Aber ein Hunderter hat jeweils schon herausgeschaut. Das haben alle gewusst. Er hat den Übernamen Metzger gehabt.«

»Er hat in Hegenheim drüben zum Beispiel fünf Kilo Rindsfilet gekauft«, sagte Stebler, »und mit in den Garten genommen. Durch den Hintereingang am Golan. Das ist gestattet, zum Eigenverzehr im Garten. Nur hat er dann das Fleisch durch den Haupteingang in die Schweiz eingeführt. Das ist nicht gestattet. Aber dort steht nie einer. Er hat es ein bisschen unter dem Schweizer Preis weiterverkauft und so einen schönen Gewinn gemacht. Denn im Elsass ist Fleisch viel billiger.«

»Wir wussten«, sagte Füglistaller, »dass er an Silvester drüben war. Wir wussten auch, dass er ein Lager hatte unter dem Hüttenboden. Also haben wir gesucht, bis wir es fanden. Und es wäre doch Sünd und schade, wenn wir es jetzt nicht essen würden.«

»Da haben Sie recht«, sagte Hunkeler. »Haben Sie das auch zu Protokoll gegeben?«

»Nein.«

»Und warum nicht?«

»Weil niemand danach gefragt hat.«

Hunkeler stocherte zwischen zwei Zähnen herum, wo noch ein Rest Fleisch hing. Madörin, dieser Arsch, der wollte sich selber schützen. Und mit Morath war gar nichts. Der achtete bloß auf punktgenaue Einhaltung des Staatsvertrages.

»Noch eine Frage. Was gibt es sonst noch für Lager in den Gärten? Wein, Cognac, Champagner? Was lagert wo und warum? Wie tief im Erdboden drin darf ein solches Lager liegen?«

»Unter der Hütte darf nicht gegraben werden«, sagte Siegrist. »Ein Seerosenteich darf höchstens 80 Zentimeter tief sein. Er darf nicht ausbetoniert sein, er muss mit Folie abgedichtet werden.«

»So sind die Vorschriften«, sagte Pfeifer. »Aber der Toni hat recht herumgebuddelt damals, als er die Parzelle übernahm. Er hat Beton herangefahren im Mopedanhänger, er hat Aushub hinausgefahren.«

»Bloß für den Seerosenteich«, sagte Siegrist.

»Obschon es verboten ist?«, fragte Hunkeler.

»Ich war damals bereits im Vorstand«, sagte Siegrist, »aber noch nicht Präsident. Wir haben darüber geredet, wir haben ein Auge zugedrückt. Ob Beton oder Folie, von außen macht es keinen Unterschied.«

»Wie recht Sie damit haben«, sagte Hunkeler. »Wer hat denn die Enten umgebracht heute Nacht?«

Die Stimmung wurde noch ungemütlicher im Raum, das ging ganz schnell.

»Wir haben unseren Verdacht«, sagte Siegrist nach einer Weile. »Wir haben ihn zu Protokoll gegeben, mit der nötigen Vorsicht, versteht sich. Sonst noch was?«

»Ja«, sagte Hunkeler. »Vielen Dank für Speis und Trank. Und merkt euch eines: Ich werde euch alle in den Arsch treten.«

Er fuhr zum Kannenfeldpark, er brauchte Bewegung. Es hatte wieder zu schneien begonnen, die Kälte hatte angezogen. Verfluchter Westwind, dachte er, verdammter Wärmeeinbruch, der alles durcheinandergebracht hatte. Wer konnte das ertragen, so ohne weiteres? Erst tiefer Winter, seit dem ersten Advent unter null Grad. Dann plötzlich ein Föhneinbruch oder weiß der Teufel was, der den Kreislauf in Unordnung brachte. Das hielt kein Schwein aus. Und ein alter Kommissär schon gar nicht.

Er parkte an der Burgfelderstraße, zog sich die Windbluse über und betrat den Park. Ein ehemaliger Friedhof, der aus Rücksicht auf die Knochen im Boden nicht überbaut worden war. So beschützten die Toten die Lebenden.

Er setzte sich in Trab. Er drehte drei Runden, nicht zu schnell, mit kurzen Schritten, hechelnd wie ein Hund. Er spürte das Schlagen des Herzens, den Schweiß auf der Stirn. Der Mensch ist ein Lauftier, ein Fluchttier, dachte er. Hopp Hunkeler! Bleib in Bewegung, sonst holt dich Gevatter Tod.

Er betrat das Café von Erkan Kaya, gleich beim Parkeingang. Vor wenigen Jahren noch war hier bloß ein Kiosk gewesen, mit Süßigkeiten, Zeitungen und Zigaretten. Dann hatte Erkan angefangen, an einem Stehtischchen Kaffee auszuschenken. Mehrere Tische waren dazugekommen und vor einem Jahr drei Glaswände samt Dach. Man saß hier wie in einem Aquarium, nur umgekehrt. Selber saß man im Trockenen, draußen im Schneetreiben schwammen die Mütter mit ihren buntgekleideten Kindern vorbei.

Er bestellte Kaffee mit kalter Milch und schaute sich um nach einer Zeitung. Es war keine da, Bärzelistag hieß Feiertag. Eigentlich war das ganz gut so, sonst hätte man doofe Artikel über eine Leiche an einem Fleischerhaken lesen müssen, in denen fast nichts der Wahrheit entsprochen hätte.

Er sah einen Schriftsteller, mit dem er bekannt war, an der Theke stehen, rauchend, vor einem Espresso. Den mochte er, er hatte vor Jahrzehnten ein gutes Buch von ihm gelesen. Einen Roman übers Kleinbasel, über Spießer, Lieblosigkeit und Armut. Damals war er ein bekannter Autor gewesen, jetzt ging es ihm nicht mehr so gut.

»Setzen Sie sich doch zu mir«, bat Hunkeler.

»Gern«, sagte der Autor. »Sie kommen bestimmt aus den Gärten.«

»Stimmt.«

»Schon allerhand«, sagte der Autor, »die Brutalität. Früher waren das alles Proletarier. Ich habe für sie geschrieben. Sie haben zwar meine Bücher nicht gelesen. Aber sie haben mich gekannt und gemocht. Jetzt fahren sie alle Mittelklassewagen. Keiner interessiert sich mehr für meine Arbeit. Ihr Klassenbewusstsein ist flöten gegangen. Jeder verteidigt nur noch den eigenen Besitz, und sei es mit dem Fleischerhaken.«

»Was fahren denn Sie?«

Der Autor grinste.

»Stimmt, einen Mittelklassewagen. Ich habe auch ein Mittelklassenbewusstsein, obschon ich es mir eigentlich gar nicht leisten kann. Was bleibt mir übrig, außer mich anzupassen? Ich verbringe ohnehin das halbe Jahr auf einer griechischen Insel. Dort ist das Leben noch billig.«

»Wie läuft's mit dem Schreiben?«

»Ach Gott, ich bin ein alter Sack. Was soll mir noch in den Sinn kommen? Ab und an ein Krimi, das geht noch. Und zwar unter ehemaligen Proleten, die zu Kleinbürgern geworden sind. Ich kenne die Trauer und den Hass, die in diesen Leuten stecken. Die würden über Leichen gehen, wenn sie nur wüssten, wie.«

Draußen tauchte Cattaneo im Schneetreiben auf, dicht hinter ihm eine Frauengestalt. Sie steuerten auf das Café zu.

»Dieser Mord im Schrebergarten«, sagte der Autor, »der

wäre eine lohnende Geschichte. Damit könnte man exemplarisch die kriminelle Energie der Schrebergärtner beschreiben, die für wenig Geld eine kleine Heimat gemietet haben und diese bis aufs Blut verteidigen. Das wäre ein guter Titel, ›Mord im Schrebergarten‹. Finden Sie nicht?«

Cattaneo kam herein, die Frauengestalt folgte ihm. Er setzte sich, sie setzte sich auch. Er hatte sich kein einziges Mal nach ihr umgeschaut. Er schien überhaupt nirgends hinzuschauen, als würde ihn gar nichts interessieren. Er bestellte zwei Tassen Kaffee.

»Und Sie?«, fragte der Autor. »Wie geht es Ihnen?«

»Ich gehe bald in Rente. Und dann ab ins Elsass.«

»Ach so, Sie haben ja dieses Haus. Eigentlich seltsam, dass niemand in unserem schönen Basel das Alter verbringen will, nicht wahr? Wer kann, haut ab.«

»Ich finde das normal. Eine Stadt ist etwas für junge Leute. Wie würden denn Sie diese Geschichte erzählen?«

»Vermutlich als Liebesgeschichte. Das heißt, als Geschichte einer enttäuschten, verratenen Liebe. Die Brutalität der Tat lässt meiner Meinung nach keine andere Erklärung zu.«

»Was ist das, eine verratene Liebe? Ich habe den Ausdruck schon oft gehört, habe ihn aber nie recht begriffen. Entweder man liebt, oder man liebt nicht. Was soll das Wort Verrat?«

Der Autor grinste überlegen. Er hatte sich wohl bereits Gedanken gemacht. Vielleicht war er schon am Schreiben.

»Wir leben nicht mehr im Paradies, Herr Kommissär, das sollten Sie wissen. Reine Liebe ist in der heutigen Zeit nicht mehr möglich. Der geliebte Mensch wird zur Ware, zum Besitz. Und Besitz wird bekanntlich mit allen Mitteln verteidigt.«

»Interessant«, sagte Hunkeler und schaute zu Cattaneo hinüber, der mit seiner Frau noch kein einziges Wort gewechselt hatte.

»Dieser Mann dort drüben«, sagte der Autor, »der ist ein Beispiel dafür. Er heißt Ettore, er kommt aus der Lombardei. Er hat eine prima Frau gehabt, die Lucia. Die hat gut zu ihm geschaut, hat immer geredet und gelacht. Ein richtiges Italienerli halt, die hat jeder gemocht.«

»Sie kennen alle in diesem Viertel, nicht wahr?«

»Nein, nicht alle. Nur die Wirtshaushocker. Das ergibt sich so, wenn man allein lebt. Man will nicht jeden Abend allein vor dem Fernseher sitzen. Die beiden waren ein schönes Paar. Bis sie einmal fremdging. Er hat es gemerkt und sie nicht mehr angerührt. Worauf sie sich vergrämt hat. Wenige Jahre später ist sie gestorben. So erzählt man sich das im Viertel. Ob's stimmt, weiß ich nicht. Eine gute Geschichte jedenfalls für einen Krimi.«

»Wer könnte denn der Verführer sein?«

Wieder grinste der Autor. Er schien die Geschichte schon fixfertig im Kopf zu haben.

»Nehmen wir einmal an, es sei Toni Flückiger gewesen. Ein Frauenheld war er jedenfalls. An Gelegenheit hätte es auch nicht gefehlt, sie hatten beide einen Garten gepachtet. Die Geschichte würde so laufen: Lucia schläft mit Toni. Ettore rächt sich für den Liebesverrat, indem er Lucia vernachlässigt. Lucia leidet darunter, macht sich Vorwürfe, nimmt die Schuld auf sich. Sie serbelt dahin, erkrankt an Krebs und stirbt. Jetzt ist es an Ettore, Schuld auf sich zu nehmen. Er wirft sich vor, seiner Frau nicht vergeben und sie so in den Tod getrieben zu haben. Er erstickt beinahe an dieser

Schuld. Er verschafft sich Luft, indem er Toni in den Kopf schießt.«

»Schön und gut«, sagte Hunkeler. »Aber warum hängt er die Leiche an einen Fleischerhaken?«

»Aus Verzweiflung. Weil er weiß, dass ihm diese Mordtat nicht hilft. Das ist wie bei einem Süchtigen. Er muss die Dosis steigern, obschon das nichts bringt. Es würde mich wundern, wenn er Flückigers Leiche nicht noch entsetzlicher verunstaltet hätte. Vielleicht hat er ihm den Penis abgeschnitten, wer weiß?«

»Oder er hat ihn mit einem Potenzmittel aufgepumpt«, sagte Hunkeler.

Der Autor bekam plötzlich schmale Augen. Sehschlitze waren es, durch die er den Kommissär anschaute wie aus einem Panzerwagen heraus.

»Wie kommen Sie da drauf?«

»Ich denke mit.«

»Das ist genau die Lösung, die ich suche«, sagte der Autor. »Darf ich diesen Einfall benutzen?«

»Wenn es Ihnen hilft, gern.«

Als er sein Büro im Waaghof betrat, sah er auf dem Pult einen Stoß Papier liegen. Er wog ihn in der Hand und schätzte ab, wie viele Seiten es waren. Über hundert jedenfalls. Der Rapport begann wie immer um 16 Uhr, in einer guten Stunde. Der ganz normale, tägliche Irrsinn also. Wie hätte ein Kommissär in einer Stunde über hundert Seiten durchackern können?

Er nahm das obenauf liegende Blatt. Es war eine Auflistung der Pächter nach Nationalität.

Anteil Schweizer 434. Anteil Ausländer 260. Davon Ausländer Italien 157. Ausländer Spanien 19. Ausländer Jugoslawien 24. Ausländer Deutschland 0. Ausländer Türkei 25. Ausländer Österreich 2. Ausländer Frankreich 0. Ausländer andere Länder 33.

Er fühlte sich unbehaglich, wusste aber nicht recht, warum. War der Autor schuld, der sich anmaßte, aus seiner eigenen Phantasie heraus die Tat zu rekonstruieren und sogar zu erklären? Was stellten sich diese Schreiberlinge vor? Dass sie klüger waren als das Kommissariat? Gewiss, Phantasie war nötig für den Beruf des Fahnders. Und Menschenkenntnis auch. Aber Hunkeler hatte schon oft erlebt, dass nicht das Erklärbare den Schlüssel zur Klärung eines geheimnisvollen Falles lieferte, sondern das Unerklärbare, ganz und gar Unwahrscheinliche, ja Abstruse. Wer einen Mord beging, wer sich also über das Grundtabu der Menschheit hinwegsetzte, der setzte sich auch über die menschliche Vernunft hinweg. Der war mit dem gesunden Menschenverstand nicht mehr zu begreifen.

War das richtig, oder war es Klugscheißerei? Tatsache war jedenfalls, dass ihm solche Gedankengänge nicht wichtig waren. Er hielt nicht viel von Theorie, er war ein Mann der Praxis.

Er griff zu einem Bündel Blätter, auf denen die Zuteilung der Gärten zu lesen war. Cattaneo hatte C25, gleich neben B35.

Etwas stimmte nicht, fiel ihm auf. Und er wusste jetzt, warum ihm so unbehaglich war. Er hatte zwei verschiedene

Cattaneos erlebt. Erst den jovialen, aufgeräumten Cattaneo am Stammtisch, der sich als Nachbar zu erkennen gegeben hatte. Dann den vereinsamten, abgelöschten Cattaneo, der nicht einmal mehr seine nächste Umgebung zur Kenntnis genommen hatte. Warum hatte er behauptet, er sei verliebt? Wo man doch auf den ersten Blick sah, dass es nicht so war.

Warum hatte er sich eine neue Frau genommen? Vielleicht, weil er eine brauchte zum Kochen, zum Waschen und Bügeln. Eine Dienstmagd, eine Sklavin, die froh war, irgendwo unterschlüpfen zu können. Sie war ihm gefolgt wie ein Hund.

Möglicherweise hatte der Autor recht mit seiner Geschichte. Cattaneo hatte tatsächlich Toni Flückiger umgebracht, um den Liebesverrat zu rächen. Er hatte sich mit dieser Tat aus dem Leben verabschiedet und wartete jetzt nur noch auf den Tod.

Hunkeler beschloss, diesen Gedanken im Hinterkopf zu behalten. Er rief Bardet an.

»Oui?«

»Hören Sie, Monsieur Bardet. Das Problem mit dem Blut hat sich gelöst.«

»Ich weiß. Es ist Rinderblut. Aber woher?«

»Von erstklassig gelagertem französischem Rindsfilet. Flückiger hatte vor, das Fleisch in die Schweiz zu schmuggeln. Füglistaller und Stebler haben es gefunden. Wir haben es heute über Mittag gegessen. Es hat hervorragend geschmeckt.«

»Le salaud«, sagte Bardet. »Dann hätten wir also ein Problem weniger. Gut, wir sehen uns beim Rapport.«

Anwesend war die ganze Basler Crew samt Madörin. Von französischer Seite waren da Madame Godet, Monsieur Bardet und Monsieur Morath. Die Stimmung war von Anfang an gereizt. Staatsanwalt Suter versuchte zwar, sich entspannt zu geben. Er hatte sich sportlich leger gekleidet. Hellgrauer Flanellanzug, hellrosa Hemd, dunkelblaue Krawatte. Er brauchte wohl etwas Zeit, sich von den Schneehängen Graubündens zu verabschieden in den tristen Basler Alltag hinein.

Er begrüßte kurz und ohne Erwähnung der Nationalität die Anwesenden und übergab das Wort an Madame Godet. Sie erklärte sich befriedigt von der Art, wie die Zusammenarbeit angelaufen sei. Sie selber seien noch nicht so weit, genaue Ergebnisse vorlegen zu können. Die Untersuchungen seien am Laufen, die ersten Befunde der Autopsie seien auf morgen Dienstag zu erwarten.

Auch Bardet fasste sich kurz. Er schien sich nicht allzu wohl zu fühlen in der Runde, er sprach ohne seine gewohnte Schärfe. Vielleicht lagen ihm Vouvray und Austern noch schwer im Magen.

Er wolle sich nicht in Spekulationen ergehen, sagte er. Nur so viel:

Erstens sei Anton Flückiger 58 Kilo schwer gewesen. Ein Leichtgewicht also, es sei durchaus denkbar, dass ein einzelner kräftiger Mann genügt haben könnte, die Leiche aufzuhängen.

Zweitens sei Flückiger aus sehr kurzer Distanz erschossen worden, ohne Gegenwehr. Die Kugel sei in der Holzwand einer benachbarten Hütte gefunden worden. Es sei eine Kugel neuerer Produktion, die aus einer Pistole älterer Produktion abgefeuert worden sei. Denkbar sei eine Pistole aus der Zeit des Zweiten Weltkrieges.

Drittens sei es noch nicht gelungen, Flückigers militärische Laufbahn zu eruieren. Grund dafür sei der heutige Feiertag, an dem die entsprechenden Archive geschlossen seien.

Viertens sei die Parzelle B35 äußerst karg bepflanzt. Eine Rose, eine Eibe, ein Seerosenteich. Der Teich sei mit armiertem Beton gebaut. Sie seien daran, den Beton aufzubrechen und tiefer zu graben, in der Hoffnung, auf einen relevanten Fund zu stoßen. Sie würden das ganze Areal umgraben, was schwierig sei, weil der Boden gefroren sei.

Fünftens stamme der Fleischerhaken von Füglistallers Hütte. Dort würden weitere solcher Haken hängen.

Sechstens würden sie noch heute Abend einen neuen Kommandoposten einrichten, und zwar im französischen Zollhaus.

Siebtens bitte er darum, jemanden nach Rüegsbach zu schicken, um sich nach Flückigers Einbürgerung zu erkundigen. Er denke an Kommissär Hunkeler.

Hier schniefte Staatsanwalt Suter vernehmlich durch die Nase, als wäre ihm eine Mücke hineingeflogen. Offenbar fühlte er sich in seiner Souveränität beeinträchtigt. Aber er sagte nichts.

Achtens, fuhr Bardet weiter, hätten sie die Telefonnummer in Thailand angerufen, hätten aber keine klare Auskunft erhalten. Sie hätten sich beim thailändischen Telefonamt erkundigt. Die Auskunft sei verwirrend gewesen. Es handle sich beim Eigner der Nummer um so etwas wie eine Mischung aus Drogerie und Puff. Sie hätten es mehrmals versucht. Es scheine dort niemand einen Anton Flückiger zu kennen.

Neuntens sei auffallend, dass gestern Mittag Moritz Hänggi, der Pächter von B26, nach Fuerteventura abgeflogen sei. Hänggi habe erwiesenermaßen die Silvesternacht auf B26 verbracht, was ungewöhnlich anmute, so kurz vor dem Abflug. Sie hätten mehrmals versucht, ihn auf dem Handy anzurufen. Sie hätten stets vom Beantworter gehört, dass der Abonnent nicht gestört werden wolle.

»Warum Moritz Hänggi?«, fragte Suter.

»Weil uns der Mann interessiert.«

»Und warum?«

»Wir werden das bekanntgeben, wenn wir es für richtig halten.«

Suter griff sich an den rosa Kragen, sagte aber wieder nichts.

»Wir leiten die Ermittlungen«, sagte Bardet. »Wir sind nicht verpflichtet, Sie in allen Details zu informieren. Ist es nicht so, Monsieur Morath?«

»Doch«, sagte Morath, »laut Staatsvertrag ist es so.«

»Danke. Dr. de Ville wird Sie jetzt über die Ergebnisse der Untersuchung von Flückigers Wohnung an der Dammerkirchstraße informieren. Ich bitte um Entschuldigung, dass ich mich so knapp fassen muss. Mehr wissen wir nicht.«

»Außer B26«, sagte Madörin spitz. »Außer dem, was auf B26 passiert sein könnte.«

Er saß da in eigenartig geduckter Haltung, als ob er demnächst an die Decke fahren würde.

Hunkeler steckte sich eine Zigarette an. Er war froh, dass Bardet den Aschenbecher vor sich auf dem Tisch stehen hatte.

Eine Weile sagte keiner ein Wort. Dann griff Suter zum Handy und bestellte in der Cafeteria eine Runde Kaffee.

»Und einen Cognac, bitte«, sagte Bardet.

»Tut mir leid, Monsieur«, sagte Suter durchaus freundlich, »Cognac haben wir nicht. Aber ich habe aus Davos einen köstlichen Kräuterschnaps mitgebracht. Die Flasche steht in meinem Büro. Ich hole Ihnen gern ein Glas, wenn Sie es dringend brauchen.«

»Messieurs«, sagte Madame Godet, »ich bitte Sie. Wo sind wir denn? Im Kindergarten? Sie werden sich doch nicht noch zu prügeln anfangen. Vergessen Sie bitte nicht, dass eine Frau anwesend ist.«

Sie versuchte wieder ihr charmantes Lächeln. Diesmal gelang es hervorragend.

»Mais non, Madame«, sagte Suter honigsüß, »wir sind gute Nachbarn. An uns jedenfalls soll es nicht fehlen.«

Der Mann aus der Cafeteria brachte den Kaffee. Sie saßen alle vor ihren Tassen, rührten Zucker hinein, schlürften. Einmal war Lüdis Kichern zu hören. Es klang ziemlich hilflos.

»Ich möchte gerne wissen«, sagte Madörin endlich, »was Sie mit B26 vorhaben. Warum Sie Moritz Hänggi haben entwischen und nach Fuerteventura ausfliegen lassen. Zusammen mit Jeannette Wiest, seiner Lebensgefährtin. Sie ist Elsässerin, was ein interessanter Punkt sein könnte. Im weiteren möchte ich wissen, warum Sie so wenig Interesse an der Belegschaft der Gärten zeigen. An den Schweizern, Jugoslawen und Türken. Ist Ihnen nicht zu Ohren gekommen, dass heute Nacht vier Enten getötet worden sind? Wissen Sie nichts von den toten Kaninchen? Sie scheinen sehr einseitig vorzugehen, Monsieur Bardet.«

Bardet drückte seine Zigarette aus. Er war drauf und dran, den Raum zu verlassen.

»Gut«, sagte er mit versteinerter Miene, »ich schlage vor, Monsieur de Ville wird uns jetzt über Flückigers Wohnung informieren.«

»Was soll das?«, schrie Madörin. »Bekomme ich eine klare Antwort oder nicht?«

»Non«, sagte Bardet.

Madörin schmiss seinen Stuhl um und ging wortlos hinaus.

»Mais Messieurs«, sagte Madame Godet, »ist es nicht möglich, dass wir uns wie zivilisierte Menschen unterhalten? Je vous en prie.«

Suter strich sich kurz übers Haar, als ob er sich vergewissern wollte, dass es noch da war. Die Bräune im Gesicht hatte er nicht verloren. Lüdi kicherte, fast unhörbar. Hunkeler hätte am liebsten laut herausgelacht. Aber er hielt sich zurück.

»Es gibt nun einmal Landesgrenzen«, sagte de Ville endlich, »ob uns das passt oder nicht. Es gibt den Staatsvertrag. Was isch de los, nom de Dieu? Sind ir alli eberegschnappet? Hoppla jeze. Andenken und Erinnerungsstücke gibt es fast keine in der Wohnung. Es ist, als hätte Anton Flückiger versucht, die Spuren seines Lebens auszulöschen. Drei Papierblumen und ein paar Ansichtskarten, sonst nichts. Die Papierblumen, es sind drei Rosen, die früher einmal feuerrot gewesen sein müssen, stammen von einem Schießstand auf einer Kirmes. Im Elsass sind sie heute noch zu haben. Flückiger wird sie vermutlich einer Frau herausgeschossen haben. Die Ansichtskarten stammen aus Amsterdam, Prag,

Karlsbad, Altkirch und Sumiswald im Emmental. Sie sind nicht abgeschickt worden. Sie sind alle auf der Rückseite datiert und beschrieben mit männlichen Vornamen. Die Schrift ist teilweise verblichen. Wir haben sie von einem Spezialisten transkribieren lassen. Ich schlage vor, wir schauen sie uns an, in der zeitlichen Reihenfolge.«

Er schaltete den Projektor ein.

»Links sehen Sie die Originalkarte, rechts die Transkription. Bitte beachten Sie die großen Buchstaben AK und FW. Es werden weitere solche großen Buchstaben zu sehen sein. Bitte achten Sie auch auf diese.«

Alle lasen, was auf der Leinwand erschien.

Amsterdam, 8. Oktober 1940. AK. Hans FW, Friedbert, Werner, Eberhard, Alfred, Anton.

Prag, 8. April 1941. AK. Egon HM, Matthias, Thomas, Jürg, Pirmin, Dieter, Christoph, Anton.

Karlsbad, Weihnachten 1941. AK. Egon HM, Martin, Friedrich, Adolph, Anton.

Altkirch, Kathrinenmarkt 1942. AK. Peter OF, Jürg, Robert, Rudi, Joseph, Viktor, Theo, Anton.

Sumiswald, Kalter Markt 1958. AK. Küssu, Köbu, Wäutu, Fridu, Ülu, Tönu.

»Der Kathrinenmarkt in Altkirch«, sagte de Ville, »findet immer Ende November statt. Weiß jemand, wann der Kalte Markt in Sumiswald abgehalten wird?«

»Immer am 30. Dezember«, sagte Hunkeler. »Ich weiß das, weil ich in jener Gegend ein paar Jahre lang ein Wochenendhaus hatte. Die Namen sind Markus, Jakob, Walter, Fritz, Uli und Anton.«

»Gut«, sagte de Ville. »Vermutlich sind alles Namen von

Kollegen, mit denen zusammen Livius diese Orte besucht hat. Anhand der Karten können wir seinen Weg durch Europa in den ersten Kriegsjahren verfolgen, bis Ende 1942 in Altkirch. Dann bricht seine Spur ab, bis sie bei Kriegsende in Riehen bei Basel wieder auftaucht. Sumiswald betrachte ich als bloße Zugabe.«

»Was heißt AK?«, fragte Madame Godet.

»Das wissen wir nicht. A könne Armee heißen, K Kommando. FW könnte Feldwebel heißen, HM Hauptmann, OF Offizier. Das sind bloß Vermutungen.«

»War in Karlsbad nicht ein Kriegslazarett?«, fragte Madame Godet.

»Doch. Das könnte bedeuten, dass sich Anton Livius eine Kriegsverletzung zugezogen hat.«

»Ist es möglich, aus den aufgelisteten Namen irgendetwas Konkretes herauszulesen?«

»Nein. Es sind für uns beliebige Namen.«

»Auffallend ist es schon«, sagte Madame Godet, »dass Livius eine Karte aus Altkirch behalten hat. Es ist das allerletzte Kaff. Im Weiteren habe ich keine Fragen.«

»Ebenfalls auffallend sind die drei Papierblumen«, sagte Morath. »Warum sind es drei? Und warum hat sie der Schütze, der wohl Livius war, behalten und nicht zum Beispiel die Frau, für die er sie herausgeschossen hat?«

Darauf wusste niemand eine Antwort.

»Ich vermute«, sagte Bardet, »dass uns da einer an der Nase herumführen will. Solche Papierblumen schießt man als junger Mann heraus, um einem Mädchen zu imponieren. Niemand behält so etwas bis ins hohe Alter. Und die Ansichtskarten erinnern eher an einen Schulausflug. Nur würde ein Schüler solche Karten nach Hause schicken oder an die Freundin. Ich bin der Meinung, dass es sich nicht lohnt, diesen Erinnerungsstücken zu viel Gewicht beizumessen.«

»Es ist das Einzige, was wir haben«, sagte de Ville, »bis jetzt jedenfalls.«

»Stimmt«, sagte Lüdi, »es könnte schon sein, dass Livius alias Flückiger eine falsche Spur legen wollte. Es könnte aber auch sein, dass ihm Papierblumen und Karten tatsächlich viel bedeutet haben. Wobei zu fragen wäre, warum?«

»Ja bitte?«, sagte de Ville.

»AK steht auf jeder dieser Karten. AK könnte tatsächlich Armeekommando heißen. Aber was soll ein Armeekommando in Sumiswald? Es könnte auch Alte Kameraden heißen. Das würde bedeuten, dass sich Livius immer mit Kameraden, mit Freunden umgeben wollte. Dass er also ein durch und durch einsamer, heimatloser Mensch gewesen ist. Das würde auch erklären, warum er die Karten nicht abgeschickt, sondern für sich behalten hat.«

»Interessant«, sagte Suter, »dieses Psychogramm. Welche Bedeutung würden Sie den drei Papierblumen beimessen?«

»Es könnte sein, dass ihn die Papierblumen an eine glückliche Jugend erinnert haben. Es muss einen Grund geben, warum er sie aufbewahrt hat. Auch hier könnte seine Heimatlosigkeit eine Rolle gespielt haben. Drei Rosen als Liebespfand aus früher Jugend.«

»Ich habe«, sagte Hunkeler, »von der Serviertochter im Luzernerring, die ihn gut gekannt hat, erfahren, dass er auch in letzter Zeit immer wieder Ansichtskarten geschrieben hat. Sie weiß nicht, an wen. Er hat diese Karten nicht behalten, sondern abgeschickt. Wir sollten herausfinden, an wen. Und was er hinten draufgeschrieben hat.«

»Sehr interessant«, sagte Suter, »in der Tat. Wie wollen Sie das herausfinden?«

»Indem ich nach Rüegsbach fahre.«

Dagegen hatte niemand etwas einzuwenden.

»Ich will noch etwas zum Liebespfand aus früher Jugend beitragen«, sagte Bardet. »In der Hütte B35 hängt ein Dutzend Fotos aus Thailand, mit nackten Schönheiten drauf. Wir wissen vom Flughafen, dass Livius regelmäßig nach Thailand geflogen ist, mindestens zwei Mal pro Jahr. Das scheint nicht so recht zusammenzupassen.«

»Warum nicht?«, fragte Lüdi. »Es wäre nicht das erste Mal, dass einer aus enttäuschter Liebe zum Hurenbock geworden ist.«

»Mais quelle horreur«, sagte Madame Godet, »achten Sie bitte auf Ihre Wortwahl.«

»Warum haben Sie das nicht gleich gesagt?«, fragte Suter. »Warum verschweigen Sie uns wichtige Informationen?«

»Alles zu seiner Zeit«, sagte Bardet. »Wir sind nicht verpflichtet, Ihnen alles zu sagen. Wir haben übrigens in der Hütte eine weitere Karte mit AK drauf gefunden. Sie stammt aus Phuket/Thailand. Aus einem Etablissement mit dem Namen Sunshine Inn. Wie wir gehört haben, war es eine billige Pension mit angeschlossenem Puff. Auf dieser Karte haben neben Anton wiederum ein Peter, ein Jürg und ein Robert unterschrieben. Wir haben diese Unterschriften verglichen mit der Karte aus Altkirch. Es waren dieselben drei Männer, nur waren sie in Phuket einige Jahrzehnte älter. Wie wir gehört haben, sind Peter, Jürg und Robert im Sunshine

Inn Dauergäste gewesen. Sie haben dort gewohnt. Anton hat sie regelmäßig besucht. Es scheint, dass das Sunshine Inn vom Tsunami ins Meer gespült wurde. Die drei Herren wurden jedenfalls für tot erklärt. Seltsamerweise haben sie alle drei thailändische Pässe mit englischen Nachnamen gehabt.«

Suter hieb mit der flachen Hand auf den Tisch. Fast wäre ihm sein hellrosa Kragen geplatzt.

»Warum haben Sie das nicht schon längst gesagt?«

»Die Wahrheit zu sagen«, sprach Bardet, »mich kotzt das alles an. Sollen die alten Knacker doch ihren Lebensabend verbringen, wo und mit wem sie wollen. Sonst noch etwas?«

Keiner sagte ein Wort.

»Ich danke Ihnen, Messieurs«, sagte Bardet. »Madame Godet und ich machen uns jetzt an die Arbeit.«

Nachdem die beiden gegangen waren, trafen sie sich in der Cafeteria. Suter war sichtlich empört über die mutwillige Vorenthaltung von Informationen, wie er sagte, hielt sich aber, da auch Verbindungsmann Morath mitkam, einigermaßen zurück. Auch Madörin war da, voll unterdrückter Wut.

»Was tun wir eigentlich hier?«, fragte er. »Unsere Zeit vergeuden? Soll doch der Livius nach Thailand fliegen, wann er will. Von jenen Huren hat ihn jedenfalls keine umgebracht.«

»So ist der Staatsvertrag«, sagte Morath. »Jedenfalls kann ich bezeugen, dass bis jetzt alles korrekt abgelaufen ist.«

»Kommen wir endlich zur Sache«, sagte Suter. »Ich gehe davon aus, dass der Täter eher im Umfeld der Gärten zu suchen ist als in Thailand.«

»Das ist mit Händen zu greifen«, brüllte Madörin, »dass in den Gärten der Teufel los ist. Da herrscht der blanke Hass. Man muss sich eben hinbemühen. Man muss mit den Leuten reden, man muss sich dabei die Hände schmutzig machen. Aber das ist dem feinen Gockel aus Mülhausen zu mühsam. Sie sind doch dabei gewesen, Monsieur Morath, Sie haben gehört, was die Gärtner erzählt haben.«

»Stimmt«, sagte Morath, »es gibt so etwas wie einen Krieg der Kulturen in den Gärten. Insofern ist dieses Areal ein Abbild unserer Gesellschaft. Ich erinnere an die brennenden Autos in den Vorstädten von Paris.«

Was für ein Arschloch, dachte Hunkeler. Aber er sagte nichts.

»Wenn Sie gestatten«, sagte Madörin, »so fasse ich zusammen, was wir über die wirkliche Lage in Erfahrung gebracht haben. Angefangen hat alles mit der Angewohnheit einiger Leute aus dem Balkan und der Türkei, überlaut Musik zu hören. Und zwar ihre eigene Musik. Bauchtanzmusik oder weiß der Teufel was. Jedenfalls nicht die Musik, die den Gärten angemessen wäre.«

»Wie das?«, fragte Lüdi. »Welche Musik wäre denn angemessen?«

»Was weiß ich?«, sagte Madörin. »Musik aus unserer Gegend halt, mitteleuropäische Musik. Auf die Anweisung des Arealwächters Widmer, die Lautstärke der Musik zu drosseln, wurde nicht eingegangen. Und dies, obschon in der Gartenordnung eindeutig festgehalten ist, dass den Anweisungen des Arealwächters unbedingt Folge zu leisten ist.«

»Wobei es auch sprachliche Schwierigkeiten gegeben hat«,

sagte Morath. »Es gibt Pächter aus dem Balkan, die kaum ein Wort Deutsch können. Was die Kommunikation enorm erschwert.«

»Also ein typisches Integrationsproblem«, sagte Suter.

»Blödsinn«, sagte Madörin. »Die Botschaft, das Radio leiser einzustellen, sollte relativ leicht zu übermitteln sein. Aber einige dieser Leute sind böswillig. Sie wollen nichts verstehen.

Zweitens haben einige angefangen, in der Art ihrer Landesküche Fleisch zu grillen. Schafsfleisch mit viel Knoblauch und Kräutern aus ihrer Heimat. Was unliebsame Geruchsemissionen verursacht hat. Wobei insbesondere die Herren Füglistaller, Stebler und Anton Flückiger davon betroffen waren. Es handelt sich dabei in erster Linie um die Herren Ferati und Begovič aus dem Balkan. Ferati hat C31, Begovič C29. Diese beiden Parzellen liegen bei Westwind genau in der Anflugschneise auf B39, B37 und B35. Das haben die drei Schweizer nicht ertragen. Sie sind wiederum beim Arealwächter Widmer vorstellig geworden. Der hat interveniert, wiederum ohne Erfolg.

Drittens hat der Pächter von C35, ein Kurde türkischer Abstammung mit Namen Dogan, eine achtzehnjährige Tochter namens Tilava. Sie besucht zwar in Basel das Gymnasium, trägt aber ein Kopftuch und ärmellange Kleider. Sie arbeitet oft im Garten, auch bei größter Sommerhitze mit dem Tuch auf dem Kopf. Sie hat ein großes Kräuterbeet angelegt. Sie wird oft besucht von einem jungen Türken namens Fidan, der kein Wort Deutsch zu verstehen scheint. Es ist offensichtlich, dass Dogan diesen Fidan nicht gern sieht. Es ist ein paarmal zum handfesten Krach gekommen, in der ihnen eigenen Landessprache, versteht sich. Dieses türkische Geschrei hat weitherum Unwillen erregt.

Viertens ist dieser Dogan eines Tages mit einem lebenden Lamm angerückt, das er auf seiner Parzelle schlachten wollte. Auf die Vorhaltungen der Herren Füglistaller und Stebler habe er geantwortet, Füglistaller schlachte auch Kaninchen.«

»Stimmt«, sagte Morath, »das sind die vier Punkte, die wir in unserem Protokoll dargestellt haben.«

»Interessant, in der Tat«, sagte Suter. »Aber was hat das mit Flückigers Ermordung zu tun?«

»Es hat alles klein angefangen«, sagte Madörin. »Es hat sich sukzessive gesteigert. Wir wollen nicht behaupten, dass einer der drei, also Ferati, Begovič oder Dogan, der Täter sei. Aber außer Acht lassen dürfen wir diese Möglichkeit auf keinen Fall. Erst hat jemand Feratis Grill umgestoßen und zertrümmert. Wer dies getan hat, will niemand genau wissen. Ferati selber sagt, er wisse es nicht.«

»Hast du mit ihm geredet?«, fragte Hunkeler.

»Ja, in seiner Wohnung an der Murbacherstraße. Wir haben von Füglistaller und Stebler gehört, dass Anton Flückiger verdächtigt wird. Das ist Anfang September passiert. Am 4. Dezember wurden Füglistallers Kaninchen getötet. Es ist klar, dass als Täter Ferati in Frage kommt.«

»Warum ist das klar?«, fragte Suter.

»Weil es ein Racheakt gewesen sein muss. Wer würde sonst harmlose Kaninchen umbringen?«

»Aber es wird ja nicht Füglistaller verdächtigt, den Kamin zerstört zu haben, sondern Flückiger.«

»Es könnte auch Füglistaller gewesen sein, der den Kamin umgestoßen hat«, sagte Morath. »Es könnte sein, dass diese Tat jetzt einfach dem Flückiger in die Schuhe geschoben wird. Weil er tot ist und sich nicht mehr wehren kann.«

»Es folgte ein weiterer Racheakt«, sagte Madörin. »Mitte Dezember wurde in Begovičs Hütte eingebrochen, es wurden Radio und CD-Spieler zerstört. In der gleichen Nacht wurde auch Dogans Hütte heimgesucht. Es wurden islamische Schriften entwendet und zerfetzt.«

»Um Gottes willen«, sagte Suter, »hoffentlich nicht der Koran. Das wäre ein Skandal. Warum wurde das alles nicht der Polizei gemeldet?«

»Weil sie im Garten nichts zu tun haben wollen mit der Polizei«, sagte Madörin. »Sie sagen, sie könnten sich selber helfen.«

»Wer soll denn Pfisters Enten getötet haben?«, fragte Suter.

»Das wissen wir nicht. Aber bestimmt jemand, der tief in seiner Ehre verletzt war. Wir werden weiterermitteln. Vielleicht müssen wir den einen oder andern in Untersuchungshaft nehmen. Ich selber vermute, dass der Täter ein Ausländer ist. Wir müssen aber alle Möglichkeiten im Auge behalten. Prinzipiell könnte es fast jeder gewesen sein, der in den Familiengärten ein Areal gepachtet hat. Wir sollten uns unbedingt auch die Burschen von Cannibal Frost beim Robinsonspielplatz vornehmen. Die platzen vor Wut auf die sogenannten Spießer. Und Schrebergärten gelten als Inbegriff des Spießertums. Sicher ist, dass wir die Ermittlungen nicht ausschließlich der Police Nationale überlassen dürfen. Die können das nicht, das müssen wir vom Basler Kriminalkommissariat übernehmen. Und ich arbeite intensiv mit Monsieur Morath zusammen, er ist immer dabei.«

»Was sagen Sie dazu?«, fragte Suter.

Morath überlegte, es schien ihm nicht recht wohl zu sein dabei. Dann nickte er.

»Wenn ich über alles informiert werde«, sagte er, »sollte es möglich sein.«

Hunkeler saß in der Küche seiner Wohnung an der Mittleren Straße. Es war Montagabend 20 Uhr, 2. Januar. Draußen im Hinterhof war die Luft voll Schnee. Es schneite lautlos, ohne jeden Wind, der Winter hatte sich endgültig zurückgemeldet. Er liebte diese Ruhe, die eine Schneeruhe war.

Er hatte eine Pizza aufgebacken und einen Krug Schwarztee getrunken. Er hatte sich gefragt, was er tun sollte. Er hätte ohne weiteres aufgeben können, sich still verhalten, sich nicht rühren. Warten, bis der Fall sich von allein gelöst oder sich totgelaufen hätte im Leerlauf der Ermittlungsmaschinerie. Das wäre niemandem aufgefallen, das war bewährte Beamtenart. Zudem wurde er nur noch für besondere Aufgaben benötigt. Was hieß, dass man ihn in Ruhe ließ.

Aber er wollte nicht.

Jedenfalls glaubte er nicht an die Thailand-Connection der alten Kameraden, wenn es denn wirklich alte Kameraden waren. Das sagte ihm seine Nase. Er glaubte auch nicht an den Kampf der Kulturen. Das sagte ihm sein Hirn. Er glaubte an die Aussage der Serviertochter Mara, die Flückiger gut gemocht, wenn nicht geliebt hatte.

Er rief Hedwig an.

»Ja? Wann kommst du?«

»Es wird spät werden«, sagte er, »aber ich will heute Nacht bei dir schlafen.«

»Wenn du mich nicht weckst, jederzeit. Wir haben beschlossen, Annette und ich, dass wir für ein paar Tage nach Colmar fahren. Zum Isenheimer Altar und zur Madonna im Rosenhag. Weil so eine friedliche Stimmung ist draußen. Es schneit wie in einer Kirche. Kommst du auch?«

»Ja, ich werde kommen. Aber erst, wenn der Fall gelöst ist.«

»Ach«, sagte sie, »dann wird also nichts draus.«

»Doch. Wer soll eigentlich zu den Hühnern schauen?«

»Du bist der Bauer, nicht ich.«

»Ich bin kein Bauer, Herrgottsack. Ich bin ein armer, gehetzter Jagdhund. Ich muss morgen ins Emmental fahren.«

»Pech gehabt. Aber heute Nacht kommst du?«

»Ja, das habe ich doch gesagt.«

»Die Nachbarin wird zu den Hühnern schauen, wenn du nicht willst. Die nimmt die Eier gern.«

Er fuhr zum Luzernerring, ging hinein und setzte sich an den Tisch gleich rechts.

»Hast du einen Moment?«, fragte er, als ihm Mara den Milchkaffee hinstellte.

Sie fuhr sich mit den Händen übers Haar und schaute zum Stammtisch hinüber, an dem drei schweigende Männer saßen.

»Gern.«

»Hat Flückiger eine Verwundung gehabt? Ich meine, hat er eine Narbe gehabt?«

»Ist das nicht eine sehr intime Frage?«

Er antwortete nicht.

»Gut, meinetwegen. Er hat quer über den Nabel eine lange Narbe gehabt. Nicht schön anzuschauen, sie muss bloß notdürftig zusammengenäht worden sein. Er hat einmal davon geredet. Ein Bauchschuss war's, in Böhmen. Er ist fast gestorben daran. Er ist in Karlsbad gepflegt worden.«

Sie dachte nach, als ob sie sich an ihre Jugend erinnert hätte. Er wollte etwas sagen, wusste aber nicht wie.

»Er war kein schlechter Mensch. Irgendetwas hat ihn geplagt, worüber er nicht reden konnte. Den Bauchschuss hat er überlebt. Aber irgendwo hatte er eine tiefere Wunde, eine, die nicht verheilt war. Einmal hat er gesagt, er frage sich, warum er noch am Leben sei. Warum er alt geworden sei, während andere jung sterben mussten.«

Wieder strich sie sich über die Frisur. Sie errötete dabei, fast wie ein Mädchen beim ersten Kuss.

»Ich habe niemanden gekannt«, sagte sie, »der sich einer Frau so hat hingeben können. Er hat sich ausgeliefert, als ob er in dieser Auslieferung Rettung hätte finden können. Ich kann es nicht besser sagen.«

Hunkeler nickte. Doch, er verstand.

»Er war so unglaublich lieb. Wir haben ihn gern getröstet. Wir Frauen, meine ich. Hilft dir das, was ich sage, etwas?«

Er nickte. Er wollte noch mehr wissen.

»Könnte es sein«, fragte er, »dass eine dieser Frauen in irgendeiner Beziehung zu seiner Ermordung steht?«

»Meinst du, ob ihn eine Frau umgebracht hat? Nein, nie und nimmer. Im Gegenteil, wir haben zu ihm geschaut.«

»Du weißt, dass er nach Thailand gefahren ist?«

»Natürlich weiß ich das. Soll das schlecht sein? Die Frauen dort wollen auch etwas verdienen.«

Sie zögerte und schaute zum Stammtisch hinüber. Dann sagte sie es doch.

»Ich habe dich gestern angelogen. Ich weiß, wohin die Ansichtskarten gingen. Nach Thailand. Er hat dort Freunde gehabt.«

»Ach so? Haben diese Freunde zurückgeschrieben?«

»Ja. Und zwar nicht an seine Adresse an der Dammerkirchstraße. Sondern hierher an den Luzernerring. Es waren Briefe, in einem Kuvert. Er hat sie gelesen und gleich gerissen. Er hat sie in den Mülleimer hinter der Theke geworfen. Ich habe einmal nachgeschaut, was da draufstand. Es stand ein großes A drauf und ein großes K. Darunter drei Namen.«

»Was für Namen?«

»Peter, Robert, Jürg. Sonst nichts. Außer drei Blumen.«

»Wie bitte?«

»Ja, es waren drei Blumen hingezeichnet. Wie drei Rosen.«

»Herrgottsack«, sagte Hunkeler so schroff, dass sie erschrak.

»Hätte ich das nicht sagen sollen?«

»Doch doch. Ich muss bloß überlegen. Warum drei Rosen? Hast du eine Ahnung?«

»Nein, eigentlich nicht. Vielleicht, weil eine Rose das Symbol für Schönheit ist. Drei Rosen, das bedeutet Gesundheit, Glück und Frieden. Das hat er gesucht, sein Leben lang. Ich glaube, er hat es bei mir gefunden, für wenige Augenblicke wenigstens. Das war der Grund, warum ich ihn geliebt habe.«

Eine stolze, selbstbewusste Frau, dachte er. Sie wusste, wovon sie redete.

»Gibt es hier in Basel eine Frau«, fragte er, »die er besonders geliebt hat? Außer dir natürlich?«

Die Frage machte ihr nichts aus. Sie lächelte freundlich.

»Lucia. Die war eine Prachtfrau. Sie ist ja jetzt tot.«

»Was hat Cattaneo dazu gesagt?«

»Ach der. Der hat Lucia nicht verdient gehabt, dieser Rüpel. Er ist grauenhaft eifersüchtig gewesen. Obschon er sie nur beleidigt hat.«

»Weißt du, in welcher Kneipe Cattaneo verkehrt?«

»Geh einmal ins Milchhüsli. Nach der Spätausgabe der Tagesschau.«

Er fuhr durch die Burgfelderstraße der Innenstadt zu. Es schneite so dicht, dass er die Scheibenwischer auf Höchststufe drehen ließ. Ein Tram der Linie drei kam ihm entgegen, er hätte es beinahe übersehen. Links der Kannenfeldpark, die Äste der Bäume hatten sich, niedergedrückt vom Schnee, über den Zaun gelegt. Erkans Kiosk stand dunkel, in schwachen Nachtschimmer gehüllt.

Seltsam, dachte er, wie Mara mit ihm geredet hatte. Sie hatte alles preisgegeben, was sie preisgeben konnte. Warum hatte sie das getan? Erstens, weil sie Anton Flückiger liebte. Sie liebte ihn, obschon sie nicht seine einzige Frau gewesen war.

Eine leise Wehmut beschlich Hunkeler, als er das dachte. Fast eine Art Eifersucht. Dann musste er grinsen. Er hatte genug mit Hedwig zu tun. Und er hätte es nicht ertragen, wenn er Hedwig mit einem andern hätte teilen müssen.

Zweitens hätte Mara ihr Geheimnis nicht jedem Polizisten erzählt. Sie hatte es Hunkeler erzählt und keinem andern. Das machte ihn froh.

Er parkte vor dem Milchhüsli. Im Billard-Center gegenüber sah er ein paar Gestalten sitzen, es hatte große Schaufenster, da es ein Coop-Laden gewesen war. Dort würde er eine Zeitlang nicht mehr hineingehen. Er hatte eine Wut auf den Wirt, der aus Bosnien kam. Der hatte ihm erklärt, dass die Schweiz ein kaputtes Land sei. Nein, hatte Hunkeler geantwortet, nicht die Schweiz ist kaputt, sondern Bosnien. Worauf der Wirt behauptet hatte, es sei ihm gestattet, mehrere Ehefrauen zu haben. Aber nicht in der Schweiz, hatte Hunkeler gesagt.

Er betrat das Milchhüsli und setzte sich an die Bar. Milena, die serbische Wirtin, wollte ihm ein Bier bringen. Er wollte ein Wasser haben, er müsse noch fahren.

»Bei diesem Wetter?«

»Ja«, sagte er, »ins Elsass zur Freundin. Sie wartet auf mich.«

Links hinten im kleinen Saal spielten junge Männer Billard. Sie taten es ruhig und konzentriert. Da sie keine Arbeit hatten, würden sie bis morgens um drei weiterspielen. Rechts am Fenster saß ein arbeitsloser Gärtner. Den mochte er, weil er auch aus dem Aargau kam. Aber jetzt wollte er nicht.

Er stellte sich einen jungen Mann vor, der in jungen Jahren Soldat geworden war. Noch keine zwanzig war er gewesen, als er mit der Wehrmacht in die Niederlande zog. Dann ging's nach Prag, und keiner hatte ihn gefragt. In Böhmen erhielt er einen Bauchschuss verpasst, von Partisanen vielleicht. Dann hatte er zum ersten Mal in seinem jungen Leben Glück, er überlebte. Weiter ging's nach Altkirch, direkt vor den Toren Basels.

Er selber, dachte Hunkeler, war damals vier Jahre alt gewesen und hatte im Garten mit Schneckenhäuschen gespielt. Der andere, Anton Livius oder wie er wirklich hieß, hatte sich im Elsass eine seelische Verletzung geholt, die laut Mara schwerer wog als der Bauchschuss. Nach dem Krieg hatte er sich unregistriert irgendwo herumgetrieben, in Böhmen vielleicht oder weiß der Teufel wo. Dann hatte er im Emmental neu Fuß gefasst, hatte sich einbürgern lassen und einen neuen Namen angenommen. Bis er mit vierzig Jahren nach Basel kam und als alter Mann an einem Fleischerhaken aufgehängt wurde. Aber bis zuletzt hatte er mit seinen alten Kameraden, von denen einige nach Thailand gegangen waren, Freundschaft gehalten und Kartengrüße gewechselt. Und bis zuletzt hatte er Trost im Frauenschoß gesucht.

War es so? Hatte er wirklich Trost gefunden? Laut Mara ja.

Hunkeler dachte an sein eigenes, bescheidenes Leben. Er hatte sich früher, als er nach Paris ins Quartier Latin gefahren war, für einen wilden Kerl gehalten, unangepasst und autonom. Er hatte einige Frauen gekannt. Er hatte geheiratet und eine Tochter gezeugt. Dann war er geschieden worden. Er war Beamter der Stadt Basel geworden, Kommissär mit gutem Ruf, der für seinen menschlichen Spürsinn bekannt war. Jetzt hatte er eine Freundin, die er liebte, und wartete auf seine Pensionierung, die er im Elsass zu verbringen gedachte, bis zum Tod.

Wirklich ein bescheidenes Leben. Er war halt ein verwöhnter Schweizer.

Um 22 Uhr 30 kam Beat Pfister herein und setzte sich zu ihm an die Bartheke. Sie bestellten einen Halben Beaujolais, Hunkeler trank ein Glas mit. Pfister war aufgewühlt. Er konnte nicht sitzen bleiben auf dem Hocker, er musste stehen.

»Wer bringt es fertig«, lamentierte er, »vier harmlosen Enten den Hals umzudrehen? Nicht etwa, um sie zu braten und zu essen. Er hat sie mir einfach vor die Hütte geworfen. Wer bringt es über sich, einem braven, harmlosen Rentner das anzutun? Die Viecher waren mir das Liebste, was ich hatte. Sie haben sich gefreut am Morgen, wenn ich kam. Sie haben mir aus der Hand gefressen. Sie haben mich in den Arm gebissen, aber nie so, dass es weh tat. Wem kann so etwas in den Sinn kommen, was sind das für Menschen?«

»Ja«, sagte Hunkeler, »was meinen Sie? Wer könnte es gewesen sein?«

»Da brauchen Sie nicht weit zu suchen. Aber wir räuchern sie aus. Wenn es die Polizei nicht tut, tun wir es. Diesen Muselmanen ist nichts heilig. Nicht die eigene Frau, nicht die eigene Tochter, nicht die Kreatur. Sie setzen sich selber zum Herrn, der über alles herrscht. Sie wollen die Weltherrschaft, auch hier in der Schweiz. Wir haben sie aufgenommen, sind freundlich zu ihnen und geben ihnen zu essen. Jetzt stellen Sie sich einmal vor, wenn die überall ihre Minarette errichten. Dieses Geschrei aus den Lautsprechern alle paar Stunden. Diese arabischen Suren, die sie uns in die Ohren brüllen wollen. Ich bin im Oktober ein paar Tage in Marrakesch gewesen. Es war nicht auszuhalten, dieses Gedröhne. Meine Frau hat Zustände bekommen deswegen. Zum Glück haben wir Ohropax bei uns gehabt. Aber das Volk wird es nicht zulassen, dass der Imam über Basel befiehlt. Wir haben unsere Münsterglocken. Und die behalten wir.«

»Schon recht«, sagte Hunkeler, »die Münsterglocken nimmt uns bestimmt niemand weg.«

»Jetzt noch nicht«, schrie Pfister, »aber bald. In wenigen Jahrzehnten gibt es keinen echten Schweizer Nachwuchs mehr. Es gibt nur noch kleine Mohammedanerli. Dann gute Nacht.«

»Wenn das so ist«, sagte Hunkeler, »dann sollten Sie es eben noch einmal selber probieren. Meinen Sie nicht?«

Pfister überlegte, was Hunkeler damit gemeint haben könnte. Er kam nicht recht drauf.

»Wie meinen Sie das?«, fragte er.

Hunkeler wandte sich zu Milena.

»Kommt Cattaneo nicht mehr hierher?«

»Nein«, sagte Milena, »seit drei Tagen nicht mehr. Er ist nicht einmal an Silvester hier gewesen, bevor er in seinen Garten gegangen ist. Auch gestern nicht.«

»Kommt er jeweils mit seiner neuen Frau?«

»Nein, allein.«

»Und was trinkt er?«

Milena zögerte.

»Muss ich das sagen?«

»Du musst nicht. Aber du kannst, wenn du mir helfen willst.«

»Meinetwegen. Wir haben einen billigen Rotwein aus Serbien. Du würdest nicht ein Glas davon trinken, so sauer ist er. Davon trinkt er anderthalb Liter. Um zwei geht er heim. Er sagt, er kann ohne den Wein nicht schlafen.«

»Was macht er denn jetzt?«

»Keine Ahnung. Ich habe mir schon Sorgen gemacht. Er war so merkwürdig in letzter Zeit.«

»Wie merkwürdig?«

»Du suchst den Mörder von Toni Flückiger, gell?«

Hunkeler nickte.

»Er ist von einem Augenblick auf den andern anders geworden, wie ein umgedrehter Handschuh. Das ging ganz schnell. Erst hat er erzählt und gelacht, dann plötzlich war er stumm wie ein Fisch. Als ob er die Wirklichkeit um sich herum gar nicht mehr richtig zur Kenntnis genommen hätte. Wie wenn sich etwas vor seine Augen geschoben hätte, ein inneres Bild. Verstehst du mich?«

»Ja, vielleicht schon.«

»Ich weiß nicht, ob es seine tote Frau war, die ihn jeweils heimgesucht hat.«

»Die Lucia.«

»Ja. Hast du sie gekannt?«

»Nein, leider nicht.«

»Er ist jeweils von einer Sekunde zur andern bleich geworden im Gesicht, schlaff, ein alter Mann. Er hat nicht mehr zugehört, wenn ich etwas zu ihm gesagt habe. So ist er dann sitzen geblieben, bis er ausgetrunken und bezahlt hat.«

»Aber er hat doch eine neue Frau?«

»Die Giovanna, ja. Aber die ist nur bei ihm, weil sie sonst nirgends sein kann. Willst du wirklich noch fahren?«

»Ja natürlich. Gute Nacht.«

Er ging hinaus, setzte sich ins Auto und fuhr los. Er fuhr

alles im zweiten Gang. Beim französischen Grenzposten stand der Mann aus Ranspach.

»Meinen Sie, ich komme über die Hohe Straße?«, fragte Hunkeler.

»Mais oui. Nome schön langsam de Nase noh. I muss au no heim. Hoppla.«

Hunkeler tuckerte durch den Schneefall, es wurde ihm langsam wieder wohl. Er mochte Pfisters xenophobes Geschrei nicht mehr hören. Da war ein Kollege ermordet worden. Und über was regte sich der Idiot auf? Über vier tote Enten.

Die Welt war öd und leer, als er die Hohe Straße hinauffuhr. Wie in Sibirien, dachte er, kein rauchender Kamin, kein warmer Herd. Dann die Abzweigung zu seinem Dorf, das St. Imberkreuz am Wegrand. Er parkte vor seinem Haus und ging hinein. Er zog sich schnell aus und kroch zu Hedwig ins Bett, sachte wie ein Kater.

Am nächsten Morgen fuhr er früh nach Basel zurück. In die Wohnung stieg er nicht mehr hoch, er holte bloß die Langlaufskier aus dem Keller. Er ging noch kurz ins Sommereck, um die Zeitungen zu lesen. Edi saß vergrämt am Stammtisch, vor sich ein Glas Fruchtsaft.

»Hier, lies«, sagte er und streckte Hunkeler die Boulevardzeitung aus Zürich hin. »Jetzt haben wir den Salat. Es ist noch schlimmer als auf dem Balkan.«

»Hör auf, ja? Ich kann den Blödsinn nicht mehr hören. Bring lieber Kaffee.«

Auf der Titelseite war ein Foto des Chalet Enzian abgebildet. Ein Pfeil zeigte auf den Giebel. Titel: Hier hing die Leiche am Fleischerhaken. Frage: Wer wird als Nächster geköpft?

Der Text war von Hauser. War es das Werk von Islamisten? Kamen sie aus einem Terroristencamp bei Mulhouse? Schläft die Basler Polizei?

»Es ist grauenhaft«, sagte Edi, »was in unserem Basel passiert. Man ist in der eigenen Wohnung nicht mehr sicher.«

»Hör jetzt auf. Iss lieber etwas.«

»Ich darf ja nicht. Sie haben mich auf Müsli-Diät gesetzt. Nur noch Haferflocken mit Kleie.«

»Das ist doch scheißegal«, brüllte Hunkeler. »Dann frisst du eben Kleie.«

Er schmiss die Boulevardzeitung in die Ecke und griff zur *Basler Zeitung*. Die berichtete äußerst zurückhaltend. Die Untat sei nicht auf Basler Boden geschehen, sondern in Frankreich. Zuständig sei die Police Nationale. Selbstverständlich werde das Basler Kriminalkommissariat mithelfen, den Fall zu lösen. Neben dem Text war ein Foto von Staatsanwalt Suter zu sehen, im gelben Skipullover.

»Tut mir leid«, sagte Hunkeler, »ich wollte dich nicht anbrüllen.«

»Du hast aber. Ich ertrage das nicht auf leeren Magen. Ich hätte übrigens eine Delikatesse aus dem Elsass da. Eine Fasanenpastete aus Illhäusern. So was bekommst du nicht im Laden.«

»Bring her. Putzen wir sie weg.«

Edi holte frisches Weißbrot und eine Fasanenpastete. Er hieb rein, als hätte er seit Tagen nichts mehr zwischen den Zähnen gehabt. Sie schmeckte tatsächlich hervorragend.

»Jetzt ist sie weg«, sagte er traurig. »Jetzt beginnt wieder der Hunger.«

Um zehn bog Hunkeler von der Autobahn ab Richtung Emmental. Es schneite unentwegt. Er überquerte die Brücke bei Aarwangen und schaute aufs Wasser der Aare hinaus, aus der es dampfte. Hier hatten sie jeweils angehalten damals im Sommer, seine Ehefrau, seine Tochter und er, um den Fluss entlang hinaufzuwandern und sich dann im kühlen Wasser wieder hinuntertreiben zu lassen. Eine gute Zeit war es gewesen, und dennoch sehnte er sich nicht nach ihr zurück.

Links der schwarzsteinerne Turm der alten Festung, in dem während Jahrhunderten die Gefangenen der gnädigen Herren von Bern dem Tod entgegengeschmachtet hatten. Er durchfuhr Langenthal und erreichte das Bauernland mit den mächtigen Höfen. Beim Hirsernbad parkte er und machte sich daran, die Ketten an die Antriebsräder zu montieren. Er fluchte laut vor sich hin, als die erste Kette vom Rad fiel, wie ein Holzfäller, dessen Axt einen eingewachsenen Stein getroffen hatte. Er grinste über dieses Fluchen. Das würde nie aufhören, er war und blieb ein Choleriker, er fand es richtig so.

Als die Ketten hielten, straffgezurrt von den Gummibändern, beschloss er, einen zu kippen. Er betrat die Wirtschaft und setzte sich neben den Kamin, in dem ein Feuer brannte. Er bestellte ein Glas Beaujolais, trank bedächtig und betrachtete die drei Eidgenossen, die über der Feuerstelle in den Sandstein gehauen waren. Naive Bauernkunst, die Eidgenossen hatten zusammen bloß fünf Beine.

Er war froh, den Stadtgärten-West entkommen zu sein. Er nahm das Handy aus der Tasche und stellte es ab. Gut so, er war nicht mehr erreichbar.

Zufrieden fuhr er weiter, das Tal hinauf. Die Bauernhöfe standen noch imposanter in der weißen Landschaft. Er öffnete das Wagenfenster, als er an einem vorbeifuhr, und roch den Duft von Silofutter. Er versuchte zu jauchzen, es kam bloß ein heiseres Krächzen aus seiner Kehle. Die verdammte Raucherei. Er griff in die Tasche und warf die Zigarettenpackung hinaus.

Oben beim Bären zweigte er ab Richtung Lueg. Er fuhr in Nebelschwaden hinein, er sah keine zehn Meter mehr weit. Sorgfältig steuerte er der Fahrspur entlang, die sich im Schnee abzeichnete. An Höfen vorbei, wo ihm schwarze Hunde hinterherrannten. Auf der Lueg hielt er nicht an, es gab nichts zu sehen. Er rollte weiter bis zur Wirtschaft Kaltacker. Dort zog er die Langlaufskier an und machte sich auf den Weg, quer über die Wiesen durch den hohen leichten Schnee. Er stampfte wie ein Trapper in Kanada vorwärts, mit hämmerndem Puls. Einmal rannte ein Hund heran, neugierig bellend, es schien ihm zu gefallen, einen Gefährten gefunden zu haben. »Hopp Bäri!«, schrie Hunkeler. »Komm mit, wir rennen in die Prärie zu den Indianern!« Der Hund jaulte und überschlug sich ein paar Mal. Dann blieb er zurück.

Er erreichte einen Waldrand und blieb stehen. Er merkte, dass er jede Orientierung verloren hatte. Er wusste nicht mehr, wo Süden war und wo Norden. Das hatte er noch nie erlebt. Nur die hohen Stämme der Weißtannen, die dunklen

Kronen, die ab und zu ein Stück Schnee fallen ließen. Kein Vogel, kein Laut. Er wartete eine Weile, bis sich sein Puls beruhigt hatte. Dann kehrte er um und folgte seiner Spur zum Kaltacker zurück.

Eine schöne, alte Wirtschaft, aus Holz gebaut wie alles hier oben, Tannen gab es genug. Ein feiner Duft von Harz. Noch immer hing hier General Guisan an der Wand, von dem die Leute glaubten, er habe den Zweiten Weltkrieg gewonnen. Eine Sumiswalder Uhr, ein Bild mit jassenden Männern, die alle vier eine Karte auf den Tisch klopften. Hier Ramsen, stand auf einer Schiefertafel.

Es gab Kalbskopf vinaigrette, dazu Salzkartoffeln und Endiviensalat. Davor eine Schüssel Flädlisuppe. Einen halben Liter Mineralwasser und ein Glas Macon vom Fass. Er aß mit Bedacht, argwöhnisch zuerst, ob der Kalbskopf lind gekocht sei. Er war lind, aber nicht zu sehr, so dass der Gaumen einen satten Widerstand fand. Dazu feingehackte Zwiebeln, samt Essig.

»Cheibe guet«, sagte er zur Wirtin, die ihm ein zweites Glas Macon brachte.

»Nome schad, dass es so schneit«, sagte sie. »Bei diesem Hudelwetter kommt niemand hier herauf.«

Er blieb eine halbe Stunde sitzen, wortlos. Er hörte die Uhr an der Wand schlagen. Einmal muhte im Stall nebenan eine Kuh.

Er fuhr zurück über die Lueg nach Affoltern, bezog in der Sonne ein Zimmer und legte sich hin. Er erwachte erst um drei wieder, so tief hatte er geschlafen.

Um halb vier betrat er die Gemeindekanzlei von Rüegsau, zu dem Rüegsbach gehörte. Eine ältere Frau begrüßte ihn und fragte, was er wolle. Sich erkundigen, sagte er, nach einem Bürger von Rüegsbach mit Namen Anton Flückiger. Er zeigte seinen Ausweis.

»Aha«, sagte sie, »schon wieder ein Schroter. Es hat schon einer angerufen heute Morgen, einer aus Mulhouse im Elsass. Ja, der Toni. Einmal hat es ja so kommen müssen.«

»Warum?«

»Weil er keinen Frauenrock in Ruhe lassen konnte. Das ertragen die Männer nicht.«

»Aber die Frauen haben es ertragen?«

»Ja klar«, sagte sie. »Ich weiß zwar nicht, warum, aber den hat jede gemocht.«

»Was war er denn für einer?«

Sie überlegte eine Weile. Sie hatte dunkle Augen, ohne jede Tiefe, ohne Glanz.

»E Härzige isch er gsii. Lieb und herzlich. Und so offen. Hier oben sind die Männer manchmal total verstockt.«

»Hat er denn keinen richtigen Schatz gehabt?«, fragte er. »Eine, bei der er bleiben konnte?«

»Doch, die Flückiger Sonja. Sie hat einen Spezereiladen gehabt im Rank oben. Jetzt ist er geschlossen. Aber sie wohnt immer noch dort. Bei ihr hat er ein paar Jahre gewohnt. Bis er fortmusste. Sie haben ihn geschickt. Das ist eine Tragödie gewesen. Man erzählt nämlich, der Ursli, also ihr Sohn, sei von ihm.«

»Ach so? Hat er deshalb den Namen Flückiger angenommen?«

»Ich glaube schon. Er hat einen richtigen Namen gebraucht. Er soll ja ursprünglich Livius geheißen haben. Einige sagen, er sei ein Russe gewesen. Aber Sie reden besser mit Beat Jau. Das ist unser Ammann. Er ist da, nur einen Moment.«

Sie ging zur Tür im Hintergrund.

»Etwas möchte ich Sie noch fragen«, sagte Hunkeler, »bitte schön.«

»Ja?«

Sie schaute ihn erwartungsvoll an, wie wenn sie Hilfe erhofft hätte.

»AK«, sagte er. »Küssu, Köbu, Wäutu, Fridu, Ülu, Tönu. Sagen Ihnen diese Namen etwas?«

»Ja klar. Die alten Kameraden. Oder die alten Kanonen.«

»Wie bitte?«

»Der hatte so seine Ideen, der Flückiger Tönu. Er hat echli gschpunne. Aber nie blöd, immer lustig. Die Leute hier oben sind froh, wenn einmal etwas läuft. Dann machen sie mit. Selber wären sie nie auf die Idee gekommen.«

»Auf was für eine Idee?«

»Er hat die erste Zeit, als er hier war, auf Hinterglatt gelebt. Bei Niklausens, bei Wäutu und Fridu. Küssu, Köbu und Ülu wohnten auch dort. Die haben dort eine alte Kanone gehabt. Die soll noch aus der Zeit von Näppu gewesen sein.«

»Näppu?«

»Aus der Zeit von Napoleon. Damit hat er geschossen, auf dem Glöris oben, immer an diesen besonderen Tagen. Am 21. März, glaube ich, am 21. Juni und am 21. September. Sie haben jeweils ein Riesenfest gemacht auf dem Glöris oben, ein Feuer angezündet und Bier gesoffen. Dazu hat er sie überredet, und sie haben mitgemacht. Das waren die alten Kanonen.«

Sie wartete eine Weile, um zu sehen, ob er ihr zuhörte. Dann redete sie weiter.

»Man hat die Knallerei im ganzen Gebiet gehört, immer um Mitternacht. Dreimal hat's geknallt. Und die Leute haben gedacht, dass die spinnen auf Hinterglatt.«

»Und Sie? Was haben Sie gedacht?«

Sie überlegte, ob sie das, was sie sagen wollte, auch sagen durfte. Sie hatte den Blick noch kein einziges Mal von ihm weggenommen.

»Das war doch lustig. Wann knallt's schon bei uns oben? Fast nie, es knallt nie. Und wenn's einmal knallt, dann knallt's richtig böse.«

»Und im Winter«, fragte er, »hat's im Winter auch geknallt?«

»Im Winter nicht, nein. Um den 21. Dezember herum sind die heiligen Nächte. Dann gehen die Männer zum Ramsen in die Beiz. Und in der Altjahrswoche nach Sumiswald an den Kalten Markt. Da haben wir Frauen nichts davon.«

Schade, dachte Hunkeler. Er überlegte, ob er die Frau zum Nachtessen einladen sollte. Aber das ging wohl nicht, mit einem fremden Schroter.

»Und Ursli«, fragte er, »wie geht's dem?«

Sie schaute ihn lange an. Ein Schleier schob sich über ihren Blick, noch dunkler als die Augen.

»Das weiß ich nicht. Das weiß hier niemand. Jedenfalls ist er nicht auf unserem Friedhof begraben.«

»Wo denn?«

»Man sagt, irgendwo in Zürich. Auf dem Platzspitz oder so.«

Die Tür hinter ihr ging auf, ein großer, älterer Mann erschien. Er musterte Hunkeler argwöhnisch. Dann schaute er böse zur Frau.

»Was gibt's, Frau Lüscher?«

»Das ist ein Polizist aus Basel«, sagte sie, »wegen Tönu Flückiger.«

»Und? Was haben Sie ihm erzählt?«

»Nur das Nötigste.«

»Aha? Also gut, kommen Sie herein.«

Er ging voraus in sein Büro und setzte sich auf den Stuhl hinter dem Pult.

»Wer sind Sie?«

Hunkeler legte ihm seinen Ausweis hin.

»Gut. Was wollen Sie?«

»Das wissen Sie doch«, sagte Hunkeler. »Und Sie könnten ruhig ein bisschen freundlicher sein.«

»Stimmt«, sagte Jau, »das könnte ich. Aber warum sollte ich? Wir haben immer Ärger gehabt mit ihm. Und jetzt haben wir wieder Ärger.«

»Stimmt nicht. Wir haben den Ärger, wir vom Basler Kommissariat.«

»Aber wir kommen in die Zeitung. Das wollen wir nicht. Außerdem mögen wir keine Basler Polizisten hier oben.«

»Ich bin kein Basler.«

»Stimmt, das höre ich. Woher?«

»Aus dem Aargau. Wir haben zwölf Jahre lang ein Stöckli gemietet gehabt. Bei Affoltern, bei Alfred Held.«

»Aha, dort.«

Er erhob sich und rückte einen Stuhl vors Pult.

»Bitte, hocken Sie ab.«

Hunkeler setzte sich.

»Heute Morgen hat einer aus Mulhouse angerufen«, sagte Jau. »Ich habe ihm nichts gesagt.«

»Hier oben«, sagte Hunkeler, »bleibt nichts geheim. Ich kann auch mit den Leuten reden.«

»Früher haben wir sechs Käsereien gehabt in der Gemeinde«, sagte Jau. »Jetzt haben wir noch eine, und auch die ist nicht sicher. Es kann kaum noch einer von der Milchwirtschaft leben. Die Leute brauchen einen Nebenjob. Früher hatten wir stolze, autonome Höfe. Wir haben gewirtschaftet, wie wir es für richtig hielten. Da ist manches nicht den korrekten, offiziellen Weg gegangen, auch mit den Papieren nicht. Heute will uns jedes Bundesamt und jedes fremde Kommissariat dreinreden.«

»Ich verstehe Sie schon«, sagte Hunkeler. »Aber es ist besser, Sie reden mit mir als mit einem anderen.«

Jau betrachtete die Fingernägel seiner linken Hand. Sie schienen sauber zu sein. Dann betrachtete er die Nägel seiner rechten Hand.

»Stimmt«, sagte er. »Fragen Sie.«

»Wie hat Anton Flückiger ursprünglich geheißen? Und warum haben Sie ihn eingebürgert?«

»Anton Livius ist im September 1952 hier oben aufgetaucht. Er hat nur einen kleinen braunen Lederkoffer bei sich gehabt. Die Niklausens auf Hinterglatt haben ihn aufgenommen. Er hat auf dem Hof gearbeitet gegen Kost und Logis und etwas Handgeld. Niemand hat danach gefragt. Früher sind oft solche Gestalten aufgetaucht. Sie sind ein paar Wochen geblieben und dann weitergewandert. Er sagte, er komme aus Tilsit. Er sei Soldat gewesen. Mehr hat er nicht gesagt.

Er hat einen alten deutschen Pass gehabt, der das bestätigt hat. Damals ist mein Vater, Jau Konrad, Ammann gewesen. Der hat mir das erzählt. Der Pass sei kaum mehr lesbar gewesen, das Foto nicht mehr identifizierbar. Als ob der Pass ein halbes Jahr im Regen gelegen hätte. Es hat keinen Grund gegeben, dem Mann zu misstrauen. Er hat gut gearbeitet, er hat sich wacker gehalten.«

»Glauben Sie, dass Livius sein richtiger Name war?«

»Wie kann ich das wissen? Jedenfalls hat er den Pass bald verloren. Was uns egal war, wir geben nicht viel auf Papiere. Er hat dann eine Frau kennengelernt, die Flückiger Sonja aus dem Rinderbach. Er ist zu ihr gezogen und hat beim Dres in der Schreinerei gearbeitet. Dres hat gesagt, er sei zufrieden mit ihm. Sonja hat dann einen Sohn geboren, den Urs. Der war von ihm. So weit ist alles gutgegangen.«

»Warum haben die beiden nicht geheiratet?«

»Weil das nicht gegangen ist. Er hatte keine Papiere. Da mein Vater wollte, dass alles seine Ordnung habe, hat er vorgeschlagen, ihn einzubürgern. Und zwar unter dem Namen seiner zukünftigen Frau. Und so hat es die Gemeindeversammlung beschlossen.«

»Er hätte seinen richtigen Namen behalten können.«

»Uns war das recht so. Livius aus Rüegsbach, das wäre doch recht seltsam gewesen. Zudem hat er gesagt, er wolle mit dem alten Leben abschließen und ein neues anfangen. Dafür brauche er einen neuen Namen.«

»Und Sie haben ihn einfach so eingebürgert? Die Emmentaler gelten doch als ziemlich konservativ.«

»Das ist uns egal. Wir schauen auf den Mann. Und der war recht. Er hat gute Freunde gehabt in der Gemeinde. Man hat ihn gemocht.«

»Ach so, ja. Die alten Kanonen.«

Jetzt grinste Jau, die Erinnerung an die Knallerei schien ihn zu erheitern.

»Er hat auch sonst für allerlei Betrieb gesorgt. Aber dann hat er angefangen, über die Stränge zu hauen. Das mag man nicht hier.«

»Wie hat er über die Stränge gehauen?«

Jau betrachtete aufs Neue seine Fingernägel.

»Das geht niemanden etwas an.«

»Er soll ursprünglich ein Russe gewesen sein.«

»Das ist mir unbekannt.«

Jau hatte gesagt, was er sagen wollte. Punkt.

»Ist er freiwillig weggegangen?«

»Wenn wir jemanden weghaben wollen aus der Gemeinde, dann schaffen wir das.«

»Was ist mit Urs geschehen?«

»Der Urs, der ist verschwunden. Sonst noch was? Ich muss jetzt arbeiten. Und vielen Dank.«

Hunkeler fuhr Richtung Affoltern zurück, schön langsam, damit er die Abzweigung nicht verpasste. Es war schon fast dunkel. Die Lichter der Wirtschaft Krone glitten vorbei, die letzten Häuser verschwanden. Nur noch die Dunkelheit ringsum, das Licht der Scheinwerfer, durch das die Schneeflocken fielen.

Dann sah er rechts den Wegweiser Richtung Hinterglatt. Er bog ab und schaltete in den ersten Gang hinunter. Er folgte den Radspuren, die schwach zu erkennen waren. Vermutlich war es verrückt, dass er hier hinauffuhr zu wildfremden Menschen. Vielleicht würde er steckenbleiben. Das war ihm egal. Einige Male spürte er, wie die Antriebsräder wegschwammen. Dann griffen die Ketten wieder.

Er kam in einen Wald, wo der Schnee nicht mehr so hoch lag. Eiszapfen links und rechts, die im Scheinwerferlicht aufleuchteten. Ein Stück Nagelfluh, seltsam bewegt der großen Kiesel wegen, die daraus hervorragten. Die Wurzeln einer Tanne, die sich daran festklammerten. Eine zehn Meter lange Eisfläche, als wäre ein Bach eingefroren. Dann ein offenes Feld, die Schneefläche fast unberührt. Er pflügte hindurch wie ein Kahn.

Er spürte das Nahen der Häuser, bevor er sie sah. Vielleicht roch er sie, oder er hatte einen Ton gehört, ein Bellen, ein Muhen. Er rollte auf einen Platz, der von einer Linde bestanden war. Er sah es am mächtigen Stamm, an der Rinde, das Geäst sah er nicht. Er hielt an und stieg aus.

Es waren drei Bauernhäuser mit den dazugehörenden Nebengebäuden. In den Küchen brannte Licht. Ein Bernhardiner kam ihm entgegengehumpelt, ein altes Tier. Er bellte heiser, bleckte die Zähne. Dann ließ er sich kraulen, er jaulte vor Vergnügen.

Hunkeler wartete mehrere Minuten. Endlich ging eine der Küchentüren auf. Ein Mädchen mit gelb gefärbten Zöpfen kam heraus. Sie schaute hinüber zum fremden Mann.

»Komm Teddu«, sagte sie, »lass ihn in Ruhe.«

Der Hund ging zu ihr hin und leckte ihr die Hand.

»Was sueche dir?«, fragte sie. »Was wollen Sie?«

»Ich will zu Wäutu oder zu Fridu«, sagte Hunkeler.

»Fridu ist im Stall, dahinten.«

Sie zeigte nach rechts ums Haus herum und verschwand mit dem Hund in der Küche.

Hunkeler ging ums Haus herum. Er kam an der Stube vorbei, in der er eine alte Frau im Lehnstuhl sitzen sah. An zwei Aborten, die über der Jauchegrube standen. An einem Schweinestall, in dem Säue quietschten. Er hörte das Surren von Melkmaschinen, das Rasseln von Ketten. Er betrat den Stall.

Zwei Dutzend Milchkühe standen da, Simmentaler Rasse, hellbraun gefleckt. Sie hatten die Köpfe durch die Barren gestreckt und fraßen. Es gab keinen Schorgraben, der Dung fiel durch ein Gitter aufs Band, das zum Misthaufen führte. Zwei elektrische Birnen, zwei Melkmaschinen. Zwei Männer mit Melkstuhl am Hintern, ein alter, ein junger, offensichtlich Vater und Sohn. Sie schauten ihn an.

»Wer ist Fridu?«, fragte Hunkeler. »Ich suche einen Fridu.«

»Ich«, sagte der Alte. »Was Cheibs isch de los? Was gibt's?«

»Nichts ist los«, sagte Hunkeler, »ich will nur mit dir reden. Ich heiße Peter und bin in Basel Polizist.«

»Dann hock ab.«

Hunkeler setzte sich auf die Bank an der Wand und wartete. Die beiden Männer arbeiteten ruhig weiter, setzten die Melkstutzen neu an, hockten sich unter eine Kuh, um sie anzurüsten.

»Was lebt man in Basel?«, fragte Fridu nach einer Weile. »Das da ist übrigens Küssu, mein Sohn.«

»Es geht so«, sagte Hunkeler. »Schöne Ware hast du.«

»Schön wäre die Ware schon. Nur will sie niemand mehr haben. Ich bin über siebzig, mir ist es egal. Aber dem Küssu, dem ist es nicht egal.«

»Nein«, sagte Küssu.

»Küssu«, sagte Hunkeler, »Köbu, Wäutu, Fridu, Ülu, Tönu. Wir haben eine Ansichtskarte gefunden, wo diese Namen draufstehen. Vom Kalten Markt in Sumiswald aus dem Jahre 1958.«

»Das war ein anderer Küssu«, sagte Fridu, »das war der Onkel von ihm. Der ist tot. Die andern sind auch tot, nur ich lebe noch. Jetzt ist ja auch der Tönu tot. Ich bin die letzte alte Kanone.«

Er lachte, fast ohne Ton, es schüttelte ihn richtig. Küssu lachte mit, auch er ohne Ton. Dann beruhigten sie sich wieder.

»So ist das Leben«, sagte Fridu. »Warum haben sie ihm den Kopf abgerissen?«

»Genau das will ich herausfinden«, sagte Hunkeler. »Und du musst mir helfen dabei.«

»Wie?«

»Wie hat Anton Flückiger richtig geheißen?«

»Livius, soviel ich weiß.«

»Ich glaube das nicht«, sagte Hunkeler.

»Warum nicht?«

»Ich glaube, dass er seinen richtigen Namen versteckt hat. Weil er Angst gehabt hat.«

»Vor was?«

»Das weiß ich nicht.«

Fridu nahm die Melkstutzen von einem Euter weg, schaute kurz hin, ob sie in Ordnung waren, schlurfte zur nächsten Kuh und setzte sie neu an.

»Das ist Hightech«, sagte er, »diese Melkmaschine. Die stoppt von selber, wenn das Euter leer ist.« Und nach einer Weile: »Das könnte schon noch sein.«

Hunkeler wartete. Er spürte, wie er plötzlich müde wurde in diesem Stall. Die Wärme der Tierleiber, ihr langsames Mampfen, das Fallen des Dungs, das ruhige, bedächtige Arbeiten der Männer. Aber er blieb hellwach.

»Ein merkwürdiger Vogel war er, der Tönu. Richtig gschpässig. Ich glaube schon, dass er sich vor etwas gefürchtet hat. Er hat nie darüber geredet. Aber etwas aus der Vergangenheit hat ihn geplagt. Etwas, womit er nicht ins Reine gekommen ist. Er war ein bisschen zu lustig, er hat mit der Lustigkeit übertrieben. Uns hat das gefallen. Wir selber wären nie auf die Idee gekommen, mit der Kanone zu schießen. Warum auch? Das hat weit übers Tal geböllert. Das hat nicht allen gefallen. Uns war das egal. Als er weg war, haben wir damit aufgehört. Es wurde dann berichtet, dass er in Basel Magaziner geworden sei. Gesehen haben wir ihn nie wieder.«

»Warum ist er weggegangen?«

»Er ist nicht weggegangen. Er wurde gegangen.«

»Warum?«

»Ich denke, du bist bei Jau Beat gewesen. Und er hat dir nichts gesagt.«

»Stimmt.«

»Warum soll ich dir etwas sagen?«

»Weil du es weißt.«

»Bist du extra darum hier heraufgefahren?«, fragte Fridu.

»Ja.«

»Hier fährt sonst niemand herauf«, sagte Fridu. »Nicht einmal der Tankwagen, der die Milch holt. Bei diesem Schnee. Der Tönu ist ein wilder Siech gewesen. Irgendwie war der gestört. Er hat eine liebe Frau gehabt, die Sonja. Am Anfang ist das gutgegangen. Aber dann hat er sich an andere Frauen herangemacht. Zum Beispiel an die Frau des alten Gemeindeschreibers. Das weiß ich genau. Er soll auch mit der Frau des alten Jau etwas gehabt haben. Das haben die Herren nicht so gern. Sie haben ihn getümpft.«

»Was ist das?«

»Sie haben die Jungen losgeschickt. Die haben ihn in den Bach geworfen. Immer wieder. Bis er abgehauen ist. Ich habe ihn gern gehabt, den Tönu. Ich vermisse ihn noch immer. Nützt dir diese Auskunft etwas?«

»Ein bisschen schon«, sagte Hunkeler.

Fridu stellte die Melkmaschine ab. Man hörte nur noch das Kauen der Kühe.

»Hol den Jeep«, sagte Fridu, »wir laden auf.«

Küssu ging hinaus. Fridu löste den Gurt seines Melkstuhls und hängte ihn an einen Haken über der Bank.

»Siebzig Jahre Milchwirtschaft«, sagte er. »Siebzig Jahre mähen, heuen, emden, melken, die Milch in die Käserei fahren. Jeden Morgen, jeden Abend. Und was schaut dabei heraus?«

Er spuckte auf den Boden.

»Kannst du ramsen?«, fragte er.

»Früher habe ich es gekonnt«, sagte Hunkeler. »Aber bei uns im Aargau hat man nur am 21. Dezember geramst. Und zwar bis um vier Uhr morgens.«

»Bei uns ist das anders. Bei uns ramst man in der Altjahrswoche. Man kann aber auch in der Neujahrswoche ramsen, bis zum Dreikönigstag. Komm heute Abend in die Säge im Rinderbach, dann machen wir einen.«

»Gern.«

Draußen hörte man den Jeep vorfahren.

»Geh zu Sonja im Rank oben«, sagte Fridu. »Die weiß seinen Namen.«

Hunkeler fuhr zurück auf die Hauptstraße. Er war allein unterwegs. Kein Traktor kam ihm entgegen, kein Einspänner, der die vollen Milchbrenten in die Käserei gebracht hätte. Das besorgte jetzt der Tankwagen. Außer bei Fridu, wenn ein Meter Schnee lag. Die Käseproduktion war durchrationalisiert worden, und trotzdem rentierte sie nicht. Er beschloss, wieder vermehrt Emmentaler zu essen.

Er kam an der Wirtschaft zur Säge vorbei, an der Schreinerei daneben. Hier hatte Livius gearbeitet, und zwar so, dass Dres zufrieden gewesen war mit ihm. Ein ruhiges Leben hätte er führen können, zusammen mit Sonja. Was war dazwischengekommen? War er tatsächlich ein Russe gewesen? Und was hätte das bedeutet in der Vorstellung der Leute hier oben? Dass er ein vitaler, wilder Mann gewesen war, ein Kosake, ein Tatar, ein wilder Siech eben. Aber wo war seine Angst hergekommen, sein Wunsch zu fliehen, sich zu verstecken, den eigenen Namen zu ändern?

Als die Straße anzusteigen begann, sah er links in der Kurve ein kleines Holzhaus stehen mit einem Schaufenster. Es musste der Laden im Rank sein. Er bog scharf ab und kam vor der Glasscheibe zum Stehen. Er stieg aus und schaute nach, wer da wohnte. Es war nichts da, keine Klingel, kein Name. Er polterte mit der Faust an die Tür, drei Mal. Dann wartete er. Weiter unten brannte eine Straßenlaterne. Ihr Schimmer drang knapp durch das Schneetreiben, das noch dichter geworden war.

Endlich sah er im Gang drin ein Licht, das näher kam. Ein Schlüssel drehte sich im Schloss, zwei Mal. Die Tür wurde aufgezogen, sehr langsam. Eine alte Frau stand vor ihm, knapp beschienen von der Petrollampe, die sie in der Hand hatte. Langes, weißes Haar, die Augen kaum erkennbar. Eingezogene Lippen, die Vorderzähne fehlten. Ein schwarzer Mantel, zwei Filzpantoffeln an den Füßen. Die Frau hob die Lampe.

»Ja?«

»Guten Abend«, sagte Hunkeler. »Darf ich hereinkommen?«

Die Frau leuchtete ihm ins Gesicht, so gut es ging. Sie schaute ihn lange an, reglos, ihre Augen schienen tot zu sein.

»Bisch dus?«, fragte sie. »Kommst du heim?«

»Nein«, sagte Hunkeler. »Ich bin ein Fremder. Aber ich möchte hereinkommen.«

Sie wartete eine Weile. Sie hoffte wohl, sich erinnern und ihn erkennen zu können. Dann drehte sie sich um und schlurfte zurück durch den Gang.

Er zog die Tür hinter sich zu und folgte ihr. Sie kamen in eine Küche mit eingemauertem Holzherd, in dem ein Feuer brannte. Auf der Deckplatte stand eine Kaffeekanne. Eine Spüle, ein Schrank, ein Tisch mit zwei Stühlen. Darauf eine Vase mit drei Papierblumen. An den Wänden Holzbeigen, Äste zum Anfeuern, Tannen- und Buchenscheite.

»Den Strom haben sie mir abgestellt«, sagte die Alte, »weil ich die Rechnungen nicht bezahlt habe. Das Petrol muss ich selber kaufen. Das Holz habe ich von Fridu, immerhin das. Hock ab.«

Hunkeler setzte sich und schaute zu, wie die Frau die Kanne vom Herd nahm und auf den Tisch stellte. Wie sie zwei Tassen von der Spüle nahm, sauberrieb und einschenkte. Eine Blechdose mit Zucker lag auf dem Tisch.

»Was bringst du?«, fragte sie.

Er nahm einen Löffel voll Zucker aus der Dose und rührte ihn in die Tasse. Er trank langsam. Es war eine Brühe aus viel Zichorie und wenig Kaffee.

»Ich komme aus Basel«, sagte er, »ich bin Polizist. Ich komme wegen Tönu.«

Ihr Blick war seinen Bewegungen genau gefolgt, ihr Kopf hatte sich mitbewegt. Jetzt nahm sie sich Zeit und rührte ihrerseits Zucker in die Tasse.

»Sie haben ihn mir gestohlen«, sagte sie. »Ich habe reklamiert, aber sie haben ihn mir nicht zurückgegeben.«

»Sie wissen, dass er tot ist?«

Sie schüttelte leicht den Kopf, dann kicherte sie kurz. Sie nahm ihre Tasse mit beiden Händen, trank zwei Schlucke und stellte die Tasse wieder hin.

»Von diesem Gesöff lebe ich«, sagte sie, »ich habe sonst nichts außer Kartoffeln. Was heißt schon tot? Er ist schon lange verschwunden. Genau wie Ursli auch. Der eine ist nach Basel gegangen, der andere nach Zürich. Keiner besucht mich. Keiner ist hier begraben. Auf dem Friedhof liegen lauter Fremde. Warum verhaftest du die nicht?«

»Wen soll ich verhaften?«

»Den Jau. Und auch den alten Gemeindeschreiber. Die haben ihn geschickt. Sollen die doch besser zu ihren Frauen schauen. Höseler sind es, keine Ahnung haben die von einer Frau. Jede Kuh haben sie lieber in ihrem Stall, jede Geiß. Eine Frau können die nur beleidigen. Weil sie sich fürchten vor ihr. Der Tönu war anders. Der war ein richtiger Russe, der hatte ein großes Herz. Davor haben sie sich gefürchtet.«

»Sind die drei Rosen von ihm?«

Sie nickte.

»Er hat sie mir herausgeschossen. Am Kalten Markt in Sumiswald. Immer mit dem ersten Schuss. Er konnte gut schießen, er hat es gelernt, weil er sich verteidigen musste. Er hat immer eine Pistole bei sich gehabt, eine aus dem Krieg. Das habe nur ich gewusst. Er hätte sich ohne weiteres gegen die jungen Süchel verteidigen können, die ihn in den Bach geworfen haben, wenn er gewollt hätte. Aber er hat gesagt, er wolle niemanden mehr erschießen, wenn es nicht sein müsse. Lieber ist er verschwunden.«

Wieder kicherte sie. Etwas wie Stolz schwang darin mit, der Stolz eines alten, treuen Mädchens.

»Er hat geschrien mitten in der Nacht. Dann ist er aufgeschreckt und hat sich an mich geklammert, so dass ich kaum mehr atmen konnte. So sehr hat er mich geliebt.«

»Vor was hat er sich gefürchtet? Hier im Emmental war er doch sicher.«

Sie schüttelte den Kopf, langsam. Eine zarte Röte erschien auf ihrem Gesicht. Es war klar zu sehen, wie sie sich Mühe gab zu lügen.

»Er hat es mir nicht gesagt. Ums Verrecken nicht. Vielleicht hätte ich ihm helfen können, wer weiß?«

Es war eine lautlose Stille im Raum. Nicht einmal das Ticken einer Uhr war zu vernehmen.

Plötzlich war ein Rascheln da, es kam von der Wand hinter dem Schrank. Eine Maus erschien auf der Querleiste, die die Wand entlangführte. Sie kannte den Weg, sie kam schnell voran und sprang auf den Tisch. Zielstrebig lief sie zur Blechdose. Dort war Endstation. Sie versuchte es mehrmals, fiel aber immer wieder auf die Tischplatte herunter. Es war zu komisch, Hunkeler lachte laut heraus.

Die Alte schien die Maus erwartet zu haben. Ihr Blick war dem Tier genau gefolgt, wie es versuchte hochzuklettern und immer wieder abrutschte. Jetzt erschrak sie. Es schien lange her zu sein, dass sie jemanden lachen gehört hatte. Sie versuchte mitzulächeln, es ging aber nicht gut.

»Das ist mein Haustier«, sagte sie, »wir leben ganz gut miteinander.«

Sie nahm ihren Löffel und streute Zucker auf die Tischplatte. Die Maus fraß, es schien ihr zu schmecken.

»Vielleicht wäre er noch hier bei mir«, sagte die Frau, »wenn er es mir hätte sagen können.«

Sie erhob sich, öffnete die untere Tür des Schrankes und nahm eine verstaubte Biskuitschachtel heraus. Sie nahm eine Schere aus der Schublade, schnitt die Packung auf und stellte sie hin.

»Hier, das ist alles, was ich dir anbieten kann.«

Er nahm ein Biskuit heraus. Es zerbröselte in seiner Hand, es musste Jahrzehnte alt sein. Er verschlang es.

»Aber seinen Namen«, sagte er, »den wissen Sie?«

Die Röte verschwand aus ihrem Gesicht, es wurde wieder schneeweiß. Nur ihre Augen schimmerten im Licht der Petrollampe, eigenartig siegesgewiss, voller versteckter List.

»Er hat Livius geheißen. Dann hat er meinen Namen angenommen, Anton Flückiger.«

Sie legte ein Biskuit neben die Maus. Die schnüffelte daran und versuchte, es abzutransportieren. Es gelang nur halb, sie schaffte es nicht auf die Querleiste damit.

»Ich meine vorher«, sagte er, »als er noch in Tilsit gelebt hat.«

Sie schaute ihn jetzt offen an. Sie hatte ein Geheimnis. Und dieses Geheimnis hielt sie am Leben.

»Warum sollte ich dir seinen Namen sagen?«

»Weil auf seinem Grabstein sein richtiger Name stehen soll.«

»In Treue, Trutz und Glauben«, sagte sie. »Sie haben ein Leben lang versucht, ihn kaputtzumachen. Er hat sich ein Leben lang dagegen gewehrt. Sie haben ihm alles genommen. Er hatte kein Geld, keinen Beruf, keinen Pass. Er hat schwer gearbeitet, sie haben ihn gut gebrauchen können. Aber im Grunde war er vogelfrei. Er hat nur mich gehabt. Und seinen richtigen Namen. Das ist das Einzige, was sie nicht bekommen haben von ihm.«

Die Maus hatte es aufgegeben, das Biskuit abschleppen zu wollen. Sie machte sich daran, es hier und jetzt aufzufressen.

»Treue, Trutz und Glauben«, sagte Hunkeler, »woher haben Sie diese Wörter?«

»Das sind die drei Wahrheiten der Rose.«

Kurz vor acht parkte Hunkeler vor der Wirtschaft zur Säge und ging hinein. Drei Tische waren besetzt von Kartenspielern, sie waren am Ramsen. Sie kämpften um Rauchwürste und Speckseiten, die auf einem Nebentisch lagen.

Er bestellte eine Bratwurst mit Zwiebeln, dazu eine Flasche Bier. Er dachte an Sonja Flückiger, das uralte Mädchen mit dem langen, weißen Haar, die von Zichorienkaffee und Kartoffeln lebte. Und dennoch hatte sie ihren toten Geliebten nicht verraten.

Als er gegessen hatte, kam Fridu mit zwei Kollegen herein. Sie setzten sich zu Hunkeler und spielten verbissen, ohne zu reden, sie kämpften um jeden einzelnen Stich. Es gingen zwölf Würste über den Tisch. Eine gewann Hunkeler. Das war zwar wenig, aber immerhin. Ganz ohne Trophäe hätte er den Kampfplatz nicht verlassen wollen. Mehrmals hatte er die speziellen Regeln dieses Spiels vergessen. Dass das Belli, die Karo Sieben, stets der zweithöchste Trumpf war. Dass man Farbe angeben und, wenn dies nicht möglich war, einstechen musste. Er war zu müde, um gegen den verhaltenen Ingrimm seiner Mitspieler anzukommen. Oder er hatte seinen Kopf nicht frei.

Er trank eine weitere Flasche Bier. Als er einmal hinausmusste, kam Fridu mit.

»Hat sie es gesagt?«

»Nein«, sagte Hunkeler.

»Saublöd«, sagte Fridu. »Warum nicht?«

»Weil sie zu stolz ist.«

»Und jetzt fährst du wieder nach Basel zurück?«

»Was bleibt mir anderes übrig?«

»Diese sture Geiß«, sagte Fridu. »Das ist typisch Sonja. Sie hätte ohne weiteres heiraten können, als er weg war. Selbst mit dem Ursli. Aber sie wollte ums Verrecken nicht.«

Er richtete sich umständlich die Kleider zurecht. Dann nahm er einen Zimmermannsbleistift aus der Tasche und schrieb etwas auf den Spiegel. Es war ein Name. Russius. Er nahm sein Taschentuch und wischte den Namen wieder aus.

»Ich habe dir nichts gesagt.«

Als Hunkeler erwachte am andern Morgen, schien ihm die Sonne ins Gesicht. Erst hatte er Mühe, sich zu orientieren. Dann sah er die Wurst am Bettpfosten hängen. Er grinste zufrieden. Immerhin, eine hatte er erwischt. Und jetzt lag er in einer Bettstatt des Hotels in Affoltern.

Er blieb noch eine Weile liegen, bedeckt von der rotweiß karierten Daunendecke. Sonja, dachte er, sie hatte den Dorfmunis den Meister gezeigt.

Die Wurst würde er sieden, anderthalb Stunden lang auf kleinem Feuer, zusammen mit Dörrbohnen, Bohnenkraut, Zwiebeln und Knoblauch. Und Hedwig würde sich freuen.

Er erhob sich und trat über die knarrenden Bodenbretter ans Fenster. Er riss es weit auf, er atmete eiskalte Luft ein. Vor ihm lag ein schneeweißes Feld, leuchtend in der Morgensonne. Dahinter der verschneite Wald. Darüber die Berner Alpen, Eiger, Mönch und Jungfrau. Die Nordwand des Eigers dunkel im Schatten, die langgezogene Spitze der Jungfrau in gleißendem Licht. Fast hätte er wieder gejauchzt, aber das ging wohl nicht gleich nach dem Erwachen.

Er frühstückte im Wirtsraum unten. Zwei Spiegeleier mit

Speck, die beiden Dotter noch flüssig, leicht gewölbt. Er streute Salz und etwas Pfeffer darüber. Dazu Weißbrot und eine Kanne Schwarztee. Er mampfte zufrieden.

Am Nebentisch saßen drei Bauern. Sie redeten über Flückiger Tönu, sie hatten etwas im Boulevardblatt gelesen, das auf dem Tisch lag. Er hörte nur mit halbem Ohr zu, er wollte noch nicht. Aber dann holte er die Zeitung doch.

Wurde ein Doppelgänger geköpft?, las er. Wer war der richtige Anton Livius? Was hat Rüegsbach zu verstecken?

Die Fragen stammten von Hauser, er hatte auch den Artikel geschrieben. Man hatte ein Bild von Rüegsbach ins Blatt gerückt, Rüegsbach im Sommer. Hauser war also noch nicht hier oben gewesen.

Aber er war eben wieder schneller gewesen als das Basler Kommissariat. Weiß der Teufel, wie er das geschafft hat, dachte Hunkeler, ich ziehe dem Kerl das Fell über die Ohren. Er tunkte die letzten Reste vom Eigelb auf, spülte nach mit einem Schluck Schwarztee, griff in die Tasche, um eine zu rauchen. Da keine da war, ließ er es bleiben.

Er las Hausers Artikel. Er hatte herausgefunden, dass Anton Flückiger unmöglich identisch sein konnte mit Anton Livius. Livius hatte zwar auch Jahrgang 1922 und stammte ebenfalls aus Tilsit. Aber der richtige Livius war 1943 bei Charkow als Panzerfahrer gefallen. Die Folgerungen lagen auf der Hand. Anton Flückiger war auf irgendwelchen krummen Wegen in den Besitz des fremden Passes gelangt und hatte ihn als den eigenen ausgegeben. Er hatte also eine fremde Identität angenommen. Und warum? Weil er sich verbergen wollte. Und warum wollte er sich verbergen? Weil er sich vor Strafe, vor Rache fürchtete.

Folglich hatten die Rüegsbacher keineswegs einen braven Ehrenmann eingebürgert, wie dies Gemeindeammann Beat Jau telefonisch behauptet hatte, sondern sie hatten ein dunkles Element eingebürgert, einen Kriminellen, vielleicht sogar einen Kriegsverbrecher. Dies, so schloss Hauser, seien die Folgen von voreiliger Einbürgerung, gut gemeint zwar, aber schlimm endend. Und: Wir bleiben am Ball.

Es war wohl an der Zeit, dachte Hunkeler, hier abzuhauen. Bald würde Hauser auftauchen mit seinen gefinkelten Kollegen. Sie würden sich zu Fridu in die Stube setzen und zu Sonja in die Küche. So eine geile Geschichte vom dunklen Fremden, der in die Emmentaler Idylle eingebrochen war, würden sie sich nicht entgehen lassen.

Die drei Männer am Nebentisch hatten zu reden aufgehört, als er die Zeitung geholt hatte.

»Was ist?«, sagte einer. »Bist du nicht der Basler Landjäger, der gestern in der Säge geramst hat?«

»Doch«, sagte Hunkeler, »warum?«

»Weil wir Basler Schroter nicht mögen.«

Als er bezahlen wollte, kam der Wirt an den Tisch.

»Schon gut«, sagte er, »gehn Sie jetzt.«

Hunkeler legte eine Hunderternote auf den Tisch und erhob sich. Der Wirt nahm den Schein und hielt ihn gegen das Sonnenlicht, das durchs Fenster fiel.

»Das ist Falschgeld«, sagte er, »das können wir hier oben nicht gebrauchen.«

Er zerriss den Schein in vier Stücke und legte diese in den Aschenbecher.

Hunkeler ging hinaus und setzte sich in sein Auto. Ein bisschen weiche Knie hatte er schon. Obschon er wusste, dass die Männer nicht dreingeschlagen hätten. Ein Landjäger war hier oben immer noch der verlängerte Arm der gnädigen Herren, auch wenn man ihn Schroter nannte. Einen Landjäger rührte man seit dem Bauernkrieg nicht mehr an.

Als er nach Häusernmoos hinunterfuhr, musste er grinsen. Unglaublich, dachte er, die verschiedenen Welten, die die Schweiz ausmachten. Er wusste, dass sich die schnellen Jungs aus Zürich hier oben die Zähne ausbeißen würden. Sie waren zwar frech und schlau. Aber die Rüegsbacher waren es auch.

Die Straße war frisch gepflügt, er kam gut voran. Einmal überholte er einen Pferdeschlitten. Der kam von einem Gasthof in Weiher, wo man Hagel-Hans-Schinken essen konnte und Glunggepuur-Filet, wie auf der Hinterseite des Schlittens zu lesen war. Als ob der Glunggepuur je Filet gegessen hätte.

Im Hirsernbad trank er einen Espresso. Er schaute zu den drei Eidgenossen hinüber, zu ihren fünf Beinen. Schon recht, dachte er, haltet ruhig zusammen. Wir finden die Wahrheit doch.

Er blätterte die Berner Zeitung durch. Es stand nichts drin von Livius. Es würde sich in den nächsten zwei, drei Tagen entscheiden, ob es dem Boulevardblatt gelang, aus dem Fall Livius eine Geschichte von nationalem Interesse zu machen. Dazu würde es frisches Futter brauchen, jeden Tag neu.

Er nahm das Handy aus der Tasche, schaltete es ein und rief Lüdi an.

»Ja?«

»Ich bin's, Hunkeler. Ich sitze im Hirsernbad und trinke Kaffee. Gibt es etwas Neues?«

Er hörte das Kichern, das nie etwas Gutes verhieß.

»Du bist nicht schlecht«, sagte Lüdi, »du hockst bei Bratwurst und Rösti und lässt dich friedlich einschneien. Und hier ist die Hölle los.«

»Was für eine Hölle?«

»Hast du das Boulevardblatt nicht gelesen?«

»Doch, habe ich. Sie haben mich hinausgeschmissen in Affoltern oben. Aber das war doch vorauszusehen, dass Flückiger nicht Livius war.«

»Erzähl das mal Bardet. Suter hat getobt. Mit Recht, wie ich finde. Warum ist dieser verdammte Hauser immer schneller als wir? Weißt du das?«

»Weil er Beziehungen hat«, sagte Hunkeler, »und Geld. Eine Hand wäscht die andere, und jede Hand ist schmutzig. Wo habt denn ihr gesucht?«

»Beim Militärgeschichtlichen Forschungsamt in Potsdam und im Militärarchiv in Freiburg im Breisgau. Die hatten geschlossen über die Feiertage. Wir haben erst heute Morgen Bericht bekommen. Es stimmt alles, was Hauser schreibt.«

»Dann ist ja gut«, sagte Hunkeler. »Und sonst?«

»Nichts ist gut, gar nichts. Wir haben gar nichts im Griff. Heute Nacht hat Feratis Hütte gebrannt.«

Wieder ein kurzes Kichern, fast nicht hörbar.

»Hör endlich auf, so saublöd zu kichern«, brüllte Hunkeler so laut, dass die Wirtin herüberschaute.

»Kann ich nicht«, sagte Lüdi, »das weißt du. Stell dir vor, was Hauser morgen berichten wird. Die feurigen Finger des Terrors. Die rächende Hand aus dem Grab. Wir liefern ihm die Schlagzeilen frei Haus.«

»Nicht wir«, sagte Hunkeler, »das besorgt die Vergangenheit. Sie bricht auf.«

»Hör auf zu philosophieren, ja? Madörin hat Beat Pfister eingelocht. Er hat auch Dogan eingelocht. Sie werden beide dem Haftrichter vorgeführt. Madörin will es unbedingt so haben.«

»Dieser Arsch«, brüllte Hunkeler. Er nickte zur Wirtin hinüber. »Entschuldigung.«

»Du brauchst dich nicht zu entschuldigen«, sagte Lüdi. »Komm endlich zurück. Der Rapport ist um vier.«

Hunkeler schwieg. Er überlegte, was er sagen sollte und was nicht.

»Er heißt Russius«, sagte er, »Anton Russius.«

Schweigen in der Leitung. Kein Kichern, nichts.

»Bist du noch da?«

»Ja«, sagte Lüdi. »Bist du sicher? Woher hast du es?«

»Das sage ich nicht. Noch etwas. Wir müssen das unter Verschluss halten. Sonst stellt Hauser ganz Rüegsbach auf den Kopf. Die haben das nicht verdient.«

»Aber ich muss damit arbeiten.«

»Ja natürlich. Das Beste wäre es, du wüsstest schon heute um vier Bescheid.«

»Gut, ich versuch's. Wem soll ich es sagen?«

»Niemandem. Bis um vier.«

»Und Bardet?«

»Der kann mich mal kreuzweise.«

Es wurde einer der nervösesten Rapporte, die Hunkeler je erlebt hatte. Kein Polizist, ob Franzose oder Schweizer, ließ sich gern von einem Journalisten die Butter vom Brot nehmen. Sie waren alle in ihrem Stolz getroffen. Sie saßen da voller Ingrimm, bereit, bei der erstbesten Gelegenheit draufzuhauen. Nur wussten sie nicht, worauf.

Es war diese mühsam beherrschte, hilflose Aggressivität, die Hunkeler den Ruhestand herbeisehnen ließ. Damit wollte er nichts mehr zu tun haben. Schluss, aus. Er war froh, dass er nicht referieren musste. Lüdi würde das übernehmen.

Staatsanwalt Suter eröffnete die Sitzung. Er tat es souverän, er zeigte wieder einmal, dass er doch ein Klassemann war.

Die Lage sei sehr ernst, sagte er, nicht nur wegen des ungelösten Mordfalles. Sondern vor allem auch wegen der Konkurrenz durch die Presse. Es drohe die Gefahr, dass beide Kommissariate, das von Mulhouse und das von Basel, lächerlich gemacht würden. Der Staat habe nicht nur das Gewaltmonopol, sondern auch das Ermittlungsmonopol. Dieses Monopol müsse unter allen Umständen gewahrt werden. Es sei an der Zeit, mit dem Kompetenzgerangel aufzuhören.

Dem schloss sich Madame Godet an.

Dann ergriff Commissaire Bardet das Wort. Er war sehr schlechter Laune, er tat es kurz und knapp.

Erstens sei die Autopsie weitgehend beendet. Flückiger sei tatsächlich aus nächster Nähe erschossen worden. Als Tatwaffe komme eine Schweizer Offizierspistole aus der Zeit nach dem Zweiten Weltkrieg in Frage. Eindeutig sei diese Vermutung indessen nicht. Die Tat sei zwischen zwei und drei Uhr geschehen. Das Opfer habe unter dem linken

Oberarm eine eintätowierte Rose älteren Datums. Es habe 1,8 Promille Alkohol im Blut gehabt. Auch seien Spuren eines Potenzmittels gefunden worden, hingegen keine Spuren eines Koitus. Eine Schachtel des Potenzmittels hätte sich in Flückigers Wohnung gefunden.

»Was soll das«, sagte Madörin mit hochrotem Kopf, »was soll dieser Kleinkram?«

Zweitens, fuhr Bardet unbeirrt fort, seien verschiedene Sohlenabdrücke sichergestellt worden. Diese könnten vielleicht Hinweise darauf liefern, wer denn Flückiger aufgehängt haben könnte. Denkbar sei es immerhin, dass dafür ein einzelner Mann genügt haben könnte. Insbesondere seien Abdrücke von Turnschuhen gefunden worden, wie sie junge Männer trügen. Eine Möglichkeit sei, dass diese jungen Männer von der Nordseite, also vom Elsass her, in die Gärten gedrungen seien.

Drittens seien verschiedene Fingerabdrücke sichergestellt worden. Es habe offenbar ein Saufgelage stattgefunden in der Silvesternacht, nicht nur auf B35, auch in anderen Hütten. Man habe sich gegenseitig besucht, das sei in den Gärten Silvestertradition. Bis jetzt stehe fest, dass Füglistaller, Stebler, Siegrist, Pfister, Dogan und Cattaneo B35 besucht hätten.

Viertens hätten sie die Leute von B26 telefonisch erreicht. Sie würden am Sonntag, den 8. Januar, nach Basel zurückfliegen. Dagegen sei leider nichts einzuwenden.

Fünftens habe der französische Konsul in Thailand bestätigt, dass mehrere deutsche Rentner, die im Sunshine Inn in Phuket logiert hätten, vom Tsunami ins Meer gespült worden seien. Das seien die gesicherten Einzelheiten, die bis jetzt vorlägen, auch dank der freundlichen Mithilfe des Basler Kriminalkommissariats.

»Warum lässt man uns nicht in die Gärten hinein?«, fragte Madörin.

»Gute Frage«, sagte Bardet, »ja, warum eigentlich nicht? Wir haben auch Sohlenabdrücke gefunden, die von einem übereifrigen Ermittler stammen könnten, der vor uns da war. Von einem Basler Detektivwachtmeister zum Beispiel.«

»Jetzt reicht's«, sagte Suter scharf. »Was wollen Sie damit andeuten?«

»Je vous en prie, Messieurs«, sagte Madame Godet, »restez tranquilles. Wir stecken schon genügend tief dans la merde. Wie sagt man das?«

»In der Scheiße«, sagte Verbindungsmann Morath.

Eine Weile sagte niemand mehr ein Wort. Sie wussten alle, dass dies stimmte.

»Gut«, sagte Lüdi. »Ich berichte kurz, was wir heute Morgen getan haben. Wie Sie wissen, ist in der vergangenen Nacht Feratis Hütte abgebrannt. Wir selber dürfen leider nicht an den Brandherd. Es scheint festzustehen, dass es Brandstiftung war.«

»Stimmt«, sagte Bardet, »mit Benzin.«

Madörin platzte der Kragen.

»Und woher kam dieses Benzin?«, brüllte er. »Gibt es Spuren? Wenn ja, woher kommen diese Spuren?«

»Wir befassen uns mit einem Mordfall«, sagte Madame Godet, »nicht mit dem Abfackeln einer Hütte.«

»Und wenn Brandfall und Mordtat etwas miteinander zu tun haben, was dann?«

»Das ist unerträglich, dieses Geschrei«, sagte Bardet und

steckte sich eine neue Zigarette an. »Kann man da keine Abhilfe schaffen?«

»Ich mache Sie fertig, Monsieur Bardet«, brüllte Madörin und hieb die Faust auf den Tisch. »Sie werden von mir hören. Und zwar im Zürcher Boulevardblatt.«

Er schmiss seinen Stuhl um und ging hinaus.

»Entschuldigung«, sagte Suter, »er hat die Nerven verloren. Selbstverständlich werde ich das zu verhindern wissen.«

»Il est trop con«, sagte Bardet, »er ist viel zu dumm.«

»Vielleicht kann ich jetzt weiterreden«, sagte Lüdi, nachdem er Madörins Stuhl wieder auf die Beine gestellt hatte. »Detektivwachtmeister Madörin hat heute zwei Pächter in Haft genommen. Es handelt sich dabei um die Herren Pfister und Godan.«

»Warum?«, fragte Madame Godet.

»Beat Pfister steht im Verdacht, weil seine Enten getötet worden sind. Über Dogan bin ich nicht genau informiert.«

»Vielleicht, weil er Kurde ist, nicht wahr?«, sagte Bardet. »Es würde sich schlecht machen, wenn bloß ein Schweizer eingelocht würde.«

»Was soll das?«, sagte Suter sehr scharf.

»Ruhe«, befahl Lüdi. »Ab sofort ist es allen Pächtern verboten, die Gärten zu betreten. Es halten sich keine Haustiere mehr auf im Areal, die gefüttert werden müssten. Sie können sich sicher vorstellen, dass dieses Verbot nicht nur auf Gegenliebe gestoßen ist. Gut. Dann könnten wir jetzt über diesen Anton Livius reden.«

»Das ist eine verdammt üble Suppe«, sagte Bardet, »die Sie uns da eingebrockt haben.«

»Was für eine Suppe?«, fragte Suter.

»Erst gehen Sie«, sagte Bardet, »einem Hasardeur mit falschem Pass auf den Leim.«

Suter lächelte überaus freundlich.

»Nicht wir«, sagte er, »das sind die Emmentaler gewesen, vor fünfzig Jahren.«

»War der Pass falsch oder nicht? Also. Dann lassen Sie es zu, dass ein billiger Boulevardjournalist schneller und besser ermittelt als das Basler Kommissariat.«

»Er war auch schneller als Sie.«

»Weil die Feiertage dazwischengekommen sind.«

Jetzt verlor Suter die Fassung.

»Sie sind auch uns dazwischengekommen«, brüllte er.

»Wie bitte? Sie haben von sich aus recherchiert?«

»Ja natürlich, Anton Flückiger war ein Schweizer Bürger. Wir haben erst heute Mittag aus Potsdam Bericht bekommen, dass er nicht identisch mit Livius war.«

»Wir haben den gleichen Bericht erhalten«, schrie Bardet, »auch erst heute Mittag. Aber dann stand es bereits in der Zeitung.«

»Ruhe«, sagte Lüdi.

Die Herren Suter und Bardet versuchten, sich zu fassen. Sie waren es beide nicht gewohnt, angeschrien zu werden. Wenn jemand schrie, dann sie.

»Ich habe zu Anton Flückiger etwas zu sagen«, fuhr Lüdi fort. »Er hat früher nicht Livius geheißen, da hat die Boulevardzeitung ganz recht. Er hat Anton Russius geheißen. Das wissen nur wir. Ich bitte Sie, diese brisante Neuigkeit entsprechend zu behandeln.«

Bardet verlor jede Farbe im Gesicht, er wurde totenbleich.

»Woher haben Sie das?«

»Ich bin gestern nach Rüegsbach gefahren«, sagte Hunkeler. »Ich habe die Leute gefragt.«

»Das habe ich auch. Ich habe telefonisch mit dem Gemeindeammann Jau gesprochen. Er hat nichts von einem solchen Namen gesagt.«

»Manchmal ist es gut«, sagte Hunkeler, »wenn man hinfährt und mit den Leuten redet.«

»Können Sie die genaue Quelle nennen?«, fragte Bardet.

»Ich könnte schon, aber ich will nicht.«

»Was soll das«, brüllte Bardet, »traut man mir nicht?«

»Ich habe es heute Morgen von Hunkeler am Telefon erfahren«, sagte Lüdi. »Ich habe mich sofort mit Potsdam in Verbindung gesetzt. Sie haben nicht lange gebraucht, einen Anton Russius aus Tilsit zu finden, der als Landser zuerst in Holland und dann in der Tschechoslowakei war und der sich in Karlsbad von einem Bauchschuss erholt hat. Am 12. August 1942 ist er offenbar aus der Wehrmacht ausgetreten. Ab dann verliert sich seine Spur.«

»Wie war das möglich?«, fragte Bardet. »So einfach kam keiner von der Wehrmacht los.«

»Sie sind daran, das herauszufinden«, sagte Lüdi. »Sie rufen morgen oder übermorgen zurück.«

Alle schwiegen. Immerhin etwas, immerhin eine feste Spur.

»Damit wären unsere bisherigen Ergebnisse wohl alle in Frage gestellt«, sagte Suter. »Im Übrigen möchte ich mich in aller Form entschuldigen für mein Schreien soeben.«

»Ganz meinerseits«, sagte Bardet. »Es stellt sich aufs neue die grundlegende Frage, ob die Mordtat direkt etwas mit dem Umfeld der Familiengärten-West zu tun hat oder nicht.«

»Ich schlage vor«, sagte Suter, »wir lassen Madörin weiterarbeiten. Aber nur in den Fällen Tötung der Enten von Pfister und Abfackeln der Hütte von Ferati. Von B35 soll er die Finger lassen.«

»Ganz meine Meinung«, sagte Bardet.

»Wir brauchen dringend neue Fakten über diesen Anton Russius. Was hat er im August 1942 gemacht? Wohin ist er gegangen? Hat er sich versteckt, und warum? Vor allem müssen wir verhindern, dass die Schreiberlinge aus Zürich an den richtigen Namen herankommen.«

»Wie wollen Sie das verhindern?«, fragte Madame Godet.

»Indem wir Vollgas geben. Wir müssen so schnell sein, dass wir in keiner Weise mehr einholbar sind.«

Nach dem Rapport nahm Hunkeler Bardet am Arm.

»Kommen Sie. Wir müssen reden miteinander.«

Sie gingen durch die Steinen Vorstadt, wo Stadtarbeiter Schnee auf Lastwagen schaufelten. Es mussten mindestens zehn Grad unter Null sein. Bardet hatte sich das rote Halstuch vor die Nase gebunden.

»Wie Stalingrad«, sagte Hunkeler.

»Merde«, sagte Bardet.

Auf dem Barfüßerplatz stand ein Tram hinter dem andern, bis zum Bankverein hinauf. Dort war wohl eine Weiche eingefroren.

Sie betraten das Restaurant Kunsthalle und setzten sich an einen weiß gedeckten Tisch. Ein unwirklicher Duft lag im Raum, nach Gewächshaus, nach Blumen. Er kam vom riesigen Bouquet, das in der Mitte stand. Die Eisbahn, die der Wirt draußen unter den Bäumen eingerichtet hatte, lag unter Schneemassen begraben. Das Plastikdach der Champagnerbar war zusammengebrochen.

Sie bestellten Entrecôte double, dazu eine Flasche Château Rôtie vom Unterlauf der Rhône. Sie sprachen nur wenig, kurze Informationen über Wein und Fleisch. Darin waren sie sich einig, die Qualität war Spitze.

»Es tut mir leid«, sagte Hunkeler nach einer Weile. »Ich bin so, wie ich bin. Ich habe nicht mehr vor, mich zu ändern. Ich bin und bleibe ein Einzelgänger.«

»Wann haben Sie es erfahren?«

»Gestern Abend um Mitternacht. Auf der Toilette einer Emmentaler Wirtschaft.«

»Seither sind 16 Stunden vergangen. Ich meine, bis zum Rapport. Finden Sie das in Ordnung? C'est dégueulasse.«

»Ich habe das Handy ausgeschaltet«, sagte Hunkeler, »als ich ins Bauernland hineinfuhr. Ich habe versucht, mich dem ländlichen Rhythmus anzupassen. Die leben wie im Mittelalter dort oben.«

»Sie haben auch Handy und E-Mail.«

»Stimmt. Aber ein anderer wäre nicht an den Namen herangekommen. Ich habe es nur geschafft, weil ich mich vom Kommissariat ganz und gar abgeschottet habe. Ich habe mit einem Bauern im hintersten Graben geredet, ich habe sein Vertrauen gewonnen. Ich habe mit einer uralten Frau in der Küche gesessen. Mit der Sonja Flückiger, die Russius aufgenommen und ihm ihren Namen gegeben hat. Sie hatten einen Sohn zusammen, der inzwischen gestorben ist. Russius hat ihr drei Rosen herausgeschossen, die in einer Vase auf ihrem Küchentisch stehen. Sie lebt mit einer Maus zusammen. Das werden die Journalisten aus Zürich alles auch herausfinden. Aber den Namen werden sie nicht bekommen.«

»Sie hätten mich spätestens heute Morgen anrufen sollen.«

»Am liebsten hätte ich den Namen für mich behalten«, sagte Hunkeler.

Bardet schaute ihn scharf an, misstrauisch.

»Was sind Sie bloß für ein Mensch.«

»Das hat mich mein Vater auch oft gefragt«, sagte Hunkeler.

»Und was haben Sie geantwortet?«

»Dass ich sein Sohn sei.«

Jetzt grinste Bardet, aber nur ein bisschen.

»Trotzdem«, sagte er. »Das war unkorrekt. Wenn ich der Presse mitteile, dass Sie mir wichtige Informationen vorenthalten, ist der Skandal perfekt.«

»Wir haben den Namen. Das ist meine Leistung. Diesen Namen müssen wir unter Verschluss halten. Wenn Sie auch noch angerufen hätten in Potsdam, hätten sie dort Verdacht geschöpft. Ich denke, dass das Boulevardblatt einen direkten Draht nach Potsdam hat. Darf ich?«

Er nahm eine von Bardets Caporal-Zigaretten. Schon beim ersten Zug wurde ihm schwindlig.

»Ich habe ein Geheimnis gelüftet. Als ich es gelüftet hatte, habe ich es noch eine Zeitlang für mich behalten. Weil es mir so gefallen hat.«

»Aber Lüdi haben Sie es heute Morgen mitgeteilt.«

»Erst, als ich im Hirsernbad Kaffee getrunken hatte.«

Bardet schüttelte griesgrämig den Kopf.

»Sagen Sie mal, was war Ihr Vater für ein Mensch? Können Sie ihn beschreiben?«

Jetzt grinste Hunkeler, ziemlich verlegen.

»Ich habe eine Theorie entwickelt«, sagte er, »eine Theorie der Fehler. Es ist die einzige Theorie, an die ich glaube.

Sie besagt, dass man nur mit Fehlern etwas bewegen kann. Wer keine Fehler macht, bewegt nichts. Nur Fehler sind produktiv. Korrektheit ist tödlich. Also bitte ich um Entschuldigung, mit gutem Gewissen.«

»Meinetwegen«, sagte Bardet. »Zum Wohl.«

Gegen 21 Uhr fuhr Hunkeler Richtung Grenze. Es war Mittwoch, der 4. Januar. Hedwig war mit Annette wohl bereits in Colmar. Er hätte sie anrufen und fragen können, in welchem Hotel sie logierte, in welchem Wirtshaus sie saß und was sie zu Abend gegessen hatte. Er hätte sich nach ihrem Befinden erkundigen können, wie es ihr ging, wie sie sich fühlte nach dem Besuch des Unterlinden-Museums, wo Grünewalds Christus am Kreuz hing, in genauen Verwesungsfarben hingemalt, lang und schrecklich. Ob sie ihn liebte, hätte er sie fragen wollen, am Morgen, am Abend und in der Nacht, obschon er ein unmöglicher Kerl war.

Er ließ es bleiben, er wusste, was sie geantwortet hätte. Sie hätte gelacht mit ihrer warmen Stimme, der er von Anfang an verfallen gewesen war. Dann hätte sie gesagt: Selber schuld, dass du nicht da bist.

Er war todmüde. Er hatte die Nase voll vom Rollen durch Schneenächte, vom Scheinwerferlicht auf vereisten Straßen. Er sehnte sich danach, sich in seinem Elsässerbett hinzulegen. Er würde das Handy ausschalten, das Fenster auf die Wiese hinaus sperrangelweit aufreißen und den Käuzen zuhören, die durch die Dunkelheit riefen.

Vor dem Eingang zu den Stadtgärten-West stand Haller bei

einem Elsässer Kollegen. Hunkeler hielt an. Die Wirtschaft zur Blume lag dunkel. Auch im Kommandowagen brannte kein Licht. Aus den Gärten war ein Kompressor zu hören.

»Was gibt's?«, fragte er.

»Nichts«, sagte Haller, »außer dass es saukalt ist. Sie buddeln immer noch auf B35. Weiß der Teufel, was sie suchen.«

Er zeigte zum Lichtschein hinüber, der über den Gärten hing.

»Und sonst gibt es keine Bewegung?«

»Wer will sich schon bewegen in dieser Kälte. Außerdem ist es verboten, die Gärten zu betreten.«

Hunkeler rollte langsam weiter. Er sah den Kiesturm auftauchen im Scheinwerferlicht, Bulldozer, rostige Lastwagen. Weiter vorn im französischen Zollhaus brannte eine Lampe. Er öffnete ein Fenster. Hinter dem Zaun leuchtete ein winziges Licht auf. Nur kurz, es erlosch gleich wieder.

Er wartete eine Weile, um zu sehen, ob das Licht wieder erschien. Nichts rührte sich, es blieb dunkel.

Er parkte links neben drei Abbruchautos. Er nahm die Pistole aus dem Halfter und versorgte sie im Handschuhfach. Dann stieg er aus und schloss behutsam die Tür. Er schaute in den Himmel hinauf, wo eine Menge Sterne hingen. Der Mond war nirgends, trotzdem war es eine helle Nacht.

Er ging über die Straße zum Zaun und folgte ihm Richtung Zollhaus. Nach wenigen Metern sah er die Lücke. Jemand hatte mit einer Blechschere Maschen- und Stacheldraht durchschnitten und den Lebhag so gestutzt, dass man hindurchkriechen konnte. Wieder leuchtete das winzige Licht auf.

Er kroch hindurch. Vor ihm lagen die Schatten von Spuren im Schnee. Er holte seine kleine Taschenlampe hervor und schaltete sie ein, indem er den Schein gegen die Gärten hin mit der Hand abdeckte. Es waren Sohlenabdrücke von einem Mann und einer Frau. Es waren auch die Profile von Vibramsohlen zu sehen, in beiden Richtungen, sie waren hinein- und hinausgegangen.

Er überlegte, ob er weitergehen sollte. Zum Glück hatte er die Pistole im Auto gelassen, er war als Privatmann hier.

Er hörte Schnee knirschen, er folgte diesem Geräusch. Das Knirschen war nicht von den Vibramsohlen gekommen. Diese waren nach rechts gegangen, Richtung B35. Er folgte den Spuren, die nach links führten, er folgte einem Mann und einer Frau. Es war schwierig, leise zu gehen. Er brach immer wieder durch die gefrorene Schicht unter dem Neuschnee. Die Taschenlampe hatte er ausgeschaltet, er sah die Spuren auch so. Sie führten Richtung Westen, wo Ferati seine Hütte gehabt hatte. Der Brandgeruch war von weitem zu riechen. Er hörte nichts mehr außer dem Kompressor, kein Licht leuchtete mehr auf.

Er sah den Kieshügel aufragen, den Golan, von dem man ins Elsass hineinsah. Davor die einzelnen Hütten mit einem halben Meter Schnee auf den Dächern. Kleine Bäume mit hängenden Ästen. Eine eingepackte Palme, Rosenbüsche, niedergedrückt von der Schneelast. Eine geheimnisvolle, verträumte, plötzlich gefährliche Winterlandschaft.

Er sah das Licht wieder aufblinken, es blieb. Es brannte in der Hütte neben Feratis Areal, kaum erkennbar, die Fensterläden waren geschlossen. Er ging noch vorsichtiger, er kam nur langsam voran.

Dann hörte er das Geräusch. Es drang schwach durch die Nacht. Aber es war eindeutig. Es waren miauende Katzen.

Die Tür der Hütte war nur angelehnt. Er griff zur Klinke. Da traf ihn ein Schlag auf den Kopf. Er hatte die fremde Bewegung noch kommen sehen. Aber er konnte nicht mehr ausweichen. Es war ein Hieb mit einem Stock, der ihn traf.

Er ging zu Boden, verlor indessen nicht das Bewusstsein. Instinktiv rollte er sich zur Seite, nach links, um einem zweiten Schlag auszuweichen. Es folgte kein zweiter Schlag. Der Hieb hatte gesessen. Er fuhr sich mit der Hand übers Haar. Es war Blut daran. Ein Schwartenriss offenbar, der ekelhaft weh tat. Aber der Schädel hatte widerstanden.

»Herrgottsack«, fluchte er und erhob sich vom Boden. »Sind Sie wahnsinnig geworden?«

Unter der Tür stand der Mann mit der violetten Jacke und dem Borsalino auf dem Kopf. Neben ihm die mopsgesichtige Frau. Der Mann hatte eine Harke in der Hand. Beide sagten kein Wort, sie starrten ihn ängstlich an.

»Sind Sie übergeschnappt?«, brüllte Hunkeler los. Dann besann er sich, wo er war. Auch schmerzte der Kopf zu sehr, um richtig zu schreien. »Spinnen Sie? Was tun Sie hier?«

»Grazie alla Madonna«, sagte die Frau, »no l'hai ucciso. Er lebt, du hast ihn nicht getötet.«

»Das wäre noch schöner«, sagte Hunkeler. »Was fällt Ihnen ein, gleich mit der Harke dreinzuschlagen?«

»Scusi«, sagte der Mann mit singender, weinerlicher Stimme, »ich habe gedacht, es sei einer dieser Einbrecher, die Jagd auf Ausländer machen. Sie sind doch Commissario, no?«

»Ja, das bin ich. Und wer sind Sie?«

»Rinaldi«, sagte der Mann und verbeugte sich höflich, indem er kurz den Hut vom Kopf nahm, »Rinaldi aus Cremona. Das da ist meine Frau Silvia. Kommen Sie herein.«

Er ging weg von der Tür, Hunkeler trat ein. Es waren sieben Katzen in der Hütte, sie fraßen aus einem Napf. Büchsenfleisch, vier leere Büchsen standen auf dem Tisch neben einem Gaslicht.

»Grappa?«, fragte Rinaldi.

»Was Grappa? Eine Schweinerei ist das, mir einen überzuziehen. Überdies ist es verboten, das Areal zu betreten. Das wissen Sie genau.«

»Die armen Katzen«, sagte die Frau. »Wer füttert sie denn? Sollen sie verhungern?«

Sie brachte eine Flasche Grappa.

»Meinetwegen können sie verrecken, jawohl«, sagte Hunkeler. »Schließen Sie die Tür. Es braucht uns niemand zu sehen.«

Rinaldi schloss die Tür und holte drei Schnapsgläser.

»Setzen Sie sich«, befahl Silvia.

Hunkeler setzte sich. Er spürte, wie Silvia behutsam die Wunde abtastete.

»Aua«, schrie er, »sind Sie wahnsinnig?«

»Che brutto«, sagte sie, »che bestia. Er hätte Sie glatt erschlagen, wenn ich nicht dazwischengegangen wäre. Un momento.«

Sie leerte ihm Schnaps übers Haar.

»Aua«, schrie Hunkeler. »Wollen Sie mich umbringen?«

»Salute«, sagte Rinaldi und kippte sein Glas.

»Meinetwegen«, sagte Hunkeler und tat es ihm gleich.

»Ich bin ein armer Dachdecker aus der Lombardei«, sagte Rinaldi. »Ich darf nicht mehr arbeiten. Mein Rücken ist kaputt. Ich lebe von einer kleinen Rente und von Silvia. Ich bin froh, dass ich in der Schweiz bleiben kann.«

Silvia nickte und schenkte neu ein.

»Die Katzen bedeuten mir alles«, sagte Rinaldi. »Sie erwarten mich alle drei Tage. Dann fressen sie sich die Bäuche voll und gehen irgendwo schlafen. Ich kann sie doch nicht krepieren lassen.«

»Das Füttern von Katzen ist verboten«, sagte Hunkeler scharf, »das steht in der Gartenordnung.«

»Es sind keine Haustiere, es sind wilde Katzen. Ich kann nichts dafür, dass sie hier sind.«

Silvia packte eine weiße Binde aus, mit der sie wohl Hunkelers Kopf umwickeln wollte.

»No grazie«, sagte er.

Die Katzen hatten den Napf ausgefressen. Sie legten sich alle sieben aufs Bett und schnurrten. An einer Wand hing ein Wimpel von Internazionale Milano, darunter ein Dress von Adriano.

»Kommen Sie oft hierher?«, fragte Hunkeler.

»Immer, wenn es geht«, sagte Rinaldi. »Oft übernachten wir hier, weil es ruhig ist und die Luft frisch.«

»No«, sagte Silvia, »du redest zu viel.«

»Ach was«, sagte Rinaldi, »das ist ein guter Mann, der verrät uns nicht. Üblicherweise kommen wir vom Elsass her in den Garten, damit uns niemand sieht. Es ist gemütlich hier, auch im Winter.«

Er zeigte auf den Gasofen in der Ecke, auf das Rechaud, auf die Beutelsuppen auf dem Tablar.

»Wer hat Feratis Hütte angesteckt?«, fragte Hunkeler.

»Das weiß ich nicht. Ich würde es auch nicht sagen, wenn

ich es wüsste. Das gäbe nur Streit. Es ist das Beste, wenn man nichts hört und nichts sieht. Es gibt immer Streit in den Gärten. Es gibt immer zwei Parteien, die sich bekämpfen. Wegen nichts. Sie finden immer einen Grund.«

»Und Ferati?«

»Der ist zu stolz. Mich kann man nicht beleidigen, ihn schon. Ich habe ihm geraten, den Kopf einzuziehen, auch wenn er im Recht ist. Er kann das nicht.«

»Wer hat die Enten umgebracht?«

Rinaldi schüttelte den Kopf.

»Von mir hören Sie nichts.«

»Und wenn ich Sie einsperre wegen des Schlages?«

Rinaldi lächelte höflich.

»Das werden Sie nicht tun. Sie dürften eigentlich auch nicht hier sein, no?«

»Stimmt. Aber ich will wissen, wer Flückiger umgebracht hat. Haben Sie in der Silvesternacht hier übernachtet?«

»No«, sagte die Frau.

»Doch«, sagte Rinaldi, »wir waren hier. Es war ein Besäufnis mit Raketen und lauten Krachern. Wir haben nicht mitgemacht, wir sind früh schlafen gegangen.«

»Toni Flückiger ist zwischen zwei und drei Uhr ermordet worden.«

»Uns ist nichts aufgefallen«, sagte die Frau.

»Doch«, sagte Rinaldi. »Um halb drei bin ich erwacht, weil jemand an unserer Hütte vorbeigeschlichen ist. Zwei junge Männer, die über den Golan gekommen sind. Sie wollten nicht, dass man sie sah. Ich habe sie trotzdem gesehen.«

»Wohin sind sie gegangen?«

»Sie sind in die Richtung von Flückigers Hütte gegangen.«

»Sta zitto«, schimpfte die Frau, »che stupido.«

»Und Sie, wann haben Sie Ihre Hütte verlassen?«

»Wir haben gewartet, bis es ruhig wurde«, sagte Rinaldi. »Dann wollten wir gehen. Aber dann sind die beiden Jungen zurückgekommen. Sehr schnell, sie sind über den Golan verschwunden. Es ist uns unheimlich geworden. Deshalb sind wir nach Hause gegangen.«

»Welchen Weg haben Sie genommen?«

»Den normalen durch den Haupteingang.«

»Hat es immer noch geschneit?«

»Ja«, sagte Rinaldi, »ich glaube schon.«

»No«, sagte die Frau, »es hatte aufgehört. Der Weg war frisch verschneit. Wir sind die Ersten gewesen, die Spuren hineingesetzt haben. Das war schön, so frisch und neu wie das neue Jahr.«

»Und jetzt? Bleiben Sie über Nacht hier?«

»No«, sagte Rinaldi. »Oder was meinst du, Silvia?«

»Ma sì«, sagte sie, »wir schlafen hier.«

Als Hunkeler wieder im Auto saß, beschloss er, in Basel zu übernachten. Er hatte drei Gläser Grappa getrunken. Das waren zwei zu viel für eine Fahrt durch die Nacht. Zudem schmerzte die Wunde am Kopf. Er griff hin, behutsam, er wusste, dass er wehleidig war. Er stellte fest, dass kein Blut mehr floss.

Wo steckte eigentlich Hedwig wieder? Immer, wenn man sie brauchte, war sie nicht da. Er sehnte sich nach ihren sanften, genauen Fingern, mit denen sie die Wunde untersucht hätte. Nach ihrer tröstenden Stimme. Ihr war es egal, wenn er wehleidig tat. Er griff zum Handy und rief sie an. Es meldete sich der Beantworter. »Hast du es gut?«, fragte er. »Ich bleibe in Basel. Es hat mir einer einen Schlag verpasst. Mit einer Harke, auf den Kopf. Ich würde mich gern trösten lassen von dir. Aber leider geht das jetzt nicht.« Er überlegte einen Moment. »Ich komme am Samstag nach Colmar. Oder am Sonntag. Ich will wieder einmal die Madonna im Rosenhag sehen. Und dich.«

Dann fuhr er Richtung Stadt, und zwar auf einem Umweg am Reifenlager vorbei. Er wollte nicht, dass Haller ihn sah. Er parkte vor dem Luzernerring.

Cattaneo saß hinten in der Nische, vor sich ein Glas Armagnac. Er schaute nicht auf, als sich Hunkeler zu ihm setzte, er schien in sich selber versunken zu sein.

»Eine Tasse Milchkaffee«, sagte Hunkeler zu Mara, die an den Tisch gekommen war. »Und schau mal nach, was mit meinem Kopf los ist.«

Sie fuhr ihm sachte durchs Haar.

»Das ist eine Platzwunde«, sagte sie. »Eigentlich sollte man sie nähen. Aber du wirst es auch ohne Arzt überleben.«

Er wartete lange, ruhig und sanft wie eine Katze vor dem Mauseloch. Er holte sich am Automaten Zigaretten. Sorgfältig riss er die Packung auf und steckte sich eine an.

»Ist heute nichts mit der Tagesschau?«, fragte er.

Cattaneo schwieg, er schien nichts gehört zu haben.

»Warum sind Sie heute Abend in den Gärten gewesen?

Warum sind Sie heimlich durch die Lücke im Zaun geschlichen? Ich habe die Spur Ihrer Vibramsohlen gesehen. Warum sind Sie in der Silvesternacht in Flückigers Hütte gewesen? Und wann genau? Was haben Sie mit ihm geredet?«

»Ich habe auf Sie gewartet«, sagte Cattaneo. »Ich weiß nicht, warum. Aber ich habe gewusst, dass Sie kommen.«

»Vier Jahre sind eine lange Zeit«, sagte Hunkeler. »Vier lange Jahre, um Abschied zu nehmen und sich zu erholen. Oder stimmt das nicht?«

»Wenn Sie nicht wüssten, dass das nicht stimmt«, sagte Cattaneo, »wären Sie nicht hier.«

Er hob kurz den Blick und schaute Hunkeler genau in die Augen. Es ging ihm sehr schlecht. Er hob sein Glas und kippte sich den Armagnac in die Kehle.

»Mara, noch ein Glas.«

»Sie trinken auf den toten Toni Flückiger, nicht wahr?«, fragte Hunkeler.

»Nein, ich trinke mit dem toten Toni Flückiger. Vier Jahre sind gar nichts. Die Zeit ist gar nichts. Angesichts des Todes. Es gibt nur Leben und Tod. Der Tod hebt die Zeit auf. Der Tod ist viel wirklicher als das Leben. Der Tod ist die einzige Realität, die es gibt. Ich lebe in einer Scheinwelt. Lucia lebt in der wirklichen Welt, in der Welt des Todes. Toni Flückiger auch. Wir sind davon ausgeschlossen, Sie und ich. Weil wir noch am Leben sind.«

»Sind Sie betrunken«, fragte Hunkeler, »dass Sie so schwarze Gedanken haben?«

»Sehe ich so aus?«

»Nein, eigentlich nicht.«

Mara brachte ein neues Glas Armagnac.

»Das ist das letzte Glas«, sagte sie, »die Flasche ist leer.«

Sie schaute besorgt zu Hunkeler. Doch der wusste auch nicht, wie helfen.

»Passen Sie auf«, sagte er, »dass Sie sich nicht in den Tod saufen. Noch leben Sie. Der Tod kommt von selber irgendwann. Es hat keinen Sinn, auf ihn zu warten.«

»Ich warte nicht auf ihn. Er wartet auf mich.«

»Sie sollten heimgehen und sich hinlegen. Sie sind übernächtigt. Sie sollten Abschied nehmen von der Vergangenheit.«

»Ich bin nirgends mehr daheim. Auch in der Vergangenheit nicht.«

Wieder kam der schnelle, genaue Blick. Wieder kippte er den Armagnac in einem Zug hinunter.

»Mara, noch ein Glas Cognac.«

»Wissen Sie, wer Toni Flückiger umgebracht hat?«, fragte Hunkeler.

»Nein. Wenn ich es wüsste, würde ich ihn umbringen.«

»Das sollten Sie nicht tun. Sie sollten die Bestrafung des Täters uns überlassen.«

»Er ist der Liebhaber meiner Frau gewesen. Ich hätte ihn beschützen sollen vor dem Tod. Ich habe es nicht getan. Ich bin schuldig.«

»Wie haben Sie es erfahren?«

»Sie hat es mir gesagt.«

»Ohne dass Sie gefragt haben?«

»Ja. Ich wäre nie auf diese Möglichkeit gekommen.«

»Warum hat sie es Ihnen denn gesagt?«

»Um sich zu schützen. Sie wollte unsere Liebe schützen. Mit ihrem Geständnis. Ihr Geständnis hat ihr geholfen, sich von Toni Flückiger zu befreien. Sie ist nach dem Geständnis nicht mehr zu ihm gegangen. Ich habe es erst nach ihrem Tod begriffen. Vorher nicht, auch während ihres Sterbens nicht. Aber dann war es zu spät.«

Er schüttelte den Kopf, angewidert von der Welt, von sich selber, von seiner eigenen Dummheit.

»Es ist entsetzlich, wie sich die Zeit über alles legt. Über das Leben, über die Liebe. Man lebt so vor sich hin, als ob man eine Ewigkeit vor sich hätte. Dann befiehlt die Zeit von einer Sekunde zur andern, dass Schluss ist. Ende, aus. Das Grauenhafte ist, dass es einen Anfang und ein Ende gibt. Das Ende ist endgültig. Es gibt nur noch die Vergangenheit, die Erinnerung. Doch auch die Vergangenheit ist der Zeit unterworfen. Bis endlich der Tod kommt und auch die Vergangenheit auflöst.«

»Sie haben eine richtige Philosophie entwickelt«, sagte Hunkeler. »Ich hoffe, sie hilft Ihnen.«

»Nein, sie hilft mir nicht. Sie stößt mich ins Elend. Wissen Sie, was Elend ursprünglich hieß? Es hieß die Fremde. Wir wohnen alle in der Fremde, solange wir leben. Unsere Heimat ist der Tod.«

Hunkeler schwieg. Wo hatte der Mann diese Gedanken her?

»Sie sind doch Chemikant«, sagte er. »Was ist das eigentlich? Was macht ein Chemikant?«

»Er arbeitet in der chemischen Industrie. Ich habe die Arbeit eines Laboranten gemacht, bloß zu einem niedrigeren Lohn. Weil ich keinen Lehrabschluss hatte. Weil ich ein Tschingg aus dem Aostatal bin. Aber ich habe ein Leben lang Bücher gelesen. Nietzsche und Jaspers zum Beispiel.

Nur habe ich das, was ich gelesen habe, nicht auf mich selber, auf mein Leben angewendet. Ich habe es erst nach Lucias Tod versucht. Da war es zu spät.«

»Jetzt hören Sie endlich auf mit diesen schwarzen Gedanken«, sagte Hunkeler. »Das Leben geht weiter. Es ist nie zu spät, sich zu ändern.«

»Was bringt es, wenn ich mich ändere? Was geschehen ist, kann ich nicht mehr ändern. Akzeptieren kann ich es auch nicht. Ich kann meine Schuld nicht akzeptieren. An Vergebung glaube ich auch nicht, ich bin kein Christ.«

»Wenn Sie Nietzsche gelesen haben, sollten Sie den Begriff der Schuld vergessen.«

Hunkeler überlegte lange, dann sagte er es doch.

»Ich denke, Lucia hat Ihnen längst vergeben.«

»Das kann schon sein. Aber ich selber vergebe mir nicht.«

»Wo nehmen Sie denn Ihre Kriterien her? Schuld ist doch ein durch und durch christlicher Begriff. Wenn Sie kein Christ sind, sollten Sie nicht von Schuld reden.«

»Wollen Sie mich belehren, was, Sie Schroter?« Eine Spur Hohn blitzte in seinen Augen auf. »Das habe ich nicht nötig. Wenn ich mich schuldig sprechen will, so tue ich das. Ob es Ihnen passt oder nicht.«

Er griff zum Cognac, den ihm Mara gebracht hatte.

»Ich habe das Leben meiner Frau zerstört. Mit ihrem Leben habe ich auch mein Leben zerstört, ohne es zu merken. Sie hat alles versucht, um mich lieben zu können. Sie hat mich zur Liebe verführen wollen. Das ist ihr auch immer wieder gelungen, für kurze Momente. Die waren schön, dafür danke ich ihr. Aber dann kam ihr Geständnis. Ich habe es nicht akzeptieren können als das, was es war. Als Liebeserklärung nämlich. Das habe ich Trottel nicht begriffen. Ich habe nicht das Richtige getan.«

»Was wäre richtig gewesen?«

»Ich hätte ihr vergeben sollen«, sagte Cattaneo. Er saß wie versteinert da, totenblass. Und jetzt rollten zwei Tränen aus seinen Augen. Sie blieben auf den Wangen hängen, er wischte sie nicht weg. »Barmherzigkeit, Mitleid hätte ich walten lassen müssen. Stattdessen bin ich unbarmherzig gewesen, lieblos, hartherzig. Ich habe sie nicht mehr angerührt, ich habe sie bestraft. Haben Sie schon einmal aus nächster Nähe erlebt, wie jemand an Krebs gestorben ist?«

»Nein.«

»Es ist eine langsame, grauenhafte, sich stetig steigernde Zerstörung. Dass Lucia sterben musste, hätte ich vielleicht noch verkraften können. Aber diese beleidigende Zerstörung nicht.«

»Was hat sie dazu gesagt?«

»Nichts. Wir haben nicht darüber geredet. Sie ist wortlos gestorben. Und ich habe wortlos zugeschaut.«

»Ich kenne auch Menschen«, sagte Hunkeler, »die ihre Liebe durch Krebs verloren haben. Sie alle sind gezeichnet, sie fühlen sich schuldig.«

»Sie ist wie ein Engel gestorben, das Leben ist aus ihrem Leib entschwebt. Sie hat mich in der Hölle zurückgelassen. Sie hat mich zum Teufel gemacht.«

Wieder rollten Tränen aus seinen Augen. Er wischte sie weg.

»Warum erzähle ich Ihnen das alles? Wissen Sie es?«

»Es könnte sein«, sagte Hunkeler, »dass Sie Toni Flückiger erschossen haben. Es wären zwei Motive möglich. Das eine wäre sehr einfach. Toni Flückiger ist in Ihre Liebe eingebrochen. Doch doch, nach allem, was ich gehört habe, muss es eine Liebe gewesen sein.«

»Was haben Sie gehört?«

»Dass Lucia eine fröhliche, lebenslustige Frau gewesen ist. Sie muss einen Grund gehabt haben, bei Ihnen zu bleiben. Der Grund kann nur Liebe gewesen sein.«

»Und was wäre das zweite Motiv?«

»Das zweite Motiv wäre ziemlich abstrus. Nach dem, was Sie gesagt haben, sehnen Sie sich nach dem Tod, weil der Tod das Eigentliche ist und das Leben bloß eine Vorstufe dazu.«

»So ist es. Wir sind des Todes.«

»Sie werfen sich vor, Lucia nicht vergeben zu haben. Die vollständigste Vergebung wäre es gewesen, wenn Sie ihr Glück zur neuen Liebe gewünscht und sich zurückgezogen hätten.«

»Wie kommen Sie da drauf?«, fragte Cattaneo, und ein Flackern war in seinen Augen.

»Ich denke bloß das, was Sie gesagt haben, zu Ende. Sie leiden unter Ihrer vermeintlichen Schuld. Sie wollen sich von dieser Schuld entlasten. Das können Sie am besten, indem Sie Lucia mit Toni Flückiger wieder zusammenbringen. Und da Lucia tot ist, geht das nur im Tod. Folglich könnte es sein, dass Sie Toni Flückiger getötet und so mit Lucia vereinigt haben.«

»Stimmt«, sagte Cattaneo, »das wäre eine Möglichkeit.«

Er hatte jetzt wieder etwas Farbe im Gesicht. Das Gespräch schien ihn zu beleben.

»Und wie hätte ich es getan, wenn ich es wirklich getan hätte? Wo hätte ich zum Beispiel eine Pistole aufgetrieben?«

»Eine Pistole kann man in jedem Waffengeschäft kaufen.«

»Wie hätte ich ihn an den Fleischerhaken hängen können?«

»Sie wären in einer Ausnahmesituation gewesen. In einer solchen Situation hat man Riesenkräfte.«

»Folglich hätte ich doch noch etwas zustande gebracht in meinem tristen Leben, nicht wahr?«

»Stimmt«, sagte Hunkeler, »so könnte es gewesen sein.«

»Wollen Sie mich verhaften? Ich wäre bereit dazu.«

»Nein.«

»Warum nicht?«

»Weil ich keine Beweise habe.«

»Sie wollen also ein Geständnis haben von mir. Sie sind zu blöd, um einzusehen, dass ich soeben ein vollumfängliches Geständnis abgelegt habe. Ich habe meine Frau umgebracht. Aber nicht so, wie Sie meinen. Sie sind ein einfaches Gemüt, Herr Kommissär. Sie setzen auf beweisbare Taten. Auf Erschießen, Erschlagen, Erwürgen. Aber die wirklichen Untaten sind anderer Natur. Wenn Sie mich wegen Lieblosigkeit, wegen Unfähigkeit mitzuleiden verhaften wollen, dann tun Sie es. Ich würde anstandslos mitkommen. Aber das passt wohl nicht in Ihre lächerliche Paragraphenwelt.«

Wieder kam der schnelle Blick, diesmal fest und sicher. Wieder war eine Spur von Hohn darin.

Hunkeler erhob sich und ging hinaus.

Er fuhr langsam am Kannenfeldpark vorbei. Der letzte Dreier Richtung Grenze kam ihm entgegen, sein Grün schimmerte in nächtlichem Glanz. Die Umrisse der vom Schnee gebeugten Bäume hoben sich glasklar ab gegen den Himmel. Es war eine helle, verzauberte Nacht.

Er parkte vor seiner Wohnung. Er hatte keine Lust, da hinaufzugehen, obschon ihn das Gespräch mit Cattaneo erschöpft hatte. Zudem schmerzte sein Kopf.

Er griff zum Handy und rief Hedwig an.

»Ja?«, hauchte sie.

»Ich bin's, Peter. Wo bist du?«

»Im Hotel Le Maréchal in Colmar, im Bett. Weißt du, wie spät es ist?«

»Ja. Es ist eine verzauberte Nacht.«

Sie gähnte, sie hatte wohl schon geschlafen.

»Wie geht's deinem Kopf?«

»Nicht gut«, sagte er, »es geht mir nicht gut.«

»Warum musst du dich immer prügeln? Du weißt doch, dass du ein alter Mann bist.«

»Ich habe mich nicht geprügelt«, schrie er, »ich bin verprügelt worden. Liebst du mich?«

»Du spinnst wohl. Du weißt doch, dass ich dich liebe.«

»Auch wenn ich lieblos bin zu dir?«

»Hör mal«, sagte sie, »ich will jetzt schlafen. Weil ich müde bin. Ich würde nie einen lieblosen Mann lieben. Gute Nacht.«

Er stieg aus und ging nach vorn zum St. Johanns-Ring. Der Brunnen an der Ecke war zugefroren, das Wasser rann über Eiskaskaden in den Trog. Er ging durch den schmalen Pfad, den die Leute in die Schneedecke getreten hatten. Ein Auto fuhr vorbei, mit offenen Fenstern. Ein Lautsprecher hämmerte arabischen Rap in die Nacht. Das Sommereck hatte geschlossen, Edi lag wohl im Bett und schnarchte.

War es Cattaneo gewesen, oder war er es nicht gewesen?

Hätte er ihn mitnehmen sollen auf den Waaghof? Einbuchten, ein bisschen plagen, warten, bis er die Nerven verlor? Nein, das hätte nichts genützt. Cattaneo hätte sich, wenn er es denn gewesen war, in seine eigene, abstruse Welt zurückgezogen, er hätte sich so immunisiert. Vielleicht wäre er ganz gern mitgekommen, weil er Zuhörer brauchte für seine schmerzvolle Selbstbezichtigung.

Vielleicht dachte er daran, sich umzubringen in einer der nächsten Nächte. Möglich war es, aber Hunkeler glaubte es nicht. Das Geständnis war eine Spur zu wehleidig gewesen, zu kitschig. Nie und nimmer hätte er eine reale Mordtat gestanden.

Er sah ein Tier über die Straße huschen, mit hellem Winterfell, in langgestreckter, schöner, wilder Bewegung. Es übersprang den Schneewall, der den Gehsteig von der Straße trennte, und verschwand in einer Einfahrt. Ein Marder, der sich auf nächtlicher Fährte befand.

Der Burgfelderplatz lag ruhig. Er schaute kurz zum Sexshop hinüber, zum Einkaufszentrum, zur Apotheke. Von der Grenze her war ein leises Rollen zu hören. Der Dreier, der in die Stadt zurückfuhr.

Er betrat das Milchhüsli. An der Theke stand Hauser vor einem Schnaps.

»Komm her«, sagte er, »trink einen mit.«

Hunkeler bestellte ein Bier.

»Und«, fragte Hauser, »wie laufen die Geschäfte?«

»Du Schwein«, sagte Hunkeler, »es kommt der Tag, an dem ich dir das Fell über die Ohren ziehe.«

»Nur zu«, sagte Hauser, »hau nur drauf. Ich bin ja der allerletzte Dreck.«

Hunkeler schaute zu den Billardspielern hinüber. Auch der Gärtner aus dem Aargau saß an seinem Platz, wie jeden Abend.

»Warum bist du überhaupt hier?«

»Wo sollte ich sonst sein?«, fragte Hauser.

»Im Emmental, denke ich. In Rüegsbach.«

Hauser kippte den Schnaps und bestellte einen neuen.

»Du bist eingeladen heute Nacht«, sagte er, »du trinkst auf meine Kosten. Weißt du, wie Toni Flückiger wirklich geheißen hat?«

»Nein.«

»Doch, du weißt es, ich sehe es dir an. Du hast recht gehabt, Polizist zu werden. Du kannst nicht lügen. Ein Reporter muss lügen können, dass die Schwarten krachen. Ein Reporter muss ein Schwein sein, das im ekelhaftesten Dreck herumwühlt. Das bin ich, ich kann das. Aber es gibt noch größere Schweine. Sie sitzen in Zürich. Wenn du in Basel wohnst, hast du gegen die keine Chance.«

»Was ist los?«

»Sie haben mir den Fall Flückiger weggenommen.«

»Aber du hast ihn doch angerissen und groß herausgebracht.«

»Sie wollen ihn noch größer aufmachen. Sie sind heute Mittag mit einer ganzen Equipe nach Rüegsbach gefahren. Ohne Hauser. Der ist ihnen zu blöd.«

Er weinte fast, der dicke Hauser, er war in tiefster Seele beleidigt.

»Schau morgen in die Zeitung. Du wirst eine gigantische Schnulze lesen. Von sturen, herzlosen Emmentalern. Von der Unterdrückung einer liebenden Frau. Von der Verfolgung eines edlen, braven Russen, der sich mit knapper Not in die Schweiz hat retten können. Und zwei Liter Sirup mindestens darüber geleert. Zum Kotzen.«

»Warum ein Russe?«, fragte Hunkeler.

»Weil Toni Flückiger ein Russe gewesen sein soll. Warum fragst du das?«

»Einfach so. Weil Toni Flückiger meiner Meinung nach ein Ostpreuße gewesen ist.«

»Steht das fest?«

»Nichts steht fest. Wie hast du das mit dem falschen Pass herausgefunden?«

»Wir haben unsere Quellen. Die geben wir nicht preis, das weißt du. Nur den richtigen Namen, den haben wir noch nicht. Auch die Trüffelschweine aus Zürich haben ihn nicht. Da herrscht offenbar die Omertà in Rüegsbach, da ist nichts zu machen.«

Er schielte zu Hunkeler herüber, verschlagen, listig, hellwach.

»Hast du den Namen?«

»Ich habe schon gesagt, nein.«

»Ich soll mich in Basel kundig machen, hat der Chefredakteur gesagt. Mich im Sumpf der Schrebergärten umhören, die Sehnsucht dieser Spießerpaläste zum Aufleuchten bringen, die unterdrückte Leidenschaft der Kleinbürger eben. Und zwar in Wort und Bild. Das geht mir dermaßen am Arsch vorbei, da habe ich überhaupt keinen Bock drauf. Ich mache das nicht, Punkt. Weil es mir scheißegal ist, wer vier Enten und 14 Kaninchen umgebracht hat.«

»Aber Tiergeschichten sind doch immer gut, oder nicht?«

»Mich kotzt das nur noch an. Stell dir vor, du bist an einer richtig großen Geschichte dran. Ein brutaler Mord, eine geheimnisvolle, dunkle Gestalt, alles im Grenzbereich zwischen Basel und Elsass, mit Spuren in den Zweiten Weltkrieg zurück. Und dann nehmen sie dir das einfach weg.«

Wieder kam der listige Blick.

»Wenn ich den richtigen Namen hätte, könnte ich mir die Geschichte vielleicht wieder zurückholen.«

»Tut mir leid«, sagte Hunkeler, »ich kann dir nicht helfen. Danke für das Bier.«

Als Hunkeler am andern Morgen um neun das Sommereck betrat, saß Edi vor einem Glas Wasser und rührte ein weißes Pulver hinein.

»Schau an, wie ich leide«, sagte er. »Nächstens darf ich nur noch Kreide fressen wie der Wolf in den Sieben Geißlein. Wozu bin ich noch auf der Welt?«

»Um mir eine Tasse Kaffee zu bringen«, sagte Hunkeler und griff zum Boulevardblatt.

»Hast du dich nicht gekämmt heute Morgen?«, fragte Edi.

»Nein. Weil mir jemand einen übergezogen hat.«

»Mein Gott, was machst du für Sachen.«

Auf dem Titelblatt stand ein schöner Titel. Drei Rosen für Sonja. Daneben ein Foto von Sonja Flückiger, an der sich ein Friseur zu schaffen gemacht hatte. Frisch geföhnt, das Gesicht gepudert und geschminkt. Sie schaute erschreckt in die Kamera. Die Seiten zwei und drei waren ganz der alten Frau aus dem Emmental gewidmet, die einen armen Russen geliebt und aufgenommen hatte. Aber damit waren die Dorfältesten nicht einverstanden gewesen. Sie hatten den Russen bösartig vertrieben nach Basel, wo er dann umgebracht wurde. Die tapfere Sonja hatten sie unter massiven Druck gestellt und bei Wasser und Brot ausgehungert. Selbst den Strom hatten sie ihr abgestellt. Ihren Sohn, dessen Vater der Russe war, hatten sie nach Zürich vertrieben, wo er in der Drogenhölle auf dem Platzspitz umgekommen war. Nur der alte Fritz vom Hinterglatt schaute noch zu ihr. Er brachte ihr gratis Holz und Kartoffeln.

Trotz dieses unmenschlichen Drucks war die tapfere, treue Frau standhaft geblieben und hatte Namen und Herkunft des Russen nicht preisgegeben. In Treue, Trutz und Glauben, so ihre eigenen Worte, hatte sie ausgeharrt und den Dorfmunis getrotzt. Und noch immer hegte und pflegte sie ihren größten Schatz, den sie vom Russen erhalten hatte. Drei Papierrosen nämlich, die er ihr auf dem Markt in Sumiswald herausgeschossen hatte. Frage: Was birgt Sonja für ein Geheimnis? Antwort: Wir bleiben am Ball.

Hunkeler betrachtete das große Foto auf Seite zwei. Es war alles da, was er auch gesehen hatte. Schrank, Tisch, Kaffeekanne, Zuckerdose. Nur die Rosen waren nicht mehr dieselben. Sie hatten neue hingestellt.

Er schaute kurz die *Basler Zeitung* durch, ob da etwas über Livius zu lesen war. Es stand eine kurze Notiz da, die besagte, dass Anton Flückiger nicht identisch mit Livius sein konnte, da Livius in Russland gefallen war. Weitere Ermittlungen würden auf Hochtouren laufen.

Hunkeler griff noch einmal zum Boulevardblatt und schaute genau hin. Etwas fehlte, er merkte lange nicht, was. Dann sah er es. Es fehlte die Maus.

Auf Seite drei unten rechts war ein Spendenaufruf für Sonja Flückiger. Das stimmte Hunkeler heiter.

»Also«, sagte er, »so hat diese Schweinerei doch ihr Gutes.«

»Apropos Schweinerei«, sagte Edi, »ich hätte da noch eine hausgemachte Leberwurst aus dem Schwarzwald. Mit frischem Brot und Essiggurken eine Offenbarung.«

»Also fahr auf«, sagte Hunkeler, »greifen wir zu.«

Anschließend ging Hunkeler durch die Mittlere Straße zum Kannenfeldpark. Er brauchte ein bisschen Bewegung, sein Rücken hatte sich in der Nacht verspannt. Eigentlich hätte er den Chiropraktiker anrufen müssen, ob er Zeit habe für ihn. Er hatte fast immer Zeit, um ihn auf den Schragen zu legen und mit einem kurzen, präzisen Ruck die verhockten Wirbel zu lockern.

Aber Hunkeler wollte nicht. Es war jetzt nicht die Zeit, um an den eigenen Rücken zu denken. Es war die Zeit, hellwach auf der Lauer zu liegen, die feinen Sensoren auszufahren und blitzschnell zuzugreifen, wenn sich die Wahrheit zeigte. Und dieser Moment, dessen war er sicher, stand dicht bevor.

Er kam am Haus von Cattaneo vorbei. Ein hundertjähriger Bau aus Bruchstein, zweistöckig, ein Reihenhaus wie alle Häuser in dieser Straße. Ein Vorgarten mit einer Eibe, die der Schnee über den Eisenzaun gedrückt hatte. Ein kupferner Klingelknopf, Ettore Cattaneo war ins Blech graviert. Ein stolzer Name für den Mann aus dem Aostatal, ein stolzes Haus für einen Chemikanten, der keinen Lehrabschluss hatte.

Ein seltsamer Mann war dieser Cattaneo. Ein Philosoph,

der ganze Nächte durchgelesen haben musste. Der eine eigene Theorie über Zeit und Ewigkeit entwickelt hatte. Hunkeler hatte ihn gut verstanden. Auch er litt unter der Unantastbarkeit der Vergangenheit. Auch er hätte sich gewünscht, in einigen wichtigen Situationen seines Lebens anders gehandelt zu haben. Nur hatte er sich damit abgefunden, dass es gewesen war, wie es gewesen war. Und er wusste, woher er kam. Aus einer bäuerlichen Kleinbürgerfamilie, die es nicht gelernt hatte, aktiv zu entscheiden und zu handeln. Vielmehr hatte man die Entscheidungen auf sich zukommen lassen, bis sie nicht mehr zu ändern waren.

So hatte es vermutlich auch Cattaneo gehalten. Bis ihm nichts anders mehr übriggeblieben war, als wortlos dem wortlosen Sterben seiner Frau zuzuschauen. Erst in diesem Moment war er aus seiner Lethargie erwacht, als er vor dem vom Krebs zerstörten Leichnam stand.

Hatte er sich damals vor vier Jahren entschlossen zu handeln? Hatte er entschieden, die Schuld am Tod seiner Frau nicht ausschließlich auf sich zu nehmen, sondern einen Teil davon auf Toni Flückiger zu schieben? Hatte er ihn endlich in der Silvesternacht bestraft?

Abstruse Gedanken waren das. Und doch kam Hunkeler nicht los von ihnen. Er überlegte, ob er klingeln, hineingehen und mit dem Mann reden sollte. Er ließ es bleiben, es war zu früh.

Er überquerte die Straße zum Park hinüber. Rechts stand die schöne alte Wirtschaft zur Entenweid. Sie war zu kaufen, wie zu lesen war. Der bosnische Wirt hatte schon vor einem halben Jahr aufgegeben, er hatte zu wenig verdient. Auch der Kiosk, wo er Zigaretten und Zeitungen angeboten hatte, war geschlossen. Hier gab niemand Geld aus, es war eine unnütze Gegend.

Ein Schnellzug raste aus dem Tunnel heraus, der unter der Kreuzung hindurch ins Elsass führte. Der Bügel der Lokomotive war zu sehen, wie er der Stromleitung entlangglitt. Die hellen Dächer der Waggons. Dann das rote Licht, das um eine Kurve verschwand.

Hunkeler betrat den Park. Er ging in der Spur, welche die Jogger gelegt hatten. Er rannte keinen Meter, er musste den Rücken schonen. Er ging schnell, er gab sich Mühe, tief ein- und auszuatmen. Mehrmals wurde er überholt von jungen Leuten. Auch einige ältere Männer rannten an ihm vorbei. Das war ihm egal.

Er drehte zwei Runden. Dann betrat er Erkans Café und bestellte ein Wasser. Er schaute durch die Glasscheibe zu, wie Kinder einen kleinen Hügel hinunterrodelten. Es war noch immer sehr kalt dort draußen. Ein Mädchen weinte und steckte sich die rotgefrorenen Finger in den Mund. Ein anderes setzte sich entschlossen auf einen Holzschlitten und rauschte geradewegs in zwei Buben hinein, die den Hügel hochkrochen. Das schöne, bunte Leben, dachte er. Und alle waren sie eingepackt in rote, gelbe und blaue Polarjacken.

An der Theke stand der Schriftsteller. Hunkeler hatte ihn erst nicht bemerkt. Er kam an seinen Tisch.

»Ich danke Ihnen«, sagte er, »Sie haben mir die Lösung des Problems geliefert.«

»Das freut mich«, sagte Hunkeler. »Und wie sieht diese Lösung aus?«

»Die Lösung ist das Potenzmittel. Meine Geschichte läuft

so: Flückiger verführt Lucia. Cattaneo merkt es nicht, er hält so etwas für unmöglich. Lucia sagt es ihm, sie legt ein Geständnis ab. Sie will sich so vor Flückiger retten. Sie will bei Cattaneo bleiben, weil sie ihn liebt. Cattaneo ist tödlich beleidigt. Anstatt um Lucia zu kämpfen, verweigert er sich. Er lässt Lucia dahinserbeln, bis sie stirbt. Dann beschließt er, Flückiger zu töten. Können Sie mir folgen?«

»Ja, das kann ich. Was mir nicht gefällt an der Geschichte, ist die Rolle der Frau. Hat nicht auch Lucia etwas zu entscheiden?«

»Nein«, sagte der Schriftsteller, und er war sich sehr sicher. »Die Frau hat die Opferrolle. Sie wird zwischen den beiden Männern zerrieben. Ihre einzige Chance wäre, bei Flückiger zu bleiben. Aber bei dem kann keine Frau bleiben. Das weiß sie.«

Draußen erschien Cattaneo, zwei Meter hinter ihm Giovanna. Sie betraten das Café und setzten sich, ohne ein Wort zu reden.

»Bis jetzt ist es eine ganz normale Kriminalgeschichte«, sagte der Schriftsteller, »dutzendfach abgehandelt zum Beispiel von Simenon. Das bekannte Dreieck Ehemann, Ehefrau und Verführer. Es endet immer gleich. Die Ehefrau will beim Ehemann bleiben, doch der will nicht mehr. Und der Verführer will auch nicht mehr. Deshalb hat die Ehefrau die Opferrolle.«

»Man könnte sich diese Geschichte auch anders vorstellen«, sagte Hunkeler. »Wir sollten uns übrigens nicht so laut unterhalten. Er könnte uns hören.«

»Nein, der hört gar nichts. Der schaut nicht einmal seine neue Freundin an. Der ist eingemauert in sich selber.«

Giovanna hob kurz den Blick und schaute herüber mit giftigen, hasserfüllten Augen.

»Sie hat nichts zu melden«, sagte der Schriftsteller, »sie rennt ihm hintendrein wie ein Hund. Das Neue, Geniale an meiner Geschichte ist Folgendes: Der Ehemann schießt den Verführer nicht einfach über den Haufen. Sondern er will ihn demütigen und quälen. Er setzt sich mit ihm zusammen unter dem Vorwand einer Aussöhnung. Dabei schüttet er ihm heimlich eine Überdosis Potenzmittel ins Getränk. Der Verführer hat bald eine Erektion, die er nicht mehr loswird. Er zerplatzt fast an dieser Erektion, er stirbt an einem Herzinfarkt. Das haben Sie mit Sicherheit noch nirgends gelesen. Ich bin der Erste, der das beschreibt.«

»Diese Geschichte ist widerlich«, sagte Hunkeler.

Giovanna hatte sich erhoben und kam an den Tisch, mit bösen Augen im versteinerten Gesicht.

»Sie sind kein Scrittore«, sagte sie, »Sie sind ein dummes Arschloch.«

Sie ging hinaus.

Der Schriftsteller schaute ihr erstaunt nach. Dann schlossen sich seine Augen zu Sehschlitzen, aus denen stahlharter Stolz stach.

»Sehn Sie?«, sagte er. »Ich habe getroffen. Sie hat zum ersten Mal ein Wort zu mir gesagt.«

Cattaneo hatte sich nicht bewegt. Er saß reglos da, beide Hände auf dem Tisch, dazwischen die Kaffeetasse, die er nicht angerührt hatte.

»Ich glaube, sie hat recht«, sagte Hunkeler und erhob sich.

Draußen sah er, wie Giovanna entschlossenen Schrittes den Weg hinunterging. Sie schaute nicht zurück, sie hatte wohl endgültig die Nase voll. Seltsam, dachte er, was sich auf dieser Welt alles zusammenpaarte, nur um der Einsamkeit zu entfliehen, dem Horror vacui. Er dachte wieder einmal, dass er froh war, Hedwig zu haben.

Auf dem Rodelhügel nebenan machte sich eine in dunkle Gewänder und Kopftuch gehüllte Frau daran, mit zwei Kindern hinunterzuschlitteln. Die Kinder waren in rotes Plastikzeug gepackt, es war nicht zu sehen, ob Bub oder Mädchen. Die Frau hatte sie vor sich auf den Schlitten gesetzt. Sie selber saß hinten und stieß sich mit den Füßen ab. Sie kamen in Fahrt, sie glitten haarscharf an einer Mutter vorbei, die ihren quengelnden Sohn hinaufzog. Das Trio wurde erst von einem querstehenden Schlitten gestoppt, auf dem zwei Mädchen Eis aus Erkans Kiosk aßen.

Hunkeler ging quer durch den Park. Er wusste nicht recht, was tun. Eigentlich hätte er zum Waaghof fahren und die Akten studieren sollen, die sich mit Sicherheit auf seinem Pult stapelten. Er hatte keine Lust dazu. Er setzte sich auf eine Steinskulptur, die einen Seelöwen darstellte, und rief Lüdi an.

»Ja?«

»Hunkeler hier. Gibt's Neues aus Potsdam?«

»Nein, aus Potsdam nicht. Sie scheinen über Russius nichts mehr zu haben nach Karlsbad.«

»Das ist doch nicht möglich.«

»Doch. Er scheint sich in Luft aufgelöst zu haben.«

Das leise Kichern war zu hören, fast schadenfroh.

»Was ist los?«, fragte Hunkeler.

»Dogan hat gestanden, Feratis Hütte abgefackelt zu haben.«

»Herrgottsack. Warum denn?«

»Keine Ahnung. Ich verstehe nichts davon. Sie scheinen verschiedenen islamischen Glaubensrichtungen anzugehören. Wer weiß das schon?«

»Die Schlacht bei Villmergen«, sagte Hunkeler, »1712.«

»Wie bitte?«

»Villmergen, Kanton Aargau. Dort haben sich 1712 die Schweizer Katholiken und die Schweizer Protestanten zum letzten Mal die Köpfe eingeschlagen. Das sind keine dreihundert Jahre her.«

»Was soll der Blödsinn?«

»Das ist kein Blödsinn. Das ist harte Realität.«

»Meinetwegen. Du kannst um 16 Uhr darüber dozieren, beim Rapport.«

»Ich werde nicht da sein«, sagte Hunkeler.

»Wie bitte?«

»Nein. Ich fahre ins Elsass. Schließlich bin ich freigestellt für besondere Aufgaben. Ich rufe dich am späten Abend an.«

»Ich habe ein Date«, sagte Lüdi ziemlich verlegen. »Mit meinem Freund.«

»Ich habe deine Privatnummer, mein Engel.«

Er verließ den Park und ging die Mülhauserstraße hinunter Richtung Rhein. Er kam an der Wirtschaft Nordbahnhof vorbei, der einzigen Kneipe im St. Johann, aus der keine Pizzeria, kein Türkenkaffee und keine Schaschlikbude geworden war in den letzten Jahren. Auch keine Drogerie und keine Bankfiliale, sie war eine Quartierbeiz geblieben. Das war nur möglich gewesen, weil die Fasnachtsclique, die darin ihren Stammtisch hatte, die Liegenschaft kurzerhand gekauft hatte. Und Hunkeler lobte wieder einmal Kraft und Intelligenz des Geldes.

Er überquerte die Elsässerstraße und kam an den Rhein. Eigentlich hatte er vorgehabt, das Badehaus St. Johann weiter oben zu besuchen, er trug den Schlüssel dazu in der Tasche. Aber dann blieb er stehen und schaute über den Fluss, zur Johanniterbrücke hinauf, zur Mittleren Brücke und zum Münster darüber. Die Wintersonne schien flach bachabwärts. Drei Kormorane stachen übers Wasser, drei schwarze Kreuze. Ein Schwan schwamm am Ufer, unglaublich weiß. Er kehrte um und ging zurück zur Elsässerstraße. Er wollte jemanden besuchen.

Dogan wohnte in einem billigen Block aus den fünfziger Jahren. Verlotterte Fahrräder standen im Vorgarten, ein Anhänger mit platten Reifen, ein Schaukelpferd, das den Kopf verloren hatte. Auch ein blitzsauberes Rennvelo war da, es musste einem Sportsmann gehören.

Er klingelte mehrere Male, bis die Haustür aufsprang. Er stieg vier Treppen hoch, er sah eine junge Frau mit Kopftuch in einer Wohnungstür stehen.

»Guten Tag«, sagte er. »Sie müssen sich nicht fürchten vor mir. Ich heiße Hunkeler und bin von der Polizei. Ich will bloß ein bisschen reden mit Ihnen. Sind Sie Dilara Dogan?«

Sie bewegte sich nicht, sie nickte bloß.

»Es ist saukalt«, sagte er. »Machen Sie mir bitte einen Kaffee?«

Sie drehte sich um und ging durch den Gang in die Küche.

Er folgte ihr und setzte sich an den Küchentisch. Er hätte gern eine geraucht, aber er getraute sich nicht.

Sie stand mit dem Rücken zum Herd und musterte ihn. Sie war sehr bleich, sie hatte wohl nicht viel geschlafen.

»Ich weiß«, sagte er, »dass Ihr Vater in Untersuchungshaft ist. Ich nehme an, er wird bald freikommen. Was ich wissen möchte: Was hat er gegen Toni Flückiger gehabt?«

»Wird er ausgewiesen?«, fragte sie.

Hunkeler wusste es nicht.

»Ich glaube nicht«, sagte er endlich. »Wie ist es mit Ihnen?«

»Ich werde heiraten, im kommenden März. Mein Mann ist zwar türkischer Abstammung, aber er hat den Schweizer Pass.«

Sie schaute ihn immer noch an, ohne sich zu regen.

»Sie besuchen das Gymnasium, nicht wahr?«

»Ja, das Leonhards-Gymnasium am Barfüßerplatz. Gegen Toni Flückiger hat mein Vater nichts gehabt. Er hat ihn kaum gekannt. Sie dürfen schon rauchen, wenn Sie wollen.«

Sie stellte einen Aschenbecher auf den Tisch. Dann schüttete sie Kaffeepulver und Zucker in ein Kupferkännchen, füllte es mit Wasser auf und schob es auf den Herd. Sie tat es langsam und schön, so dass er gerne zuschaute.

»Das sind alte Geschichten«, sagte sie, »ich will nichts damit zu tun haben. Ich bin gläubige Muslimin, mein Bräutigam ist Christ. Wir lieben uns, ich bin fest davon überzeugt, dass wir eine gute Familie haben werden. Mein Vater kommt damit nicht klar. Er kommt mit vielem nicht klar. Auch Herr Ferati nicht. Die beiden kämpfen einen Kampf, der längst verloren ist. Das macht mich so traurig, dass ich kaum mehr schlafen kann.«

Der Kaffee auf dem Herd kochte auf. Sie leerte ihn in ein Tässchen und brachte es Hunkeler.

»Vielen Dank«, sagte er und versuchte zu schlürfen. Der Kaffee war zu heiß. Er steckte sich eine Zigarette an.

»Dass er eingesperrt wird«, sagte sie, »finde ich nicht so schlimm. Vielleicht merkt er endlich, dass hier andere Gesetze gelten. Ich möchte meinen Vater lieben und ehren. Das ist manchmal schwierig.«

»Er wird den Garten wohl nicht behalten können«, sagte er und nahm einen Schluck. Er liebte türkischen Kaffee. Er liebte das Poster an der Wand mit der Hagia Sofia drauf. Er liebte die arabische Sure auf dem Wandteppich, die er nicht lesen konnte.

»Mein Vater ist am Van-See aufgewachsen, ganz im Osten gegen den Irak. Er ist überzeugter Kurde, er träumt von Kurdistan. Es gibt vieles, worüber ich nicht reden kann mit ihm. Er träumt immer noch davon, dass ich mit ihm zurückkehren werde in sein Dorf. Das werde ich nicht tun. Ich werde seinen Garten übernehmen.«

»Willkommen in Basel«, sagte er.

Sie schaute ihn überrascht an.

»Hören Sie auf mit dem Scheiß«, sagte sie.

»Entschuldigung. Ich wollte Sie nicht beleidigen.«

»Hören Sie endlich auf mit dem Schwachsinn. Warum sind Sie überhaupt hier?«

»Weil ich mich mit Ihnen unterhalten wollte.«

»Das haben Sie getan. Kaffee getrunken haben Sie auch. Und?«

»Wer hat die Kaninchen umgebracht? Und die Enten?«

»Woher soll ich das wissen? Sonst noch was?«

»Eigentlich nicht«, sagte er und drückte die Zigarette aus.

»Ich brauche kein Mitleid«, sagte sie. »Gehen Sie jetzt bitte.«

Er erhob sich und ging zur Tür, die sie ihm aufhielt. Er wollte sich verabschieden, es fiel ihm nichts Passendes ein. Er deutete eine Verbeugung an. Sie lachte, sie fand ihn wohl niedlich.

»Sie sind eine Nummer«, sagte sie. »Man müsste Sie ins Museum stellen.«

Als Hunkeler der Grenze entgegenfuhr, kam ihm ihr Lachen in den Sinn. Er hatte sich aufgeführt wie der allerletzte Dorftrottel. Sie hatte recht, man hätte ihn ins Museum stellen sollen. Aber vorher musste er noch etwas erledigen.

Beim Eingang zu den Stadtgärten-West stand Haller mit dem Elsässer Kollegen. Hunkeler öffnete das Fenster. Es fiel ihm auf, dass der Kompressor nicht mehr zu hören war.

»Was gibt's? Warum läuft der Kompressor nicht mehr?«

»Keine Ahnung«, sagte Haller. »Sie sagen uns nichts.«

»Hat jemand versucht, in die Gärten einzusteigen?«

»Nein, es ist ruhig geblieben. Gehst du nicht zum Rapport?«

»Nein, heute nicht. Mach's gut. Und halt die Augen offen.«

Er fuhr über die Hohe Straße. Die Sonne war eine rote Kugel, die tief im Westen hing. Der Himmel war stahlgrau. Oben bei Trois Maisons sah man weit in die Vogesen hinein.

Er zweigte ab zu seinem Dorf. Hier lag noch jede Menge Schnee auf der Straße. Beim St. Imber-Kreuz stieg er aus. Jemand hatte drei Papierblumen hingelegt, rote Nelken. Wer hatte das getan? Ein Jäger, ein Kind? Er hätte sich gerne bekreuzigt. Da er nicht wusste, wie man das machte, ließ er es bleiben.

Er parkte vor seinem Haus, holte die Schneeschaufel und räumte den Platz vor der Tür frei. Er machte Feuer im Küchenherd und in der Stube und gab den beiden Katzen zu fressen. Dann ging er in die Scheune, um Holz zu hacken. Er schlug die Axt in einen Buchenklotz, hob ihn über den Kopf und wollte ihn auf den Spaltstock schmettern. Da fuhr ihm wieder der Schmerz in den Rücken.

»Aua«, schrie er, »Herrgottsack.«

Er wurde jedesmal fuchsteufelswild, wenn er diesen Schmerz spürte. Der Rücken hatte seiner Meinung nach zu funktionieren, dazu war er da. Er holte in der Küche zwei Schmerztabletten und schluckte sie mit einem Glas Wasser. Dann schaute er durchs Fenster den Hühnern zu, die unter der Weide ein Stück Boden freigescharrt hatten. Sie taten sehr geschäftig, sie pickten und scharrten, obschon klar war, dass es bei dieser Kälte nicht viel zu picken gab. Einmal machte sich Hahn Fritz daran, sich auf ein Huhn zu setzen. Er packte es am kleinen Kamben, spannte die gestutzten Flügel aus und krähte kurz und heiser. Das Huhn wollte nicht und schüttelte ihn ab, es war wohl zu kalt.

Ein Buchfinkenweibchen flog auf den Sims und schaute herein. Hunkeler holte Vogelfutter, öffnete sachte das Fenster und streute gemahlene Nüsse hin. Der Vogel wartete eine Weile. Dann hüpfte er herbei und pickte.

Die Sonne war untergegangen, die Dämmerung schlich heran. Er schaute gespannt hin, wie das geschah, er machte kein Licht in der Küche. Die Wand des Schweinestalls neben dem Birnbaum glitt nach und nach weg ins Dunkle. Der meterdicke Stamm der Weide schien schwarz zu werden, zu versinken. Der Schnee leuchtete auf, als hätte ihm ein eigenes Licht innegewohnt. Der ganze Garten schien zu strahlen unter dem schwarzen Himmel, in dem die ersten Sterne auftauchten.

Er ging hinaus, um die Hühner einzulassen. Er öffnete die Stalltür, streute Körner auf den Boden, rief: »Chomm Bibibi.« Das wäre nicht nötig gewesen, die Hühner wären ohnehin herbeigerannt. Er rief aus bloßer Gewohnheit, und auch deshalb, weil ihm das Rufen gefiel. Dann setzte er an zu einer Ansprache an Hahn Fritz.

»Du hast es gut«, sprach er, »du bist hier der Hahn im Korb. Du hast nichts anderes zu tun, als zu scharren und zu fressen, zu krähen am Morgen und ab und zu deinen neun Weibern aufzuhocken, wenn's nicht zu kalt ist dafür. Das Futter bekommst du gratis geliefert, du brauchst nicht einmal Eier zu legen. Jetzt schau einmal mich an, mich müden, ausrangierten Altvogel. Ich scharre den ganzen Tag und auch am Abend bis nach Mitternacht, ohne auch nur den kleinsten Wurm zu finden. Wenn ich einmal ein bisschen zu laut krähe, kriege ich ein paar über den Kamben gezogen. Was die Weiber betrifft, würde ich dein Pensum nie und nimmer schaffen. Ich bin schon froh, wenn meine einzige Frau hin und wieder behauptet, sie sei zufrieden mit mir.«

Er schloss den Hühnerstall zu, ging durch die Scheune und über die Straße und betrat den Stall des Nachbarn.

Es standen bloß noch zwei Milchkühe da, daneben ein Rind und zwei Kälber. Von hinten war das Quietschen der Schweine zu hören.

Die Bäuerin war dabei, die beiden Kühe zu melken und die Milch den Kälbern und Schweinen zu verfüttern. Es gab keine Abgabestelle für Milch mehr im Dorf. Es gab nur noch den Maisanbau, der Boden und Wasser ruinierte.

Hunkeler setzte sich auf die Bank an der Wand und streichelte kurz den Hund, der herbeigewedelt kam.

»Wo ist der Bauer?«, fragte er, obschon er wusste, wo er war.

»In der Wirtschaft«, sagte die Frau, »um Skat zu spielen.«

»Danke, dass Sie zu den Hühnern geschaut haben«, sagte er.

»Schon recht. Aber den Gockel müssen Sie auswechseln. Il est trop vieux, er macht's nömm lang.«

Sie versuchte, ein Kalb zum Saufen zu bringen, sie schob ihm den Saugstutzen ins Maul. Das Tier wollte nicht. Sie versuchte es mit zwei Fingern, und es funktionierte. Sie schob schnell den Stutzen nach, das Kalb trank.

»Wer hat den Dachs geholt?«, fragte er.

»Edmond, der ist Jäger. Er hat das Fett ausgelassen. Das ist gut contre le rheumatisme.«

»Wer hat die Blumen hingelegt?«

»Das weiß ich nicht.«

Sie nahm den leeren Kessel weg vom Kalb und füllte ihn neu, um das andere Kalb zu tränken.

»Er erträgt es nicht«, sagte sie, »dass er kein Bauer mehr sein soll. Nur noch Mais, das passt ihm nicht. Er will den Boden, den er ererbt hat, nicht vergiften.«

Sie ging zum zweiten Kalb und versuchte es wieder mit den beiden Fingern. Auch hier funktionierte es, das Tier soff gierig.

»Ich habe in der *Alsace* gelesen«, sagte sie, »dass sie in den Gärten vor der Grenze einen Mann an einem Fleischerhaken aufgehängt haben. Wer macht so eppis?«

»Ich weiß es nicht.«

»Ich habe gelesen, dass die Police Nationale verantwortlich ist.«

»Ich arbeite mit«, sagte er.

»Und Sie wissen es nicht?«

Hunkeler war sofort hellwach.

»Was weiß ich nicht?«

»Es sind alte Geschichten. Man redet nicht gern darüber, man will es vergessen. Und doch vergisst man nicht. On n'oublie pas.«

Hunkeler fuhr dem Hund über den Kopf, schön langsam, mit viel Gefühl, als ob er ihn gemocht hätte. Das Tier knurrte vor Wollust.

»Ich habe gleich daran gedacht«, sagte die Frau, »als ich das mit dem Fleischerhaken gelesen habe. Ich meine, wer kommt auf so eine Idee? Wie ein totes Tier, wie eine Sau aufhängen. Das tut kein normaler Mensch.«

Damit war er einverstanden, er hatte sich das auch gedacht.

»Ich weiß gar nicht, ob es wirklich so war«, sagte sie und nahm den leeren Kessel weg, um ihn aufs Neue zu füllen für die Säue.

»Ich weiß, die deutschen Soldaten waren ja auch arme Schweine wie wir Elsässer. Auch sie haben gehorchen müssen. Mais quandmême, das ging zu weit.«

Sie trug den Milchkessel nach hinten in den Schweinestall.

Der Hund jaulte kurz auf und blieb zurück, er hatte eine zu feine Nase. Hunkeler schaute zu, wie sie die Milch in den Trog leerte. Es waren drei Säue, ihre Schnauzen planschten in der Milch.

»Ich kenne die Geschichte nicht«, sagte Hunkeler. »Aber ich denke, ich müsste sie kennen.«

»Sicher ist«, sagte die Frau, »dass im Februar 1943 die jungen Elsässer eingezogen wurden. Sie hätten an die Ostfront geschickt werden sollen. Das haben alle gewusst. Auch mein Mann ist eingezogen worden. Er war damals 18 Jahre alt. Er ist nach Karlsruhe gekommen in die Kaserne. Dort hat einer zu ihm gesagt: ›So, Sie Rindvieh vom Lande. Jetzt machen wir einen richtigen Menschen aus Ihnen!‹ Ich habe ihn damals noch nicht gekannt. Aber er hat es mir ein paarmal erzählt.«

Sie lachte kurz auf und schüttelte den Kopf. Sie hatte den leeren Kessel vor sich auf den Boden gestellt. Sie schauten beide zu, wie die Schweine soffen.

»Er ist kurz vor dem Transport an die Ostfront abgehauen. Ein deutscher Camionneur hat ihn versteckt und mitgenommen über die Rheinbrücke ins Elsass zurück. Er ist durch die Nacht gelaufen. Als er heimkam, sind seine Eltern erschrocken. Er wäre erschossen worden, wenn sie ihn erwischt hätten. Und sie selber wären Zwangsarbeiter irgendwo in Deutschland geworden. Sie haben ihn versteckt, bis die ersten französischen Panzer anrollten.«

Sie trug den Kessel zurück in den Kuhstall und stellte die Melkmaschine ab. Hunkeler setzte sich wieder hin, er wollte noch mehr hören. Die Frau blieb stehen und überlegte, ob sie weitererzählen sollte.

»Es ist viel Elend passiert damals«, sagte sie, »was man heute kaum mehr versteht. Ich rede nicht gern schlecht über die Deutschen. On est des amis, n'est-ce pas? Wir reden auch einen deutschen Dialekt, wenigstens wir Alten. Sie haben als Deserteure gegolten, die jungen Burschen. So ist das im Krieg. Es waren 18 Stück, aus Ballersdorf und Umgebung. Sie haben versucht, in die Schweiz zu entkommen, über Seppois und durch den Wald. Es hat dort damals eine Bahnlinie gegeben. Die Bahn ist inzwischen aufgehoben worden. Dort sind sie einer deutschen Streife in die Hände gelaufen. Einer der Jungen hat eine Pistole gehabt. Damit hat er auf einen deutschen Soldaten geschossen, er ist am Tag darauf gestorben. Das hätte er nicht tun sollen. Mais qu'est-ce qu'on veut, Monsieur? Verstehen Sie das nicht?«

Hunkeler nickte. Doch, er verstand.

»Drei der Burschen wurden erschossen, einer ist entkommen. Er ist zum nächsten Bauernhof gerannt und hat um Aufnahme gebeten. Sie haben ihn weggejagt, weil sie sich vor der SS gefürchtet haben. Er ist zum zweiten Bauernhof gerannt. Sie haben ihn auch verjagt. Er ist zum dritten Bauernhof gerannt. Dort haben sie ihn versteckt. Die SS hat den ganzen Hof durchsucht, sie haben ihn nicht gefunden. Später ist er in die Schweiz entkommen.«

Sie stand reglos da. Sie gab sich Mühe, genau zu berichten.

»Die übrigen 14 sind nach Hause gerannt und haben sich versteckt. Sie sind am anderen Morgen abgeholt und erschossen worden. Man erzählt sich, dass ihre Leichen zur Abschreckung an Fleischerhaken aufgehängt worden sind.«

Wieder lachte die Frau kurz auf. Es war ein sehr trauriges Lachen.

»Immerhin habe ich noch nie erzählen gehört, dass sie die Burschen lebendig aufgehängt hätten. Immerhin das. Sie haben sie zuerst erschossen. Sonst würden wir ihnen das nie verzeihen. Es ist so schon schwer de pardonner. Aber irgendeinmal muss Gras drüber wachsen, n'est-ce pas?«

Hunkeler tuckerte über die sanft gewundene Straße nach Knoeringue. Er wunderte sich wieder einmal über seine Ahnungslosigkeit, seine Naivität. Er kannte die Bäuerin schon über zwanzig Jahre, er kannte auch den Bauern gut. Er wohnte gern im Elsass. Nicht immer, er mochte auch Basel. Aber er liebte die Ruhe hier, das gemächliche Tempo der Menschen. Es war ihm eine liebliche Gegend.

Er wusste im großen Rahmen, was im Elsass geschehen war in den beiden Weltkriegen. Wie die Männer mehrmals die Uniformen hatten wechseln müssen, ohne dass sie gefragt worden wären. Er war vor Jahren einmal im Struthof gewesen. Er hatte sich geschworen, kein zweites Mal hinzugehen, so sehr hatte ihn dieses Konzentrationslager deprimiert. Er wusste auch von den 130000 Elsässern und Lothringern, die als Malgré-nous an die Ostfront geschickt worden waren und von denen 40000 umkamen. Aber er hatte nie davon reden hören.

Er parkte vor der Wirtschaft Scholler. Es standen nur drei Autos da. Die Straßen waren zu glatt für die Ausflügler aus Basel.

Er betrat den Wirtsraum und setzte sich zur alten Frau Scholler, die hinten links am Familientisch saß.

»Darf ich?«

»Mais bien sûr, Monsieur. Händ Si scho gässe?«

Es gab Kohlrouladen mit Salzkartoffeln und Salat, davor Brotsuppe mit Kümmel. Dazu ein Glas Wein.

»Was verschafft mir die Ehre?«, fragte sie.

»Der Hunger. Und die Neugier.«

Sie lachte. Sie ging gegen achtzig und war immer noch lebensfroh. Sie erzählte von einem ihrer Enkel, der die Masern gehabt hatte. Vom alten Jeannot, der vorgestern mit dem Velo heimgefahren und im Rank vorn wegen Eisglätte ausgerutscht war. Vom großen weißen Hund, der früher jeden einzelnen Gast, der hereingekommen war, verbellt hatte und der jetzt nur noch den ganzen Tag in der Küche lag und schlief.

»Und Sie, wie geht es Ihnen? Was macht d'Fröi?«

Sie sei im Moment mit einer Freundin in Colmar, wegen des Isenheimer Altars.

»Aber Sie gehen sie besuchen?«

Ja, wenn er seine Arbeit getan und Zeit habe.

»Ach so«, sagte sie, »Sie haben bestimmt mit diesem Mord zu tun.«

Er nickte und schnitt eine der beiden Rouladen an, die ihm Babette gebracht hatte. Ein bisschen versalzen war sie, ein bisschen zu fett. Er schenkte sich Wein nach aus der Literflasche.

»Wer macht so eppis?«, fragte sie. »Wer hängt einen toten Mann an einen Haken?«

»Wie war das damals in Ballersdorf?«, fragte er.

»Stimmt, ich habe gleich an Ballersdorf gedacht, als ich es

in der Zeitung gelesen habe. Mach das Radio leiser, Babette«, rief sie in die Küche, »die Musik passt nicht.«

Das Radio wurde leiser eingestellt. Es war Südwestrundfunk 4, irgendwelche fidelen Tiroler Buben.

»Sie haben sie zuerst in die Knie geschossen, damit sie nicht mehr wegrennen konnten. Dann haben sie sie bei lebendigem Leibe an Fleischerhaken aufgehängt. Ob's stimmt, weiß ich nicht. So habe ich es gehört. Obschon ich mir nicht vorstellen kann, dass jemand auf Gottes Erdboden so etwas tun kann. Mais qu'est-ce qu'on veut, Monsieur? So ist der Krieg. Er macht die Menschen zu Tieren.«

»Und Sie, wie haben Sie den Krieg erlebt?«

»Das war schlimm genug. Wir sind evakuiert worden, als der Krieg noch gar nicht richtig begonnen hatte. Das war am 1. September 1939. Wir wurden nach Les Landes gebracht am Atlantik. Wir wussten nicht, ob wir je zurückkommen könnten. Die Leute aus Ihrem Dorf durften zu Hause bleiben, die gehörten nicht zum Bezirk St. Louis. Aber wir gehörten zum Grenzgebiet.«

»Wann sind Sie zurückgekommen?«

»Nachdem Frankreich kapituliert hatte und Pétain regierte. Meine Mutter hat sich durchgewurstelt. Es ging uns nicht so schlecht, die Deutschen haben auch gern ein Bier getrunken bei uns. Nur etwas fand ich schlimm. Ich bin auf den Namen Jeanne getauft. Plötzlich sollte ich Johanna heißen. Zum Glück habe ich noch einen zweiten Namen, Edith. Meine Mutter hat mich nur noch Edith gerufen. Damit sind sie zufrieden gewesen.«

Hunkeler machte sich daran, die Apfelwähe aufzuessen, die ihm Babette gebracht hatte.

»Es war ein Feldwebel auf dem Kompagniebüro«, erzählte die Frau, »mit dem konnte es meine Mutter gut. Wir haben sechs gemeldete Kühe gehabt. Darüber haben sie genau Buch geführt, wir mussten jeden Liter Milch abliefern. Wir hatten aber noch eine siebte Kuh. Die war nicht gemeldet. Immer bevor der Kontrolleur kam, hat uns der Feldwebel angerufen und gesagt, es sei ein Gewitter im Anzug. Meine Schwester und ich sind dann mit dieser Kuh in den Wald gerannt, bis die Luft wieder sauber war. Wissen Sie, Monsieur, die Deutschen sind nicht die schlechteren Menschen als die Franzosen. Wir Elsässer haben einfach Pech gehabt, dass wir zwischen Deutschland und Frankreich gewohnt haben. Eigentlich wären wir ja keine Deutschen und auch keine Franzosen, sondern Elsässer. Sie rede jo au Ire Dialekt, n'est-ce pas? Während der deutschen Besatzung durften wir kein Wort Französisch reden. Nach dem Krieg durften wir in den Schulpausen kein Wort Elsässisch reden.«

»Stimmt das mit den zerschossenen Knien?«, fragte Hunkeler.

»Ich sage, was ich gehört habe. Vielleicht hat man es sich einfach so ausgemalt, um den Schrecken auszudrücken. Morgen ist Freitag. Kommen Sie über Mittag her. Konrad Rinser kommt jeden Freitag zum Mittagessen. Der ist damals auch in die Schweiz gegangen. Er ist neunzig Jahre alt, er weiß es.«

»Abgemacht. Haben Sie einen Armagnac?«

»Mais bien sûr, Monsieur. Babette, bring am Monsieur e Armagnac.«

Eine Stunde vor Mitternacht saß er in seiner Küche, vor sich den Krug mit dem Schwarztee, den er zur Hälfte ausgetrunken hatte. Daneben saßen die beiden Katzen, die sich putzten und Hunkeler zwischendurch erstaunt anschauten, als hätten sie ihn nicht hier erwartet. Dann setzte aufs Neue ihr Schnurren ein.

Eigentlich hatten sie nichts verloren auf dem Tisch, das wussten sie genau. Aber in dieser Nacht war Hunkeler froh, dass zwei freundliche Wesen um ihn waren.

Es war extrem kalt geworden draußen, es mussten mindestens 15 Grad unter Null sein. Er hatte die Kälte gespürt auf der kurzen Heimfahrt von Knoeringue, der Motor hatte fast keine Wärme entwickelt. Am Himmel hatten so viele Sterne gehangen, wie er noch nie gesehen zu haben glaubte. Er hatte gestaunt, als er vor seinem Haus ausgestiegen war. Ein Lichtermeer war dort oben gewesen, tief und hell, der gespreizte, schräge Orion. Der Nussbaum voller Rauhreif, himmlisches Lametta, ein verzaubertes Nachtgewächs.

Er war hineingegangen und hatte Holz in die erlöschende Glut geschoben, er hatte die elektrische Nachtheizung eingeschaltet. Eigentlich wäre er gern nach Colmar gefahren, aber er hatte morgen zu tun.

Er rief Hedwig an. Sie war noch munter.

»Was gibt's, alter Mann?«

»Es ist wieder eine verzauberte Nacht«, sagte er. »Ich habe noch nie so viele Sterne gesehen.«

»Ach so, du bist lyrisch gestimmt. Mach nur, ich höre gern zu.«

»Nein. Ich habe etwas Schreckliches gehört. Sie haben junge Männer aufgehängt, hier in der Gegend, im letzten Krieg.«

»Rufst du deshalb an?«

»Ich muss mit jemandem reden. Verstehst du das nicht? Ich habe nur dich.«

Jetzt kicherte sie, sie hörte das gern.

»Sag was. Ich will deine Stimme hören«, bat er.

Sie überlegte. Dann begriff sie.

»An Fleischerhaken?«

»Es scheint so gewesen zu sein. Sicher bin ich nicht.«

»Du bist also wieder mitten in einem Fall drin. Warum überlässt du ihn nicht deinen Kollegen und kommst hierher?«

»Weil es mich erwischt hat«, schrie er, »begreifst du das nicht? Ich kann da nicht mehr loslassen.« Dann, etwas leiser: »Entschuldigung. Ich weiß, dass ich nicht schreien soll. Aber es ist zum Heulen.«

»Hunkeler, der einsame Wolf, heult durch die Polarnacht. Meinst du, es hört dich jemand?«

»Ja, du.«

»Jetzt mal ruhig«, befahl sie. »Du tust, was du tun musst. Vielleicht hast du ja wieder einmal Erfolg. Das willst du doch, Erfolg haben. Oder nicht?«

Er gab sich Mühe, nicht gleich wieder zu brüllen.

»Ich will wissen, was, wie und warum es passiert ist. Das ist alles.«

»Hier hängt auch ein junger Mann«, sagte sie, »im Unterlindenmuseum. Jesus von Nazareth, gemalt von Grünewald. Über das Was, Wie und Warum seiner Ermordung sind vier Berichte geschrieben worden, die vier Evangelien. Sie ändern nichts daran, dass da ein toter Mann am Kreuz hängt. Ich habe ihn heute Morgen eine Stunde lang angeschaut. Ich frage mich, warum. Kannst du mir folgen?«

»Red weiter«, bat er.

»Das Bild ist kaum zu ertragen. Ich frage mich, wie Grünewald das vor fünfhundert Jahren geschafft hat. Es ist so, als wäre da einer am Kreuz gestorben, und man hätte zugeschaut. Und jetzt hängt eine Leiche da. Und man schaut immer noch zu. Das Verrückte ist, dass man dieses Bild nicht nur schrecklich, sondern auch großartig findet und nicht mehr aus den Augen lassen will. Warum ist das so? Weißt du es? Ich werde morgen wieder hingehen. Warum schaut man dem Tod so fasziniert ins Gesicht?«

»Ich habe gestern Abend mit einem geredet, der gesagt hat, der Tod sei die einzige feste Realität. Vielleicht deshalb.«

»Gut«, sagte sie, »ich denke morgen daran. Schlaf gut. Und heule nicht zu laut.«

»Halt«, sagte er, »einen Moment noch. Ich komme übers Wochenende nach Colmar. Bist du dann noch dort?«

»Wenn du kommst, sicher. Aber komm am Samstag. Dann haben wir eine schöne Nacht zusammen.«

Er hob den Krug vom Teewärmer und schenkte sich nach. Er trank langsam die Tasse leer. Der Tee schmeckte bitter, er hatte zu lange gezogen. Er liebte diese Bitterkeit, die seinem Gedärm guttat und seinen Gedanken.

Die Katzen hatten ihre Putzerei unterbrochen und beobachteten, was er tat. Als er sie nicht wegscheuchte, leckten sie wieder ihre Pfoten.

Er rief Lüdi an.

»Oui, mon Joujou?«

»Hunkeler hier. Hast du Zeit?«

»Eigentlich nicht«, sagte Lüdi, »mein Freund kann jeden Moment anrufen. Mach's kurz.«

»Was war los beim Rapport?«

»Ach so, ja.«

Das Kichern war zu hören, fast lautlos.

»Bardet hat etwas gefunden. Ein Grab auf B35. Nicht unter der Hütte, dort haben sie vergeblich gebuddelt.«

»Was meinst du mit Grab?«

»Ein Grab aus Beton, dicht neben der Eibe. Darin lag Flückigers Vergangenheit.«

»Schieß endlich los«, brüllte Hunkeler, so dass die Katzen erschreckt vom Tisch sprangen.

»Es lag ein Foto einer jungen Frau drin, die Sonja Flückiger sein könnte. Tatsächlich ähnelt es dem Bild in der heutigen Boulevardzeitung.«

»Was weiter?«

»Es lag eine alte Wehrmachtspistole drin. Es lag der Kragen einer Uniform darin mit zwei Spiegeln. Auf dem Kragenspiegel rechts das SS-Zeichen. Auf dem Kragenspiegel links das Zeichen des Rottenführers. Das heißt, dass Russius Rottenführer der SS gewesen ist. Das OF auf der Karte von Altkirch könnte demnach Obersturmführer heißen. Bist du noch da?«

»Nein, ich bin ganz woanders. Ich hocke in einer Emmentalerküche und trinke Zichorienkaffee.«

»Sag mal, spinnst du?«

Hunkeler schwieg.

»Es kommt noch dicker«, sagte Lüdi. »Es lag auch ein Eisernes Kreuz zweiter Klasse im Grab samt Bescheinigung, ausgestellt von einem General Lammerding. Der war Kommandant der ss-Division Das Reich. Wie Bardet gesagt hat, war diese Division verantwortlich für das Massaker von Oradour vom 10. Juni 1944.«

»Warum weiß Potsdam das nicht?«

»Weil ehemalige ss-Leute kein Interesse daran haben, im Militärgeschichtlichen Forschungsamt aufzutauchen. Das immerhin haben sie uns mitgeteilt.«

»Warum hat Russius das Zeug nicht weggeschmissen?«

»Ich habe schon einmal gesagt, dass Russius möglicherweise ein einsamer, heimatloser Mensch gewesen ist, der sich immer mit Kameraden umgeben wollte. Vielleicht ist die ss seine Heimat gewesen. Eine Heimat wirft man nicht einfach weg. Übrigens haben sie die Leiche noch einmal untersucht, besonders die Tätowierung unter dem linken Oberarm, die Rose. Dort haben sich scheint's die ss-Leute die Blutgruppe eintätowieren lassen. Und weißt du was?«

Ja, Hunkeler ahnte es.

»Unter dem linken Oberarm von Russius«, sagte Lüdi, »ist, wenn man genau hinschaut, immer noch die Blutgruppe zu erkennen, überdeckt von einer Rose.«

»Moment«, sagte Hunkeler, »ich muss mal. Leg nicht auf.«

Er ging hinaus vor die Haustür und watete durch den knietiefen Schnee zum Nussbaum. Dort pinkelte er an den Stamm, den Blick nach oben, auf die bereiften Äste gerichtet, die im Schein des Ganglichtes matt aufschimmerten. Er atmete tief die eiskalte Luft ein, er hörte das Klirren einer Kette aus dem Stall gegenüber. Als er lange genug überlegt hatte, ging er zurück in die Küche.

»Bist du noch da?«, fragte er.

»Ja, aber ungern. Was ist, wenn er anruft, und es ist besetzt?«

»Er soll warten, dein Joujou. Hör mal. Im Februar 1943 wurden hier in der Gegend junge Männer verhaftet, die in die Schweiz abhauen wollten. Eine Nachbarin hat mir erzählt, dass diese Burschen erschossen und an Fleischerhaken aufgehängt worden seien. Das habe die SS getan.«

»Nein, das gibt es nicht.«

»Ich fahre morgen nach Ballersdorf und höre mich um. Ich werde dann beim Rapport berichten. Schlaf wohl, mein Engel.«

Er hob die beiden Katzen auf, trug sie in Hedwigs Zimmer und legte sie aufs Bett. Er zog sich aus, öffnete das Fenster zum Garten und kroch unter die rotweiß karierte Decke. Er hörte die Katzen schnurren, und nach einer Weile vernahm er das Rufen zweier Käuze, das aus weiter Ferne zu kommen schien.

Am andern Morgen um neun, es war Freitag, der 6. Januar, fuhr Hunkeler über die Umfahrungsstraße von Altkirch. Eine Gegend im Umbruch, mit Garagen, Reifenlager und Shoppingcenters. Lastzüge auf der vereisten Straße, dazwischen ein Traktor mit Anhänger, auf dem riesige Heuballen lagen. Links oben auf einem Hügel die alte Stadt Altkirch. Dann die Route Nationale nach Ballersdorf hinauf, gesäumt von kahlen Bäumen. Oben auf der Anhöhe der Blick Richtung Burgundische Pforte, rechts die blauen Vogesen.

Am Eingang von Ballersdorf lag links der Friedhof. Dann

fiel die Straße leicht ab zur Kirche hinunter. Parkplätze gab es genug. Hunkeler versorgte die Pistole im Handschuhfach und stieg aus.

En mémoire des fusillés du 13 et du 17 février 1943 war auf die Mauer vor der Kirche geschrieben. In Erinnerung an die Füsilierten vom 13. und vom 17. Februar 1943. Darunter standen siebzehn Namen, vier hatten Wiest geheißen.

Wiest, dachte er, so hieß doch die Freundin von Moritz Hänggi, der B26 gepachtet hatte. Aber das schien nicht mehr wichtig zu sein.

Er blieb eine Weile vor der Mauer stehen. Er schaute einer alten Frau zu, die über die verschneite Treppe zur Kirche hinaufging, wohl um zu beten. Vom Friedhof her fuhr ein Tankwagen mit Anhänger die Straße herunter, mit aufheulendem Motor. Er verschwand in der Kurve nach Belfort.

Hunkeler ging weiter ins Dorf hinein. Links war eine Brasserie, die Carpes frites, Kangourou und Surlawerla anbot. Das waren gebackene Karpfen, Känguruh und saure Leber. Rechts war die Mairie, er ging hinein.

Er kam in einen kleinen, schön warm geheizten Raum, in dem ein Tisch und ein Pult standen. Das Pult war bedeckt mit Stößen von Papier. Hinter dem Tisch saß eine Frau, die sich mit einem jungen Paar unterhielt. An der Wand stand ein Stuhl. Dort drauf setzte sich Hunkeler und wartete.

Er hörte der Unterhaltung zu, die sehr schnell auf Französisch geführt wurde. Das Paar wollte heiraten, so viel verstand er. Und zwar wollte es nicht in der Kirche heiraten, bloß auf dem Standesamt, aber doch in feierlichem Rahmen. Es erkundigte sich, wie das zu bewerkstelligen sei. Ob Gläser für Champagner vorhanden seien, ob es einen Kaffeeautomaten gebe? Wohin mit den Blumen? Ob der Fotograf von der Gemeinde aufgeboten werde? Ob es gestattet sei, über das frischvermählte Paar Reiskörner zu werfen? Die Frau hinter dem Tisch beantwortete alle diese Fragen mit Engelsgeduld.

Nach zwanzig Minuten marschierten die beiden hinaus, sichtlich zufrieden.

»Et vous? Qu'est-ce que vous voulez?«, fragte die Frau.

Er geriet, wie immer auf Ämtern, ins Stottern. Er versuchte, sein bestes Französisch hervorzuholen. Dann ließ er es bleiben. Ob sie Elsässisch könne?

»Non, je regrette.«

Ob der Maire da sei?

»Oui, un moment.«

Sie verschwand durch eine Tür. Er wartete zehn Minuten lang. Er unterließ das Rauchen, denn Rauchen war verboten. Der Schnee an seinen Schuhen war längst geschmolzen. Der Raum war überheizt, er zog die Jacke aus.

Endlich erschien ein rund fünfzigjähriger Mann mit zurückhaltenden, klugen Augen.

Was sein Anliegen sei, wollte er wissen.

Er komme aus Basel und sei Schriftsteller, sagte Hunkeler. Er sei daran, einen Krimi zu schreiben, der in der Gegend spielte. Ob es ein Buch über die Geschichte von Ballersdorf gebe?

Der Mann nickte, nahm ein Buch aus einem Regal und gab es Hunkeler. Der blätterte es durch. Es war auf Deutsch geschrieben und 1929 erschienen.

»Das nützt mir nichts«, sagte er. »Ich brauche etwas über den Februar 1943, über die 17 Füsilierten.«

»Warum?«

»Wie Sie vielleicht gehört haben, ist in der Silvesternacht an der Grenze zu Basel ein Mann an einem Fleischerhaken aufgehängt worden. Davon gehe ich aus in meinem Krimi. Eine Spur führt nach Ballersdorf 1943.«

Der Mann blieb ungerührt, er glaubte kein Wort.

»Jemand von der Police Nationale ist dagewesen«, sagte er. »Er hat auch nach dem Februar 1943 gefragt. Nur hat er nicht behauptet, er schreibe einen Krimi.«

»Wie hat er geheißen?«

»Ich habe es vergessen. Wenn Sie ein Basler Flic sind, so haben Sie hier nichts verloren. Das wissen Sie.«

Hunkeler hätte ihm an die Gurgel springen können. Aber er hielt sich zurück.

»Ich suche einen Anton Russius, der bei der ss war. Kennt in Ballersdorf jemand diesen Namen?«

»Nein.«

»Aber es sind doch hier in Ballersdorf im Februar 1943 17 junge Männer erschossen worden. Oder stimmt das nicht?«

»Nein. In Struthof.«

»Davon, dass sie an Fleischerhaken aufgehängt worden sind, wissen Sie auch nichts?«

»Nein. Bitte entschuldigen Sie, ich habe zu tun. Wenn Sie die Güte hätten, den Raum zu verlassen.« Er lächelte knapp, die Sitzung war beendet. »Wissen Sie«, sagte er, »wir Elsässer sind der Meinung, dass man die Toten ruhen lassen soll.«

Hunkeler ging die Straße hinauf Richtung Friedhof. Er hatte eine Sauwut im Bauch. Er war eben doch der allerletzte Trottel, der Trick mit dem Krimiautor war gründlich missraten. Offenbar hatte er ein Gesicht, dem man schon auf hundert Schritte ansah, dass es eine Polizistenvisage war.

Der sture Bock auf der Mairie, dachte er, warum war der Kerl nicht mit der Wahrheit herausgerückt? Was hatte er zu verstecken? Dann fiel ihm Beat Jau aus Rüegsbach ein. Der war genauso wortkarg gewesen. Diese Dorfmunis ließen sich einfach nicht gerne dreinreden. Hunkeler verstand das schon. Er selber hatte es auch nicht gern.

Er schob das eiserne Tor zum Friedhof auf. Die Gräber lagen in Reih und Glied. Viele von ihnen waren kürzlich besucht worden, die Querwege waren gepfadet. Hinten an der Rückwand stand ein großes Kreuz. *A la mémoire de nos enfants fusillés au camp de Struthof* war zu lesen, in Erinnerung an unsere Kinder, die im Lager Struthof füsiliert worden sind. Zehn Namen waren aufgelistet, es waren die Namen der Burschen aus Ballersdorf. Die Schneefläche davor war unberührt, niemand hatte den Fuß hineingesetzt.

Hunkeler watete durch den tiefen Schnee, hilflos und ausgeschlossen. Was suchte er hier? Was ging ihn diese himmeltraurige Geschichte an?

Er sah sich die 24 Kriegsgräber an. Mort pour la France, gestorben für Frankreich, im Ersten und im Zweiten Weltkrieg. Ein Soldat français inconnu lag auch da, ein unbekannter französischer Soldat, dessen Namen niemand gekannt hatte.

Er schaute über die Mauer auf einen leicht ansteigenden Hügel, wo ein Bauernhof war. Er sah die beiden Silotürme, er roch den Duft von siliertem Mais. Dann merkte er, dass jemand hinter ihm stand. Er drehte sich um.

Es war ein alter Mann. Unrasiert, im Jackenausschnitt war der Kragen eines weißen Nachthemds zu sehen.

»Sueche Sie eppis? Suchen Sie etwas, Monsieur?«

»Nein, eigentlich nicht«, sagte Hunkeler. »Sie haben mich erschreckt. Ich habe Sie nicht gehört, Sie sind lautlos gekommen.«

»Das tut mir leid. Ich bin bei meiner Marie gewesen, sie liegt dort drüben.« Er zeigte nach vorn zu einem Grab. »Ich habe Sie hereinkommen sehen. Ich bin Ihnen gefolgt, und jetzt stehe ich da. Kommen Sie aus Basel?«

»Warum meinen Sie?«

»Weil vor der Kirche ein Auto mit Basler Nummer steht. Die haben es gut, die Basler. Dort gibt es keine Soldatengräber. Das da, diese acht Gräber, die sind vom November 1944. Damals bin ich acht Jahre alt gewesen. Die ss war dort drüben«, er zeigte auf den Hügel neben dem Bauernhof. »Die hatten die neuen Tiger Tanks. Die waren eigentlich unschlagbar. Aber sie hatten keinen Sprit mehr und konnten nicht mehr fahren. Wir Buben haben zugeschaut, wie die Franzosen einen nach dem andern abgeknallt haben.«

Er versuchte zu kichern, es gelang nur mühsam. Er hatte die dritten Zähne zu Hause gelassen.

»Ich wohne dort drüben.« Er zeigte auf ein Backsteinhäuschen am Dorfrand. »Ich habe einen kurzen Weg zum Friedhof. Vorher gehe ich jeweils in die Brasserie. Darum habe ich Ihr Auto gesehen.«

»Die zehn Burschen aus Ballersdorf«, sagte Hunkeler, »deren Namen hier stehen, liegen die hier begraben?«

»Nein. Niemand weiß, wo die liegen. Ihre Leichen und die Leichen der anderen, die nicht in Ballersdorf wohnten, wurden ins Krematorium von Straßburg gebracht. Mehr weiß ich nicht. Keiner weiß mehr. Warum interessiert Sie das?«

»Ich habe ein Haus hier in der Gegend. Mein Nachbar, ein alter Bauer, wurde auch eingezogen und kam nach Karlsruhe. Er ist abgehauen und hatte Glück. Sie haben ihn zu Hause versteckt.«

»Ja, damals wollten viele abhauen. Ende Januar ist Stalingrad gefallen. Da hat man gewusst, dass die Deutschen den Krieg verloren hatten. Wir haben ja alle Radio Sottens gehört. Ich kann mich zwar nicht direkt erinnern. Meine Mutter hat es mir erzählt.«

»An was können Sie sich direkt erinnern?«, fragte Hunkeler.

»Der andere Morgen war ein Sonntag, das weiß ich noch genau. Drei sind ja in der Nacht erschossen worden, am Bahndamm von einer deutschen Streife. Einer ist entkommen. Die andern sind heimgerannt. Sie sind am Sonntagmorgen mit ihren Eltern in die Frühmesse gegangen, wie wenn nichts geschehen wäre. Die Gestapo hat sie herausgeholt und nach Struthof gebracht. Das weiß ich noch genau, wie sie aus der Messe geholt wurden. Die ganze Gemeinde hat gebetet. Es hat nichts genützt.«

»Woher ist die Gestapo gekommen?«

»Das weiß ich nicht. Es hat plötzlich gewimmelt von ss und Gestapo. Wir mussten ein paar Tage in den Häusern bleiben, bei geschlossenen Läden. Die ss wollte das ganze Dorf abbrennen. Unser Maire ist nach Altkirch gelaufen auf die Kommandantur und hat um Gnade gebettelt. Das hat genützt, unser Dorf steht jedenfalls noch.«

Wieder versuchte er zu kichern. Er stand in roten Stiefeln im Schnee, als wäre er hier angewachsen gewesen.

»Ich habe gehört«, sagte Hunkeler, »dass die Leichen an Fleischerhaken aufgehängt worden seien.«

»Das habe ich auch gehört. Mir verzellt's, n'est-ce pas? Aber es ist nicht wahr. Wer chönnt au so eppis mache? Das haben die Leute erfunden, um ihren Schrecken auszudrücken.«

»Haben Sie einen Russius gekannt?«

»Einen was? Einen Russen?«

Hunkeler zögerte, dann nickte er.

»Es gab einen Russen bei der ss, stimmt. Einen Rottenführer. Der war der Schlimmste von allen, den haben alle gekannt. Der ist mit in die Frühmesse gekommen, mit einer Maschinenpistole.«

»Wissen Sie, was aus diesem Russen geworden ist?«

»Nein, das weiß ich nicht. Der ist abgezogen, zusammen mit den andern ss-Leuten. Wohin, weiß ich nicht. Wissen Sie, Monsieur, wir reden nicht gern über diese Zeit. C'est passé. Kommen Sie, ich habe kalte Füße.«

Sie stapften gemeinsam durch den Schnee dem Ausgang zu.

»Warum haben Sie mir das alles erzählt?«, fragte Hunkeler.

»Vielleicht, weil ich am Grab von Marie war, als Sie in den Friedhof gekommen sind. Und weil Sie so allein vor den Kriegsgräbern gestanden sind.«

Hunkeler fuhr zurück nach Altkirch. Er scherte aus Richtung Altstadt und parkte. Was er jetzt brauchte, war eine Spur Normalität, ein Quentchen Lebenslust, eine Prise Frohsinn. Er ging durch die Rue Charles de Gaulle und schaute in die Auslage einer Metzgerei, in der jede Menge Würste lagen. In eine Bäckerei mit roter, gelber, grüner Konfiserie. Hinten stand der Korb mit den Baguettes. Daneben, auf einem Regal, das zeitgemäße Brotangebot mit Sesam, Sonnenblumenkernen, Oliven. Dann ein Laden für Wintersport. Anoraks von knallgelber, knallweißer, knallblauer Farbe, daunengefüttert, für Temperaturen bis vierzig Grad unter Null. Skier zum klassischen Langlaufen, zum Skaten, Tourenmachen und Abfahren. Rodelschlitten, Ein- und Zweisitzer.

Die Leute, fiel ihm auf, gingen gern durch diese Gasse. Selten kam jemand allein daher, meist waren sie zu zweit oder zu dritt. Vielleicht, dachte er, waren sie alle allein aus ihren Wohnungen gegangen und jemandem begegnet, mit dem sie sich zusammentaten, um ein bisschen zu plaudern. »Wohäre gosch? Zom Metzger? Wart i chomm grad mit.«

Er kam sich ziemlich blöd vor in dieser Gasse. Er merkte, dass ihn einige neugierig betrachteten. Er ging schneller, als ob er ein Ziel gehabt hätte. Er kam zum Rathaus, das von der Sonne beschienen war. Er kannte es, es fiel ihm ein, dass er es auf einer Ansichtskarte gesehen hatte.

Er kehrte um und betrat einen Buchladen. Ein Mädchen, wohl die Lehrtochter, fragte, was er wolle.

Ob etwas über Ballersdorf 1943 da sei?, fragte er.

Was das sei, Ballersdorf 1943?

»Ballersdorf«, sagte er, »milleneufcentquarantetrois. Le massacre.«

»Ah oui.« Sie erinnerte sich und führte ihn zu einem Regal mit der Histoire locale. »Voilà.« Sie zog ein Buch heraus mit dem Titel »Et si c'était moi!« Er blätterte es durch. Es war eine Elsässer Familiengeschichte über mehrere Generationen. Viel französisches Pathos, wenige Fakten. Er kaufte es bloß, um mit Anstand den Laden verlassen zu können.

Als er an der Kasse bezahlte, sprach ihn eine alte Frau an, die er kannte. Ihren Namen wusste er nicht mehr.

Es war Margot, die mit ihrem Mann Charles zusammen in Jettingen einen kleinen Laden führte, in dem man Konservenbüchsen, Wein und Hosenträger kaufen konnte. Hunkeler wusste, dass Charles in russischer Gefangenschaft gewesen war, in Tambow, und sich dort die Zehen abgefroren hatte. Dass er, weil er als deutscher Soldat gefangengenommen worden war, von Deutschland eine lebenslange Rente bezog. Und dass er deswegen von seinen Nachbarn beneidet wurde.

»Wie geht's Ihrem Mann?«, fragte er.

»Nicht gut«, sagte sie. »Er erträgt die Kälte nicht. Er liegt im Spital, hier in Altkirch. Ich muss ihm Kreuzworträtsel bringen, damit er sich die Zeit vertreiben kann. In deutscher Sprache, die französischen Rätsel versteht er nicht. Ich habe sechs deutsche Kreuzworträtselhefte bestellt. Aber sie sind nicht da.«

»Non«, sagte das Mädchen, »je regrette. Venez demain.«

»Ich komme jeden Morgen«, sagte Margot. »Die Hefte sind jeden Morgen nicht da.«

Das Mädchen zuckte mit den Achseln, ziemlich schnippisch, wie Hunkeler fand.

»Gruß an Charles«, sagte er und ging hinaus.

Er fuhr durch die Dörfer. Wittersdorf, Tagsdorf, Hundsbach, Franken. Alte Riegelhäuser, einige halb verfallen, andere in allen möglichen Farben restauriert. Darum herum die Backsteinhäuser der Grenzgänger. Eine Art Niemandsland vor den Toren Basels, versteckt und unscheinbar. Hier war jede siegreiche Armee durchmarschiert und hatte verbrannte Erde zurückgelassen.

Er parkte vor der Wirtschaft in Jettingen. Auch sie war ein altes Riegelhaus, Knusper Knusper Knäuschen, wer knuspert an meinem Häuschen? Der Wirt hatte ein Cheminée einbauen lassen, mitten im Wirtsraum. Darin glühten ein paar Scheite. An der Theke hockten Arbeitslose beim Wein. Sie beobachteten genau, was Hunkeler bestellte. Er bestellte einen kleinen Kaffee.

Er blätterte das Buch durch, das er gekauft hatte, ziemlich missmutig. Er hätte sich ein Sachbuch gewünscht, eine historische Aufarbeitung, dafür etwas weniger Betroffenheit. Trotzdem fand er, was er suchte.

In der Nacht vom 7. Februar 1943 hatten sich 18 Männer aus Riespach und Umgebung Richtung Schweizer Grenze auf den Weg gemacht. Sie wurden von den Schweizer Behörden in die Region Belfort zurückgeschickt.

In der Nacht vom 10. Februar 1943 hatten sich 183 Männer auf den Weg in die Schweiz gemacht. Sie nahmen zwei Geiseln vom deutschen Grenzschutz mit. Als sie die Grenze überquert hatten, ließen sie die beiden frei. Dieser Zug wurde Espenkolonne genannt, weil sich die Männer an einem Ort versammelt hatten, der Espen genannt wurde.

In der Nacht vom 12. Februar 1943 machten sich noch einmal 18 Männer auf den Weg in die Schweiz, diesmal von Ballersdorf und Umgebung. Sie liefen einer deutschen Streife vor die Gewehre. Drei der Burschen und ein deutscher Landser wurden erschossen. Am nächsten Morgen wurden 14 der Burschen verhaftet, nach Struthof gebracht und erschossen. Einem gelang es, in die Schweiz zu entkommen.

Von Fleischerhaken stand nichts im Buch.

Hunkeler fragte sich, warum es so schwierig war, an diese Geschichte heranzukommen. Wollten die Altkircher nicht wissen, was vor sechzig Jahren in ihrer Umgebung geschehen war? Vielleicht wollten sie tatsächlich die Toten ruhen lassen. Aber das gelang nicht. Das gelang nie.

Kurz vor zwölf betrat er die Wirtschaft in Knoeringue und setzte sich an den Familientisch. Die Vorbereitungen zum Mittagsmahl waren in vollem Gange. Babette stellte Wasser- und Rotweinkaraffen auf die Tische, die alte Frau Scholler trug Suppenschüsseln auf. Fleischsuppe mit Markknochen, es gab Suppenfleisch und zum Nachtisch eingemachte Zwetschgen. Er wollte noch nichts trinken, er wartete auf Monsieur Rinser.

Er hörte die Kirchenuhr Mittag schlagen. Gleich darauf füllte sich der Wirtsraum in wenigen Minuten. Nur hinten rechts blieb ein Tisch frei. Es waren vor allem Handwerker, die hereinkamen und Suppe schöpften, als wären sie hier zu Hause gewesen. Sie trugen Arbeitskleider. Gipser in weißem Gewand, Elektriker mit Zangen in den Taschen, Zimmerleute, Maurer. Auch Chauffeure waren da, die Getränke auslieferten, Kronenbourg, Mutzig Pils. Es wurde wenig geredet, die Männer waren müde und wollten sich erholen. Im Radio lief Südwestrundfunk 4.

Um halb eins kam ein alter, leicht gebeugter Mann herein, zusammen mit einem jungen, bleichen Kerl. Sie setzten sich an den freien Tisch. Frau Scholler ging hin, redete auf die beiden ein und winkte Hunkeler, herzukommen.

Der alte Konrad Rinser war ein eindrücklicher Mann. Hellwach mit offenem Blick und klarer Sprache, er redete langsam und genau. Aus dem jungen Kerl wurde Hunkeler nicht richtig schlau. Seine Hände zitterten dauernd. Er schien nirgendwo hinzuschauen. Er aß sehr wenig, und nachdem er den Löffel hingelegt hatte, steckte er sich gleich eine an.

»Frau Scholler hat mir von Ihnen erzählt«, sagte Hunkeler. »Sie sagt, Sie können sich genau erinnern an den Februar 1943.«

»Stimmt«, sagte der Mann, »ich war bei der Espenkolonne. Warum wollen Sie das wissen? Frau Scholler sagt, Sie seien ein Polizist aus Basel.«

»Ich arbeite mit bei einem Mordfall. Die Leitung hat die Police Nationale.«

Er lächelte freundlich, er versuchte, seinen alten Charme auszuspielen.

»Ich habe davon gehört«, sagte Rinser. »Aber dieser Mord kann unmöglich etwas mit Ballersdorf zu tun haben. Das mit den Fleischerhaken ist ein Märchen. Sie sind in Struthof erschossen und nach Straßburg transportiert worden, in Holzkisten, je zwei zusammen.«

»Woher stammt denn dieses Märchen? Wer hat es erfunden?«

»Das weiß ich nicht. Man hätte eben die Wahrheit sagen müssen, diitsch ond diitlich, n'est-ce pas?«

»Stimmt nicht«, sagte der Junge, »es ist kein Märchen.«

»Woher willst jetzt du das wissen?«

»Weil ich es weiß«, sagte der Junge.

»Das ist mein Großneffe Claude Schwob«, sagte Rinser, »der petit fils von meiner Schwester. Die hat einen Schwob geheiratet.«

»Freut mich«, sagte Hunkeler. »Wo wohnen Sie, was arbeiten Sie?«

»Pourquoi? Sie haben kein Recht, mich zu fragen. Wir sind hier nicht in der Schweiz.«

»Er arbeitet beim Crédit mutuel in Jettingen«, sagte Rinser. »Er ist Computerspezialist. Er sitzt jede Nacht bis um eins vor der Kiste. Weiß der Teufel, was er da macht. Er wohnt in einem Bauernhaus in Franken. Ich habe ihm gesagt, er solle sich Hühner anschaffen. Dann müsste er raus aus den Federn am Morgen früh. Aber er will nicht.«

»Tais-toi«, zischte der Junge, kaum hörbar.

Hunkeler legte sich ein schönes Stück Fleisch auf den Teller. Dazu Knepfle, Preiselbeeren und eine halbe Birne. Er schenkte sich Wein nach und trank.

»Sie sind also der Meinung, es sei kein Märchen«, sagte er.

»Nein. Ich bin der Meinung, dass Sie kein Recht haben, mich zu fragen.«

Hunkeler schob sich ein Stück Fleisch in den Mund. Es war schön saftig und weich gekocht. Er wollte das Messer hinlegen, aber es fiel zu Boden. Schnell bückte er sich, um es aufzuheben. Richtig, der junge Mann trug Turnschuhe.

»Was soll das?«, zischte der Junge. »Was sind das für Pfahlbauermethoden? Was wollen Sie überhaupt von mir, Monsieur?«

Hunkeler tat sehr erstaunt.

»Von Ihnen? Von Ihnen will ich gar nichts. Weil Sie nichts wissen können. Sie waren noch nicht auf der Welt.«

Der Junge wurde schneeweiß im Gesicht. Beinahe hätte er Messer und Gabel hingeschmissen. Aber er beherrschte sich und schob sich ein paar Knepfle in den Mund, mit zitternder Hand.

»Mais Claude«, sagte Rinser, »was ist los?«

»Rien«, sagte der Junge. »Nichts.«

»Also, was wollen Sie wissen?«, fragte Rinser.

»Ich möchte wissen, wie Sie die Tage Anfang Februar 1943 verbracht haben.«

»Ich habe das Aufgebot bekommen. Aber es war klar, dass ich nicht nach Russland fahren wollte.«

»Aber es war doch lebensgefährlich, in die Schweiz abhauen zu wollen. Sie haben ja nicht einmal gewusst, ob Sie die Grenze passieren konnten.«

»Die Ostfront wäre noch gefährlicher gewesen. Wenn schon ins Gras beißen, dann lieber hier im Elsass. So haben wir alle gedacht. Wir haben nichts gegen die Russen gehabt. Wir haben uns gefreut, als wir hörten, dass Stalingrad eingeschlossen war. Und bloß als Kanonenfutter an die Ostfront gekarrt werden, non merci.«

Der Junge schob sich ein paar Zwetschgen in den Mund. Dann erhob er sich. Er war noch dünner, als es im Sitzen ausgesehen hatte.

»Au revoir«, sagte er und ging hinaus.

»Er meint immer«, sagte Rinser, »wir hätten uns gegen

die Wehrmacht wehren müssen. Obschon das unmöglich war.«

Hunkeler schob sich zwei Zwetschgen in den Mund. Zuckersüß, mit einem Schuss Vieille prune.

»Hat der deutsche Grenzschutz nicht aufgepasst, als Sie über die Grenze gingen?«

»Nein. Die haben erst zwei Tage später, am Zwölften, aufgepasst. Wir sind zwar ein paar Landsern begegnet. Aber wir waren so viele, dass sie nichts unternehmen konnten. Zwei haben wir als Geiseln mitgenommen. Das heißt, ich habe gar nichts davon gemerkt. Ich bin einfach mitgelaufen.«

»Wo sind Sie hinübergegangen?«

»Von Seppois aus Richtung Bonfol. Es gab gleich jenseits der Grenze ein großes Wirtshaus. Dort haben wir auf den Morgen gewartet. Es waren gute Leute, sie haben uns zu essen und zu trinken gegeben. Zwei Mädchen haben es uns gebracht. Schlafen konnten wir nicht. Wir wussten ja nicht, ob wir nach Vichy-Frankreich zurückgeschickt würden.«

»Und dann, wo sind Sie gelandet?«

»Wir wurden alle unter strenger Bewachung auf Lastwagen nach Pruntrut gefahren ins Gefängnis. Wir haben die nächste Nacht auf Gängen und Treppen geschlafen. Dann kam der Bericht, dass wir bleiben durften.«

Er hatte nicht viel Fleisch gegessen. Die Zwetschgen löffelte er alle aus.

»Es gab ein Freudengeschrei. Auch ich habe mitgeschrien, obschon ich verheiratet war. Ich hatte eine Frau und ein Neugeborenes zu Hause. Später habe ich auf Umwegen erfahren, dass meine Frau nach Deutschland hat gehen müssen, in die Nähe von Ulm. Als Zwangsarbeiterin.«

»Und das Neugeborene?«

»Das ist bei einer Tante geblieben.«

Er kaute die Zwetschgen langsam. Er war ganz in sich gekehrt. Er erinnerte sich genau. Aber es brauchte Kraft.

»Wir sind in ein Lager in Büren an der Aare gekommen, in der Nähe von Biel. Das war schlimm. Wir hatten erwartet, dass wir uns in der freien Schweiz frei bewegen konnten. Das war überhaupt nicht so. Stacheldraht und Wärter und den ganzen Tag ein Geschrei. Wir konnten nicht ausgehen in eine Wirtschaft und ein Bier trinken. Wir wurden gehalten wie Gefangene.«

Hunkeler schwieg. Er wusste, dass es so gewesen war.

»Nach vier Monaten ungefähr wurde ich einem Bauern im Zürcher Oberland zugeteilt. Da habe ich mich gefreut, dass ich arbeiten konnte. Aber es war die Hölle. Er hat mich gehalten wie einen Menschen zweiter Klasse. Ich habe von morgens früh bis abends spät arbeiten müssen. Auch am Sonntag. Bezahlt hat er mir fast nichts. Da bin ich auf den Polizeiposten gegangen und habe verlangt, dass ich wieder nach Büren zurückgebracht wurde. Das ist geschehen. Ich bin zwar nicht mehr nach Büren gekommen, sondern in ein Lager im Wallis. Den Namen habe ich vergessen. Aber wenn ich mir Mühe gebe, finde ich ihn wieder.«

Er lächelte freundlich. Er lockerte den Kragen, der von einer Krawatte zusammengehalten wurde. Der Kragenknopf fehlte.

»Nicht nötig«, sagte Hunkeler. »Ich bitte Sie weiterzuerzählen. Trinken Sie einen Kaffee?«

»Gern.«

Hunkeler bestellte bei Babette Kaffee.

»Ich bin dann wieder zu einem Bauern gekommen, im Berner Seeland. Das waren freundliche Menschen, ich habe es gut gehabt bei ihnen. Dort bin ich geblieben, bis das Elsass befreit wurde. Ich bin sofort nach Hause gefahren, zu meinem Kind. Die Frau ist erst später heimgekommen, da Ulm später befreit wurde. Die Leute im Seeland haben wir inzwischen schon mehrmals besucht, mit der ganzen Familie. Sie sind auch schon bei uns gewesen.«

Sie schlürften beide den bittersüßen Kaffee.

»Wie wäre es mit einer Vieille prune?«, fragte Hunkeler.

»Gern.«

Die Wirtschaft hatte sich geleert. Babette begann mit dem Abräumen.

»Hatten Sie keinen Kontakt zu Ihrer Familie?«

»Doch. Es sind immer wieder neue Leute gekommen. Man hat sich geholfen, so gut es ging. Einmal ist auch der Bursche aufgetaucht, dem am 12. Februar die Flucht gelungen war. Der hat von Ballersdorf erzählt. Das war ein Schock für uns alle.«

»Haben Sie einen Anton Russius gekannt? Das war ein ss-Mann, der in Ballersdorf war.«

Rinser überlegte lange.

»Ich habe ein schlechtes Namensgedächtnis, wissen Sie. An vieles erinnere ich mich haargenau. An die Essgamellen im Lager. An Erbs mit Sago. An die Namen erinnere ich mich nicht mehr.«

Er dachte noch einmal nach.

»Wenn es mir recht ist, habe ich von einem Russen reden hören, der in Ballersdorf war. Das muss ein ganz böser Mensch gewesen sein. Warum fragen Sie das?«

»Warum sollte ich nicht?«

»Claude hat mich schon danach gefragt. Mehrmals sogar. Wie hieß er schon wieder?«

»Anton Russius.«

»Richtig. Claude hat mich nach einem Anton Russius gefragt. Ich habe ihm das Gleiche geantwortet wie Ihnen.«

»Eigentlich merkwürdig«, sagte Hunkeler. »Ich meine, wie kommt Ihr Großneffe auf diesen Namen?«

»Er beschäftigt sich mit dieser Zeit. Er surft die halbe Nacht im Computer herum. So nennt man das doch, n'est-ce pas?«

Hunkeler nickte.

»Ich glaube fast«, sagte Rinser, »er ist ein Hacker. Er ist jedenfalls schon vorgeladen worden nach Mulhouse. Aber sie haben ihm nichts nachweisen können. Übrigens hat er Freunde, die gleich denken wie er. Ich glaube fast, sie wollen das Elsass endgültig befreien.«

Er kicherte über diesen Witz, es schüttelte ihn richtig. Dann schaute er sich um, ob ihn jemand beim Kichern ertappt hatte. Aber nur Hunkeler hatte mitgelacht.

»Das war ein schlechter Witz, ich weiß«, sagte der alte Mann. »Wir gehören jetzt endgültig zu Frankreich. S'isch i Ornig so.«

Er trank mit geschlossenen Augen den Schnaps aus.

»Vor ein paar Jahren haben wir uns alle wiedergetroffen«, erzählte er. »Das heißt, natürlich nur diejenigen, die noch am Leben waren. In jenem Wirtshaus jenseits der Grenze. Es wird jetzt nicht mehr gewirtet dort. Aber das Haus steht noch. Es sind einige gekommen. Es waren auch zwei alte Frauen dabei. Das waren die beiden Mädchen, die uns damals bewirtet haben. Wir haben uns umarmt und geküsst. Wir haben geweint und gesungen.«

Hunkeler fuhr langsam nach Basel zurück. Vor Muespach sah er das riesige Maissilo im Mittagslicht stehen. Dann links die Wirtschaft zur Ausweiche, wo sich früher die Züge der eingleisigen Linie ausgewichen waren. Den Täuferhof, die Kühe standen trotz der Kälte draußen. Den hellen Wasserturm von Folgensbourg, die weite Schneefläche danach. In der Ebene unten den Flughafen, dessen Lichter bereits brannten.

Vor dem französischen Zollhaus standen drei Autos der Police Nationale. Der Schweizer Zoll war nicht besetzt. Im Turm des Kieswerks wurde gearbeitet, man hörte das Scheppern des Förderbands. Rinaldis Loch im Zaun war geflickt. Hunkeler bremste auf Schritttempo herunter, um genau hinschauen zu können. Richtig, da hatte jemand ziemlich viel Stacheldraht gebraucht. So war das eben, dachte Hunkeler, und zwar beidseits der Grenze. Wenn jemand nicht mehr weiterwusste, spannte er Stacheldraht, ohne Rücksicht auf Verletzungen.

Haller stand mit dem Elsässer Kollegen beim Garteneingang und blies eine Spur Rauch in die Luft.

»Was gibt's?«, fragte Hunkeler.

»Madörin spinnt«, sagte Haller. »Jetzt hat er auch noch Stebler und Rinaldi festgenommen. Bloß weil die beiden durch den Hag gekrochen sind.«

»Wie hat er es gemerkt?«

»Er hat scheint's ihre Spuren gesehen.«

»Wie das? Er darf gar nicht in die Gärten hinein.«

»Er hat das Loch im Zaun gesehen. Er ist hindurchgekrochen. Er behauptet zwar, er habe Frankreich nicht betreten, der Zaun stehe haarscharf auf der Grenze.«

»Dieser Arsch. Wen will er denn jagen?«

»Er schwört, es sei einer von den Pächtern gewesen.«

»Und Cattaneo?«

»Warum Cattaneo?«, fragte Haller.

»Hat er Cattaneo nicht eingebuchtet?«

»Davon weiß ich nichts. Weißt du etwas davon?«, fragte er seinen Kollegen.

»Non«, sagte der, »mais je m'en fous. S'isch mir gliich.«

Hunkeler betrat die Blume. Am Stammtisch saßen Siegrist und Schläpfer. Auch Cattaneo saß da, in sich versunken. Hinter der Theke stand die Wirtin. Sonst war niemand im Raum.

»Guten Tag«, sagte Hunkeler frohgemut. »Wie geht's? Darf ich?«

Er setzte sich zu den Herren und griff zum Boulevardblatt, das auf dem Tisch lag.

»Eine Tasse Kaffee bitte, mit kalter Milch.«

Keiner sagte ein Wort, niemand regte sich. Das war Hunkeler egal. Er las, was die schnellen Jungs aus Zürich herausgefunden hatten.

Unter dem Titel »Was steckt hinter der Rose?« war zu lesen, dass der Rätselrusse aus Rüegsbach unter dem linken

Oberarm eine Rose eintätowiert hatte. Das hatte eine seiner geheimen Liebhaberinnen verraten. Frage: Wer tätowiert sich unter dem linken Oberarm eine Rose ein? Antwort: Niemand, außer er hat einen guten Grund dafür. Was konnte das für ein Grund sein? Dass er mit der Rose etwas verdecken wollte. Und was wollte er verstecken?

Wie das Boulevardblatt aus gut unterrichteten Historikerkreisen erfahren hatte, hatten sich junge Männer bei ihrem Eintritt in die SS unter dem linken Oberarm die Blutgruppe eintätowieren lassen. Ein Stammeszeichen, das sie zeitlebens an die Schutzstaffel band.

Frage: Hatte der Rätselrusse Flückiger in der SS gedient? Antwort: Gut möglich, das Geheimnis lag unter der tätowierten Rose.

Weitere Frage: Was will man in Basel vertuschen? Deckt das Basler Kriminalkommissariat einen Kriegsverbrecher?

Den Namen hatten sie nicht herausgefunden. Die Geldsammlung für die arme Sonja mit den drei Papierrosen hatte bis jetzt knapp 160 000 Franken ergeben. Um weitere Spenden wurde gebeten.

Hunkeler staunte, obschon er wütend war. Die waren wirklich schnell, die Jungs. Es war nur eine Frage der Zeit, bis sie die Spur ins Elsass fanden.

Er schaute sich kurz um. Noch immer hatte keiner ein Wort gesagt. Es stand auch keine Tasse Kaffee auf dem Tisch.

Er griff zur *Basler Zeitung* und blätterte sie durch. Er fand ein Foto von Bardet, der vor Feratis verbrannter Hütte stand. Daneben wurde berichtet, dass die Basler Polizei mehrere Gartenpächter in Untersuchungshaft genommen hatte, worunter auch einige Ausländer waren.

»Gibt's keinen Kaffee heute?«, fragte er.

»Nein«, sagte die Wirtin, »die Maschine ist kaputt.«

»Was sagen Sie zu diesem Bericht über die tätowierte Rose?«, fragte er.

Alle schwiegen.

»Ich habe den Stebler nicht eingelocht«, sagte er, »und auch die andern nicht. Das war Kollege Madörin.«

»Es war keiner von uns Pächtern«, sagte Siegrist endlich. »Dafür lege ich die Hand ins Feuer. Und dass Flückiger ein ss-Mann war, glauben wir auch nicht.«

»Wir müssen die Wahrheit so rasch wie möglich herausfinden«, sagte Hunkeler, »sonst macht es das Boulevardblatt. Und die schlachten das aus.«

»Das ist uns egal«, sagte Siegrist, »es ist eine Zürcher Zeitung.«

»Hat jemand von der Tätowierung gewusst?«

»Wie denn? Wir schauen den Kollegen nicht unter den Oberarm.«

Hunkeler wartete eine Weile. Er wusste nicht, wie er das Schweigen hätte brechen können.

»Wir sind des Todes«, sagte Cattaneo, ohne den Blick von seinem Schnaps zu nehmen. »Es wird nichts geboren, das kein Ende hat. Das Ende liegt schon im Anfang. Was Anfang und Ende hat, vergeht. Nur das Tote besteht.«

»Jetzt hör endlich auf«, sagte Schläpfer. »Ich werde noch verrückt neben dir.«

»So redet er die ganze Zeit«, sagte Siegrist. »Wir können ihm nicht helfen.«

»Wie lange redet er schon so?«, fragte Hunkeler.

»Schon vier Jahre. Manchmal ist er ganz normal. Dann

fällt er wieder ins Philosophieren. Jetzt ist ihm auch noch Giovanna weggelaufen.«

»Den sollten Sie hereinnehmen«, sagte Schläpfer, »nicht Stebler und die andern. Er hätte es nötig, dass jemand nach ihm schaut.«

Hunkeler zögerte. Dann nahm er sein Notizheft aus der Tasche, riss ein Blatt heraus und schrieb seine Handynummer drauf. Er legte das Blatt vor Cattaneo auf den Tisch.

»Das ist meine Nummer. Bitte rufen Sie mich an, wenn Not am Mann ist.«

»Was heißt hier Not am Mann?«, fragte Cattaneo. »Warum nicht Not an der Frau?«

»Bekomme ich jetzt endlich einen Milchkaffee?«, fragte Hunkeler. »Herrgottsack?«

»Nein«, sagte die Wirtin hinter der Theke, »die Maschine ist immer noch kaputt.«

Es blieb ihm nicht viel Zeit bis zum Rapport, der auf fünf angesetzt war. Aber etwas wollte er noch wissen.

Er parkte vor dem Luzernerring und ging hinein. Er bestellte einen Espresso und steckte sich eine an, um sich ein bisschen abzulenken. Es gelang nicht, er hatte keine Lust, den Rauch in die Lunge zu ziehen. Später, dachte er und drückte die Zigarette aus, wenn sich alles ergeben hatte. Dann würde er mit Genuss eine rauchen.

Mara brachte ihm den Espresso. Sie blieb stehen am Tisch und richtete sich das Haar.

»Und?«, fragte sie.

Er rührte Zucker in die Tasse und trank. Ein Schluck Leben, ein paar bittere Tropfen.

»Hast du eine Spur?«, fragte sie.

»Wie wär's mit der Rose, von der du mir nichts gesagt hast?«

»Sie war fast verblichen, man hat sie kaum mehr gesehen.«

»Hast du gewusst, was er darunter verbarg?«

»Gewusst nicht, aber geahnt. Wo ich herkomme, weiß man das.«

»Und mich lässt du ins Leere laufen?«

»Musst du alles wissen? Hat nicht jeder Mensch sein Geheimnis?«

»Aber dem Boulevardblatt hast du es gesagt. Haben sie dich wenigstens gut bezahlt?«

Sie wurde schneeweiß im Gesicht.

»Bist du wahnsinnig? Warum beleidigst du mich?«

Sie ging zur Theke zurück. Sie schaute ihm nicht nach, als er hinausging.

Staatsanwalt Suter trug einen hellen Flanellanzug mit himmelblauer Krawatte, als er den Rapport eröffnete. Er schien der Einzige zu sein, der noch fit war. Er habe leider einen wichtigen Termin, sagte er zu Beginn, er müsse gleich weg. Die Ermittlungen würden sich dem kritischen Punkt nähern, wo es heiße, gehauen oder gestochen. Er spüre das dank seiner Erfahrung. Die Zusammenarbeit mit der Police Nationale sei sehr gut aufgegleist, so dass er ohne weiteres abkömmlich sei.

Er lächelte überaus freundlich zu Madame Godet hinüber, die süß zurücklächelte.

Leider, fuhr er fort, sei Commissaire Bardet im Moment nicht anwesend, da er vor Ort recherchiere. Wenn möglich, werde er noch vor Ende der Sitzung eintreffen.

Dann blickte er siegessicher in die Runde.

»Es ist uns gelungen, vor der einschlägigen Presse einen uneinholbaren Vorsprung herauszuholen. Wir haben die Schreiberlinge entscheidend abgehängt. Damit haben wir das Primat der staatlichen Untersuchungsbehörde vorerst gewahrt. Das ist ein großer Erfolg, wozu ich Ihnen allen gratuliere. Danke, meine Dame, danke, meine Herren.«

Er verbeugte sich leicht und ging hinaus.

Ein starker Abgang, in der Tat. Es herrschte betretenes Schweigen. Madame Godet saß kerzengerade auf ihrem Stuhl, dessen Lehne ihr über den Kopf ragte. Lüdi kicherte hilflos, er hatte dunkle Ringe um die Augen. Madörin trommelte nervös auf die Tischplatte. Es war klar, dass dieser Rapport zur Farce geriet.

»Warum hat man die Leiche von Russius nicht schon früher genauer untersucht?«, fragte Hunkeler. »Es wäre uns einiges erspart geblieben.«

Madame Godet lächelte heiter.

»Weil man nicht auf die Idee gekommen ist, dass sich darunter etwas verbirgt, Monsieur.«

»In der Wirtschaft Luzernerring«, sagte Hunkeler, »arbeitet eine Frau aus Ex-Jugoslawien. Die hat es gewusst.«

»Warum hat sie es Ihnen nicht gesagt? Genügt Ihr Charme nicht mehr, um eine Servierdame zu bezirzen?«

Hunkeler schwieg. Die Spannung war kaum mehr erträglich. Eine Spannung, die aus der Ratlosigkeit kam.

»Weiß man etwas Neues aus Potsdam?«, fragte Hunkeler.

»Nein«, sagte Lüdi, »nichts Neues.«

»Mais oui, Messieurs«, sagte Madame Godet, »wir haben das Eiserne Kreuz und die Kragenspiegel. Wir müssen mit dem arbeiten, was wir haben.«

»Was lag sonst noch im Boden unter der Eibe?«, fragte Lüdi.

»Nicht mehr viel. Es wird alles genau untersucht.«

»Ich halte diesen Schwachsinn nicht mehr aus«, sagte Madörin. »Eisernes Kreuz und tätowierte Rose, das alles ist Humbug.«

»Humbug«, sagte Madame Godet, »was ist das?«

»Blödsinn, Mumpitz. Das ist vielleicht sensationelles Romanfutter für eine kitschige Romanze im Boulevardblatt. Aber für die Detektivarbeit vor Ort ist das unnützes Zeug. Was sollen denn die drei Rosen zu tun haben mit Flückigers Ermordung? Was hat die alte Tante in Rüegsbach zu schaffen mit dem Fleischerhaken, an dem Flückiger hing? Jetzt wird für sie Geld gesammelt, okay. Aber wir hier in diesem Raum haben die Aufgabe, herauszufinden, wer Anton Flückiger umgebracht hat.«

Alle schwiegen. Damit waren alle einverstanden.

»Pfister und Dogan, jetzt auch noch Stebler und Rinaldi«, sagte Lüdi. »Wir können doch nicht alle Pächter einlochen. Vor allem können wir sie nicht endlos drinbehalten. Das erlaubt der Haftrichter nicht.«

»Doch, wir können«, sagte Madörin. »Wenn wir wollen, können wir das. Und ich will unbedingt. Ich kenne solche Leute von Jugend auf, ich bin in diesen Kreisen aufgewachsen. Ich kenne ihren vitalen Hass. Die würden wegen einer eingedrückten Stoßstange einen wildfremden Menschen umlegen. Wegen eines gekillten Kaninchens würden die glatt eine ganze Familie ausrotten. Flückiger war doch genau so ein Typ. Was war er, was besaß er denn? Nichts hat er gehabt, Magaziner ist er gewesen. Was heißt das, meine Herren?«

Er warf sich in Positur, als hätte er ein Plädoyer gehalten.

»Das heißt: malochen von morgens um sieben bis abends um sechs. Nicht im geheizten Büro, sondern in einer windigen Lagerhalle. Zu niedrigem Lohn. Es heißt auch, sich dauernd anscheißen lassen vom Chef. So ein Mann muss viel schlucken in seinem Berufsleben. Irgendeinmal spuckt er es aus, als brutale Aggression. Das Einzige, was mich wirklich erstaunt, ist die Tatsache, dass er seine Armeepistole vergraben hat. Ich würde mich wundern, wenn er sich nicht eine neue Waffe angeschafft hätte.«

»Es könnte schon sein«, sagte Madame Godet. »Wir haben unter einem Bodenbrett ein Wachstuch mit Ölflecken gefunden, wobei es sich aller Wahrscheinlichkeit nach um Waffenöl handelt.«

»Und das sagen Sie erst jetzt?«, brüllte Madörin.

»Oui Monsieur. Ich war nicht verpflichtet, es Ihnen zu sagen. Und brüllen Sie mich bitte nicht mehr an. Sonst verlasse ich den Raum.«

»Entschuldigung, Madame«, sagte Madörin und versuchte zu lächeln, was ihm überhaupt nicht gelang. Ein Dackel, der sich Mühe gab, nicht die Zähne zu fletschen. »Ich behaupte, dass Flückiger mit seiner eigenen Waffe erschossen worden ist. Ich behaupte, dass er es war, der Feratis Grill zertrümmert und Füglistallers Kaninchen gekillt hat. Ich behaupte, dass er in Begovičs und Dogans Hütte eingebrochen ist. Dass er Hass und Terror gegen seinesgleichen gesät hat. Aus dem einfachen Grund, weil er sich selber verachtet hat. Und einer von diesen Männern hat es ihm in der Silvesternacht heimgezahlt, mit Flückigers eigener Waffe.«

»Aber wie denn?«, fragte Madame Godet. »Wenn doch die Pistole unter dem Bodenbrett versteckt war?«

»Ich behaupte, dass Flückiger die Gefahr geahnt und die Pistole hervorgeholt hat, um sich zu verteidigen. Sie muss auf dem Tisch gelegen haben, als der Mörder hereinkam.«

»C'est possible. Wir haben auch Ölflecken auf dem Tisch gefunden.«

»Warum nicht Cattaneo?«, fragte Hunkeler. »Wenn ich mich richtig erinnere, wurden auch Spuren von ihm in der Hütte gefunden.«

Madörin schüttelte den Kopf.

»Cattaneo nicht, nein. Der ist zu sehr von Trauer zerfressen. Der bringt nicht genügend Hass auf zur Tat.«

»Was ist eigentlich mit Cannibal Frost?«, fragte Lüdi. »Hast du bei denen vorbeigeschaut?«

Madörin blickte in die Runde, eine Spur Unsicherheit im Blick. Da ihn alle ernst und gespannt anschauten, entschloss er sich weiterzureden.

»Das sind Kindsköpfe, Scheinrevoluzzer. Die bringen niemanden um.«

»Dann wäre es also einer aus den Gärten gewesen«, sagte Lüdi, »vielleicht einer aus dem engeren Kreis. Füglistaller zum Beispiel. Man könnte sich vorstellen, dass er morgens um zwei, als alle betrunken waren, Flückigers Hütte aufsuchte. Flückiger saß am Tisch, bereits im Schlafanzug, vor sich eine Flasche Wein und die Pistole. Der Gast setzte sich zu ihm und trank mit ihm ein Glas. Es gab Streit, sie sind in der Hütte herumgewankt und haben Bett und Stuhl umgeworfen. Dann hat der Gast die Pistole genommen und Flückiger in die Stirn geschossen. Aber wer hat denn neben den Rosenbusch gepisst?«

»Wenn es Füglistaller gewesen ist«, sagte Madörin, »war er vielleicht auch im Schlafanzug. Er hatte sich hingelegt, konnte aber nicht einschlafen. Er hat an seine toten Kaninchen gedacht, ist hinübergegangen zu Flückiger und hat ihn erschossen. Dann ist er hinausgegangen an die Schneeluft und hat sich neben dem Rosenbusch erleichtert. Er hat an seiner Hütte nebenan die Haken hängen sehen.«

»Wie hat er die sehen können«, fragte Lüdi, »wenn es doch Nacht war?«

»Er hat in seiner Hütte Licht brennen lassen. Er hat einen Haken geholt, hat die Leiche hinausgeschleppt und ihr den Haken ins Kinn gerammt. Er hat versucht, sie an den Giebel zu hängen. Da der Giebel zu hoch war, hat er in der Hütte einen Stuhl geholt, ist mit der Leiche darauf gestiegen und hat sie aufgehängt. Anschließend hat er den Stuhl wieder in die Hütte gestellt.«

»Pourquoi pas?«, sagte Madame Godet. »Wir haben Abdrücke von Stuhlbeinen auf dem Vorplatz gefunden.«

»Was ist mit Stebler?«, fragte Lüdi. »Könnte er ihm geholfen haben? Und wären die Kleider der beiden nicht voller Blut gewesen?«

»Sie könnten die Kleider gewechselt, am andern Morgen nach Hause genommen und entsorgt haben«, sagte Madörin.

Alle schwiegen und dachten nach. Ja doch, so hätte es gewesen sein können, so einfach und so brutal.

»Und deshalb, meine Dame, meine Herren«, sagte Madörin, »möchte ich die Herren so lange drinbehalten, bis einer die Wahrheit sagt.«

»Was ist eigentlich mit den Potenzmittelspuren?«, fragte Hunkeler, »die in Flückigers Blut gefunden worden sind?«

»Wie meinst du das?«, fragte Madörin, und sein Blick flackerte.

»Könnte es nicht auch eine Frau gewesen sein, die bei Flückiger zu Gast war? Vielleicht schon abends um acht. Sie könnte ihm das Potenzmittel kredenzt und versprochen haben, um zwei wiederzukommen. Und als sie wiedergekommen ist, hat sie ihn erschossen.«

»Wer soll ihn denn aufgehängt haben?«, fragte Madörin. »Eine Frau vielleicht?«

»Es könnte auch ein Mann gewesen sein«, sagte Lüdi, »der ihm das Potenzmittel kredenzt hat. Einer, der sich rächen wollte.«

»Widerlich«, sagte Hunkeler und erhob sich. »Meine Dame, meine Herren, ich bin in meinem Büro. Wenn Bardet kommt, soll er mich bitte aufsuchen.«

Er ging hinaus. Er sah noch, wie ihm Madörin mit giftigem Blick nachschaute.

Er ging in sein Büro und schloss die Tür, sorgfältig und leise, als ob ihm jemand hätte folgen können. Er setzte sich auf den Stuhl, kippte ihn nach hinten und stellte die Füße gegen das Pult. So blieb er eine Weile, bis er spürte, dass er zu unruhig war. Er griff zum Handy, um Hedwig anzurufen. Er tat es nicht, er ging ihr nicht gern auf die Nerven.

Dann merkte er, dass er voller Trauer war. Es war ihm nicht aufgefallen den ganzen Tag hindurch, er war immer beschäftigt gewesen mit Reden und Zuhören. Die Begegnungen hatten ihm zugesetzt. Am Vorabend die Bäuerin im Stall, die von den Burschen erzählt hatte. Dann die Wirtin in Knoeringue. Heute Morgen der Maire in Ballersdorf. Der lautlose Gast auf dem Friedhof. Margot in der Buchhandlung, die von den erfrorenen Füßen ihres Mannes erzählt hatte. Der alte Rinser mit seinem seltsamen Großneffen. Sie alle hatten vom Schrecken des Krieges berichtet. Dieser Schrecken, das spürte er, saß immer noch in seinen Gliedern. Er hätte gerne geweint, aber das ging nicht im Büro.

Er fragte sich, warum ihn der Rapport so angeödet hatte. Es war nichts als normal, dass die Crew Gedanken über einen möglichen Tathergang angestellt hatte, auch wenn diese Gedanken öde und fad gewesen waren. Das war oft so beim Rapport, dass sie sich die abstrusesten Möglichkeiten ausdachten. Manchmal fanden sie gerade so die richtige Spur. Und ganz auszuschließen war es nicht, dass einer wie Füglistaller zur Pistole gegriffen hatte. Auch wenn dies einer Beleidigung gleichgekommen wäre, einer Beleidigung für Mara, für Sonja, für den lautlosen Gast.

Er erhob sich, nahm die Liegematte aus dem Schrank, rollte sie auf dem Boden aus und legte sich drauf. Er schlief sogleich ein.

Es war ihm, als würde er im Grab liegen, lang ausgestreckt und tot. Er hörte sich noch atmen, aber lebendig war er nicht mehr. Er vernahm ein Klopfen von oben, von der Erdoberfläche, das zu ihm herunterdrang. Er wusste auch, dass er unbedingt dort hinaufkommen musste, aus der Dunkelheit heraus. Er musste scharren, sich hochzwängen, laut rufen. Aber kein Ton entwich seinem Munde. Um ihn herum waren Arme, die sich um seinen Körper legten, sie drohten, ihn zu ersticken. Er wusste plötzlich, dass er unter der Eibe lag, dass es ihre Wurzeln waren, die ihn umwuchsen und festhielten.

Er öffnete die Augen. Er hatte Mühe, sich zurechtzufinden. Vor ihm stand Bardet, der ihn argwöhnisch musterte.

»Geht's Ihnen nicht gut? Sind Sie malade?«

Hunkeler setzte sich auf. Richtig, er hatte in seinem Büro geschlafen.

»Nein. Warum?«

»Sie haben gerufen im Schlaf. Ich habe kein Wort verstanden. Brauchen Sie einen Arzt?«

»Ach woher. Ich war einfach müde.«

Er erhob sich und versorgte die Matte. Dann ging er zum Lavabo und spritzte sich Wasser ins Gesicht.

»Ich bin traurig gewesen. Triste. Der Schlaf heilt alles, nicht wahr?«

Bardet schüttelte griesgrämig den Kopf.

»Was sind Sie bloß für ein Mensch.«

»Das habe ich Ihnen schon einmal gesagt. Gehen wir was essen?«

»D'accord«, sagte Bardet, und jetzt grinste er.

Sie gingen über die Heuwaage und bogen in die Steinen Vorstadt ein. Hier war der Schnee weggeräumt. Junge Biertrinker, die aus der Flasche tranken und grölten, saßen an den Tischen.

»Gehen wir zu Adriano«, sagte Hunkeler, »bei dem kann man einen Krug Schwarztee bekommen.«

»Sie sind also doch krank.«

»Nein. Aber ich habe den Bauch voll Suppenfleisch. Vom Mittagessen her.«

Sie überquerten den Barfüßerplatz. Hunkeler schaute zur Kirche hoch, ob das Kreuz im Giebel oben noch immer nach links verschoben war. Es war noch immer verschoben, was er beruhigend fand.

Sie setzten sich an einen Fenstertisch. Adriano kam und fragte, was sie wünschten.

»Einen Krug Schwarztee mit kalter Milch«, sagte Hunkeler. »Hast du schwarze Oliven mit Schafskäse?«

»Ja. Als Plat du jour gibt's Kalbshaxen mit Polenta.«

»Das nehme ich«, sagte Bardet. »Und eine gute Flasche Wein.«

Sie schauten beide auf die Gasse hinaus, wo Leute vorbeigingen und hereinstarrten. Dann schauten sie sich im Wirtsraum um, wo junges Volk saß. Am Tisch bei der Theke hockten drei alte Trinker, die Hunkeler von früher kannte.

»Mit jenen dort«, sagte er, »habe ich früher herumgesoffen. Das war lustig. Jetzt vertrage ich es leider nicht mehr.«

Bardet nahm einen Schluck Wein. Es war Römerblut aus dem Wallis, es schien zu munden.

Hunkeler griff zu den Oliven und kaute sie langsam. Die Kerne spuckte er in die linke Hand. Dann trank er eine Tasse Tee und schenkte sich nach.

»Ich weiß«, sagte Bardet, »dass Sie über Mittag in Knoeringue gewesen sind. Ich weiß auch, mit wem. Ich weiß, dass Sie vorher in Ballersdorf gewesen sind. Ich weiß, mit wem Sie dort geredet haben. Und ich weiß, dass das alles nicht korrekt war.«

Hunkeler schob sich ein Stück Schafskäse in den Mund. Dazu knuspriges Weißbrot.

»Ich habe ein Haus im Elsass, wie Sie wissen. Ich kann zu Mittag essen, wo ich will.«

»Stimmt. Aber Sie dürfen keine Ermittlungen durchführen.«

»Blödsinn. Ich kann reden, mit wem ich will.«

Bardet zögerte. Dann schnitt er sich ein Stück von der Kalbshaxe ab.

»Merveilleux«, sagte er.

Hunkeler streute schwarzen Pfeffer über den Käse.

»Himmlisch.«

»Wie haben Sie es erfahren?«, fragte Bardet.

»Von meiner Nachbarin. Sie hat von Toni Flückigers Tod erfahren, aus der *Alsace*. Dabei hat sie an die Burschen von Ballersdorf gedacht. An das, was man sich erzählt. Sie hat gesagt, es sei nicht sicher, dass es so gewesen ist, wie man erzählt. Aber erzählt hat sie es doch. Es scheint, dass diese Erzählung stärker ist als die Wirklichkeit.«

»Ich habe es von meiner Mutter, sie hat mich drauf gebracht. Es ist schon merkwürdig. Ich bin waschechter Elsässer, bin hier aufgewachsen und zur Schule gegangen. Ich habe nichts von Ballersdorf gewusst.«

Er schenkte sich Wein nach.

»Trinken Sie auch ein Glas?«

»Später, nach dem Tee.«

»Ob es so war oder nicht«, sagte Bardet, »auffallend ist die Parallelität schon. Vielleicht ist ein Mythos immer stärker als die Wirklichkeit. Was meinen Sie?«

»Ich meine das auch. Der Großneffe von Monsieur Rinser, den sollten Sie sich einmal vornehmen. Der sagt, es sei kein Märchen. Es sei so gewesen, wie man sich erzählt. Der denkt an Rache. Er heißt Claude Schwob und arbeitet beim Crédit mutuel in Jettingen.«

»Ich weiß«, sagte Bardet und schob den leeren Teller weg. »Wir haben ihn heute Nachmittag um drei an seinem Arbeitsplatz verhaftet.«

Hunkeler schwieg lange. Sie war wieder da, die Trauer, sie stieg ihm die Kehle hoch.

»Gut«, sagte er, »bestellen wir noch eine Flasche. Ich trinke mit.«

Sie bestellten eine weitere Flasche. Sie tranken sich zu. Dann schauten sie wieder auf die Gasse hinaus, wo es zu schneien begonnen hatte. Große, weiße Flocken.

»Das hört nie auf«, sagte Hunkeler. »Ein Schrecken gebiert den nächsten Schrecken.«

»Doch, es hört auf. Dafür sorgen wir. Die sollen endlich aufhören mit dem Unsinn.«

»Wie hat er Anton Russius gefunden?«

»Er ist ein Hacker. Er ist schon einmal verhaftet worden, aber sie mussten ihn laufenlassen. Er hat Freunde, sie sind eine ganze Gruppe. Sie haben eine Liste mit ehemaligen Gestapo- und SS-Leuten, die in Ballersdorf dabei waren. Alles alte Männer natürlich. Es stehen auch Männer auf dieser Liste, die Ende 2004 in Thailand im Tsunami umgekommen sind. Das waren die alten Kameraden. Offenbar wollten sie diese Männer alle umbringen. Was ich im Grunde begreifen kann. Rauchen Sie?«

Hunkeler nahm sich eine von Bardets schwarzen Zigaretten.

»Claude Schwob ist verwandt mit zwei Männern«, sagte Bardet, »die damals im Februar 1943 erschossen worden sind. Er wollte diese Männer rächen. Er ist in der Silvesternacht mit einem Freund nach Hegenheim gefahren in die Nähe der Gärten. Dort haben sie geparkt. Um halb drei sind sie hineingegangen auf B35. Sie hatten eine Pistole und einen Fleischerhaken samt Seil bei sich. Das haben sie alles sogleich zugegeben. Aber sie behaupten steif und fest, sie seien zu spät gekommen. Russius habe schon am Giebel gehangen, mit zerschossener Stirn.«

»Wie haben Sie Claude Schwob gefunden?«

»Einer unserer Grenzwächter war an Silvester dort auf Patrouille. Er hat das geparkte Auto gesehen. Es ist ihm verdächtig erschienen, er hat die Nummer notiert.«

»Warum haben Sie ihn erst heute Nachmittag verhaftet?«

»Wir haben ihn seit dem Neujahrstag beobachtet. Wir haben sein Umfeld durchleuchtet. Wir wollten die ganze Gruppe hochnehmen. Das ist uns gelungen.«

»Es ist für mich schwierig«, sagte Hunkeler, »bei einem Verfahren mitzuarbeiten, bei dem ich nicht der Leiter bin. Ich bin das nicht gewohnt.«

»Sie haben mir auch nicht alles gesagt. Wenigstens nicht sofort, n'est-ce pas?«

Hunkeler nickte, obschon er sich verarscht vorkam.

»Glauben Sie ihm?«, fragte er.

»Ich weiß nicht recht. Es sind seltsame Burschen. Übrigens sind auch zwei Mädchen dabei. Sie wollen das Elsass verteidigen, wie sie sagen. Gegen Osten und gegen Westen. Sie sagen, das Elsass sei ein eigenes Land, mit eigener Sprache und Kultur.«

»Da haben sie ja recht.«

»Das ist doch Schwachsinn. Das Elsass gehört zu Frankreich, et fini.«

»Das werden sie ja wohl akzeptieren.«

»Nicht ganz. Sie wollen eine Art föderale Selbständigkeit, wie sie ein Schweizer Kanton hat. So erklären sie das. Wir sollten das übrigens unbedingt unter dem Deckel behalten. Sie sind der Einzige vom Basler Kommissariat, dem ich das mitteile. Von der Presse darf das niemand erfahren. D'accord?«

»Von mir erfährt niemand etwas. Aber es gibt gefinkelte Journalisten. Wenn Claude Schwob den alten ss-Mann Russius findet, so sollte das auch einer großen Zeitung gelingen.«

»Das glaube ich nicht. Claude Schwob ist ein Genie. Der könnte in der Computerbranche ohne weiteres Karriere machen. Nur will er nicht. Er will dem Elsass dienen, hat er gesagt.«

»Also ein Idealist, dem man glauben kann. Was machen Sie jetzt mit ihnen?«

»Wir können nichts machen als warten.«

»Heute Mittag hat er Turnschuhe getragen. Das ist mir aufgefallen, bei diesem Schnee.«

»Vielleicht stimmt es ja«, sagte Bardet, »dass sie zu spät gekommen sind. Wer weiß?«

Gegen elf klingelte Hunkelers Handy. Hunkeler wollte zuerst nicht antworten. Dann tat er es doch. Es war Cattaneo.

»Hören Sie, Hunkeler. Ich bin in meiner Hütte auf C25. Ich gehe zu den Toten zurück, wo ich herkomme. Zu Lucia. Ich will mich mit ihr vereinigen, für immer. Verstehen Sie mich?«

»Moment«, sagte Hunkeler und drückte die Speichertaste. »Was reden Sie da?«

»Moment ist ein dummes Wort. Ich segne das Zeitliche, begreifen Sie? Ich will nicht mehr leben. Schon das Atmen fällt mir schwer, dieses Ein und Aus. Das ist doch lächerlich. Was soll das? Hören Sie mich?«

»Ja, ich höre. Nur einen Augenblick.«

Er deckte die Sprechmuschel ab.

»Es ist Cattaneo. Er ist in seiner Hütte.«

Bardet war hellwach. Er schob sein Glas weg.

»Kann ich mithören?«

Hunkeler drückte die Lautsprechertaste.

»Was wollen Sie tun?«, fragte er.

»Ich werde mich aufhängen. Genau so, wie ich Flückiger aufgehängt habe. Nur ohne Pistole und ohne Haken. Nur mit einem Seil. Das Seil scheidet das Leben vom Tod.«

Hunkeler winkte Adriano herbei.

»Schnell eine Ambulanz, in die Familiengärten-West beim Bachgraben. Sie sollen auch eine französische Ambulanz rufen. Nicht hier am Tisch. Geh zur Theke hinüber.«

Adriano ging zur Theke hinüber, um anzurufen.

»Sind Sie noch da?«, fragte Cattaneo.

»Ja natürlich bin ich da. Ich bin immer da für Sie.«

»Streichen Sie das Wort immer. Immer gibt es nicht im

Leben, immer gibt es nur im Tod. Kommen Sie her, knüpfen Sie mich herunter, schließen Sie mir die Augen. Der Eingang ist versperrt. Nehmen Sie meinen Weg. Ich bin durch den Judenfriedhof gegangen und über den Hag geklettert. Sie werden meine Spur sehen, folgen Sie ihr.«

»Rufen Sie die Wache vor dem Garteneingang an«, sagte Hunkeler zu Bardet. »Er soll zu C25 rennen, sofort. Ich versuche, ihn in ein Gespräch zu verwickeln.«

»Ist er's wirklich gewesen?«

»Ja klar. Sie haben es ja gehört.«

»Mit wem reden Sie dauernd?«, fragte Cattaneo. »Mit Ihrer Freundin?«

»Ja. Wir sitzen in der Stube. Wir haben gut gegessen. Jetzt unterhalten wir uns ein bisschen. Wollen Sie nicht herkommen und ein Glas trinken?«

»Nein, genug getrunken. Jedes Glas geht zur Neige. Ich will von Lethe trinken, vom Fluss des Vergessens. Ich habe einen Mord begangen am Liebhaber meiner Frau. Ich habe ihn umgebracht, anstatt ihn zu beschützen. Erst meine Frau, dann ihren Liebhaber. Wie finden Sie das?«

»Moment. Unterbrechen Sie nicht.«

Er sah Bardet draußen durch die Gasse rennen, wo der Schneefall dichter geworden war. Er sah, wie er ein Taxi stoppte und davonraste.

»Gut«, sagte er, »jetzt habe ich es mir bequem gemacht. Jetzt habe ich Zeit für eine Unterhaltung. Ist es nicht zu kalt in der Hütte, jetzt, wo es so schneit?«

»Nein, der Schnee tut gut. Der deckt alles zu, und alles ist makellos. Was sind das für Stimmen im Hintergrund?«

»Das ist der Fernseher. Wenn er Sie stört, stelle ich ab.«

»Ja, er stört. Sehr sogar. Dies ist eine heilige Stunde. Die Stunde des Übergangs. Wir werden ein Trio sein, eine Triade, lustig und froh. Lucia, Toni und Ettore. Er darf schon mit ihr schlafen, selbstverständlich darf er das. Jederzeit. Ich habe ihn nicht aus Eifersucht umgebracht, sondern aus Verzweiflung. Aus Einsamkeit. Im Tod gibt es keine Einsamkeit. Können Sie mir folgen, Hunkeler? Ich habe Gedanken, mit denen könnte ich die Erdkugel aushebeln aus ihrem Lauf. Nur hört mir niemand zu.«

»Doch, ich höre Ihnen zu. Wissen Sie was? Ich komme zu Ihnen, mit einer guten Flasche Wein. Stellen Sie die Heizung hoch, damit wir es schön warm haben.«

»Nein, ich betrete die Hütte nicht mehr. Ich stehe auf einem Stuhl, der Strick liegt um meinen Hals. Ein Tritt, und ich bin tot.«

Hunkeler griff zum Weinglas. Er merkte, dass es totenstill war im Wirtsraum. Adriano stand vor ihm, er hätte gern helfen wollen.

»Geh weg«, sagte Hunkeler, »du störst.«

Adriano trat drei Schritte zurück.

»Zum Wohl«, sagte Hunkeler und trank. Es fiel ihm auf, dass seine Hand schweißnass war. »Sehen Sie, jetzt habe ich den Fernseher abgeschaltet.«

»Stimmt. Jetzt ist Ruhe. Eine Totenruhe.«

»Nein«, schrie Hunkeler, »was tun Sie denn? Den Tod müssen Sie nicht herbeizwingen. Der kommt von selber, wenn es Zeit ist.«

»Endlich haben Sie begriffen. Ich will die Zeit selber bestimmen, weil ich diese verdammte Warterei nicht ertrage.«

Cattaneo weinte, das war deutlich zu hören.

»Sie haben den Schritt bereits getan«, sagte Hunkeler, »der das Leben vom Tod scheidet. Sie haben die Tat begangen. Sie haben Toni Flückiger erlöst.«

Das Schluchzen hörte auf.

»Wie meinen Sie das?«

»Aber natürlich. Sie haben ihn vom Leben befreit.«

Eine lange Pause.

»Es war gar nicht so leicht«, sagte Cattaneo dann. »Ich hatte ein Messer bei mir, als ich zu ihm ging. Aber ich weiß nicht, ob ich den Mut gehabt hätte, es in seinen Leib zu stoßen. Dann lag seine Pistole auf dem Tisch, eine Schweizer Armeepistole. Da wusste ich, dass ich es tun würde. Wir haben Wein getrunken. Ich habe ihm Vorwürfe gemacht wegen Lucia. Er hat gesagt, jede Frau könne selber entscheiden, mit wem sie ins Bett wolle. Er sei heute Abend auch sitzengelassen worden, obschon er sich gut vorbereitet habe. Dann hat er die Gefahr gemerkt und wollte fliehen. Ich habe ihm in die Stirn geschossen. Er ist übers Bett gefallen, aber er war tot. Können Sie mir folgen, Hunkeler?«

»Ja natürlich. Erzählen Sie ruhig weiter, ich habe Zeit.«

Im Hintergrund war ein Martinshorn zu hören, von weit her.

»Was ist das?«, fragte Cattaneo.

»Ich höre ein Martinshorn. Es scheint von weither zu kommen. Ein Unfall irgendwo.«

»Ich habe ihn vor die Hütte geschleppt, ich weiß nicht, warum. Dann habe ich an Füglistallers Hütte die Fleischerhaken hängen sehen. Ich habe einen geholt und ihm ins Kinn gestoßen. Ich habe das Seil, das am Dachbalken hing, am Haken befestigt und wollte ihn daran hochziehen. Ich brachte ihn nicht hoch. Ich habe einen Stuhl in der Hütte geholt und bin mit Toni in den Armen draufgestiegen. Dann konnte ich ihn hochziehen. Ich habe zuerst gedacht, dass ich es nicht schaffe. Aber ich habe es geschafft. Erstaunlich, nicht?«

»Ja, sehr erstaunlich.«

Ein zweites Martinshorn war zu hören. Es schien näher zu kommen.

»Ich war voll Blut. Es war widerlich. Ich habe einen alten Mantel von Toni angezogen. Ich habe mit dem Ärmel alles abgewischt, was ich berührt hatte. Dann bin ich heimgegangen. Giovanna hat geweint, als sie mich sah. Sie hat gezittert vor mir. Ich habe es ihr gesagt. Seither hat sie kein Wort mehr geredet mit mir. Verstehen Sie das, Hunkeler? Der Tod ist ganz nah.«

»Haben Sie seinen richtigen Namen gekannt?«

»Welchen richtigen Namen?«

»Er war doch ein armes Schwein.«

»Stimmt. Ein Schwein wird geschlachtet und aufgehängt. Dazu ist es da. Wir sind alles arme Schweine. Sie auch, Hunkeler. Ich könnte Ihnen einen Armagnac anbieten. Ich habe eine Flasche gekauft. Was machen wir mit dem angebrochenen Abend, was meinen Sie, Hunkeler?«

»Gut, wir saufen einen zusammen. In wenigen Minuten bin ich bei Ihnen.«

Eine Pause. Die Martinshörner waren sehr nah.

»Was soll das? Ich sehe eine Taschenlampe, die näher kommt. Ich höre Schritte. Haben Sie mich verraten? Warum? Goodbye, Hunkeler. Addio, farewell.«

Es war ein leises Krachen zu hören. Es war eher ein Knirschen. Dann Stille. Schritte. Eine Männerstimme meldete sich.

»Qui est là? Wer ist da?«

»Hunkeler vom Kriminalkommissariat Basel. Wer sind Sie?«

»Merde. Die Sauerei.«

Dann wurde unterbrochen.

Hunkeler saß da auf seinem Stuhl, das tote Handy in der Hand. Er spürte, wie ihm Schweiß über die Wangen rann, eiskalte Tropfen. Das Handy fiel ihm aus der Hand auf den Boden.

Es war noch immer totenstill im Raum. Alle schauten zum alten Mann, der erschöpft und totenblass auf seinem Stuhl hockte.

Adriano hob das Handy auf.

»Ist er tot?«

Hunkeler nickte langsam.

»Es war ein Knirschen in der Leitung«, sagte er.

»Hat er sich erhängt? Oder wie?«

Hunkeler hob den Blick. Er sah ein zeitlos altes Männergesicht, das Violett der Äderchen, die dunklen Ringe um die Augen, den neugierigen, hilfsbereiten Blick.

»Er hat sich vom Leben verabschiedet«, sagte er. »Abschiede sind immer traurig.«

Adriano nickte und ging zur Theke, ohne Hunkeler aus den Augen zu lassen. Er drückte den Hebel der Espressomaschine. Ein leises Zischen, altgewohnt und wunderbar alltäglich. Er brachte die Tasse an den Tisch. Hunkeler trank.

»Danke dir, Kollege«, sagte er.

»Gern geschehen. Ich meine, wenn es jemand unbedingt tun will, soll man ihn gehen lassen.«

»Lass das bitte. Kann ich bezahlen?«

»Nicht nötig. Du kannst nächstes Mal bezahlen, wenn du willst.«

Die Leute hatten wieder zu reden begonnen. Man hörte die Bestellungen. Einen Zweier, ein Bier, einen Kaffee. Hunkeler holte sein Taschentuch hervor und wischte sich das Gesicht ab. Dann ging er hinaus.

Es waren nur noch wenige Leute auf der Gasse, es schneite zu dicht. Es war warmer, nasser Schnee. Er würde nicht lange liegen bleiben.

Er setzte sich in ein Taxi. Sie fuhren gegen Norden, der Grenze zu. Vor ihnen war ein Dreiertram, der Fahrer konnte nicht überholen. »Che maledetto«, fluchte er. Hunkeler war es egal. Er hatte alle Zeit der Welt.

Das Spalentor glitt vorbei, kaum mehr erkennbar im Schneetreiben. Burgfelderplatz und Kannenfeldpark. Erkans Kiosk lag im Dunkeln. Der Luzernerring hatte noch Licht. Dann die Straße nach Hegenheim, der Eingang zu den Gärten.

Eine Basler Ambulanz war da. Der Arzt, ein junger, drahtiger Kerl, hatte sich an die Hecktür gelehnt und rauchte. Staatsanwalt Suter hatte einen roten Regenschirm aufgespannt. Daneben Lüdi, Haller, Madörin und Verbindungsmann Morath.

»Ich weiß nicht, wie er hineingekommen ist«, sagte Haller.

»Vermutlich durch den Judenfriedhof. Wir können wirklich nicht alles abdecken.«

Madörin stand da wie ein begossener Pudel, er schämte sich sichtlich. Er hatte wieder einmal danebengehauen, wie alle anderen auch.

»Immerhin war es einer von den Pächtern«, sagte er bitter. »Und alle konnte ich nicht einsperren.«

»Schon recht, Kamerad«, sagte Hunkeler. »Wir haben uns alle geirrt.«

»Ist er es denn wirklich gewesen?«, fragte Suter. »Können Sie das bezeugen? Darf ich es der Presse mitteilen?«

»Fragen Sie Bardet. Er hat mitgehört.«

»Warum haben Sie ihn nicht abhalten können vom Sterben?«

Hunkeler kniff die Augen zusammen. Beinahe hätte er zugeschlagen. Der Staatsanwalt trat einen Schritt zurück und griff sich mit der linken Hand an den Hals.

»Entschuldigung«, sagte er, »ich habe es nicht so gemeint.«

»Wie denn?«, fragte Hunkeler.

Er trat von der Gruppe weg und ging ein paar Schritte in die Gärten hinein. Wieder lag Scheinwerferlicht über den niederen Bäumen, gedämpft von den Schneeflocken. Er hörte die Kirchenuhr von Hegenheim schlagen, es war halb eins.

Endlich näherte sich Motorengeräusch von C25 her. Zwei Lichter leuchteten auf und wurden schnell größer. Es war die französische Ambulanz, welche die Leiche von Ettore Cattaneo abtransportierte. Sie ließen den Wagen passieren, wortlos, ohne sich zu bewegen. Der Schweizer Arzt spickte seine Zigarette fünf Meter weit in den Schnee, stieg ein, der Wagen verschwand Richtung Basel.

»Das wär's gewesen«, sagte Suter, »der Fall ist gelöst.«

Er war sich unsicher, ob er Trauer zeigen oder lächeln sollte. Er entschied sich für sachlichen Ernst.

»Es ist bedauerlich, dass es ein weiteres Opfer gegeben hat. Aber wer gehen will, den soll man gehen lassen. Morgen um elf ist Pressekonferenz. Ich erwarte Ihre Anwesenheit.«

»Ich kann leider nicht kommen«, sagte Hunkeler.

»Wie bitte? Sie müssen kommen, Sie haben das letzte Gespräch mit dem Täter geführt.«

»Ich bin zu müde, zu verbraucht. Glauben Sie mir, ich würde nur weinen.«

»Ein Kommissär, der weint? Wo sind wir denn? Wie stellen Sie sich das vor?«

Hunkeler griff in die Tasche und holte sein Handy heraus.

»Hier, nehmen Sie. Das Gespräch ist gespeichert, außer den ersten paar Sätzen. Alles ist drauf, wie er Flückiger getötet hat und warum. Und weshalb er sterben wollte. Bardet wird sicher auch anwesend sein, er kann alles bestätigen.«

Suter nahm das Handy und steckte es ein.

»Sie sind der unmöglichste Kerl, der mir je begegnet ist«, sagte er. Er setzte sich ins Auto und fuhr davon.

Sie gingen noch auf einen Kaffee in die Blume, die aufhatte. Cattaneos Tod hatte sich herumgesprochen. Der Stammtisch war voll.

»Kommen jetzt die Kollegen frei?«, fragte Siegrist.

»Bestimmt«, sagte Hunkeler, »sie haben ja nichts mit dem Mord zu tun.«

Sie tranken den Kaffee wortlos, eine mürbe, verbrauchte, nutzlose Truppe.

Um eins kam Hauser herein. Er war sehr in Eile. Er setzte sich zu Hunkeler.

»Weißt du, was morgen im Boulevardblatt steht?«, fragte er.

»Ich habe keine Ahnung.«

»Dass Toni Flückiger eigentlich Russius geheißen hat. Dass er im Februar 1943 als ss-Mann in Ballersdorf bei Altkirch an einem Massaker an jungen Burschen teilgenommen hat. Dass es eine junge Elsässer Connection gibt, die dieses Massaker rächen will. Und dass diese Connection in der Silvesternacht in die Gärten eingedrungen ist und Russius erschossen und aufgehängt hat.«

»Spannend«, sagte Hunkeler, »aber es stimmt nicht.«

»Ich habe gehört, dass der Täter ein Pächter sei und dass er sich heute Abend auf seinem Gartenareal erhängt hat.«

Hunkeler wurde plötzlich wieder hellwach.

»Wo hast du das gehört? Von Adriano?«

»Du weißt, dass ich meine Quellen nicht verrate.«

Hunkeler trank seine Tasse leer, schön langsam, obschon der Kaffee kalt geworden war.

»Wann habt ihr Deadline?«, fragte er.

»Die ist längst vorbei.«

»Gut. Morgen um elf ist Pressekonferenz. Dort wird bekanntgegeben, was hier im Raum bereits alle wissen.«

»Und das wäre?«

»Frag die Männer am Stammtisch. Die sagen es dir gern. Vor etwa anderthalb Stunden hat sich der Täter erhängt. Das mit der Elsässer Connection ist ein Märchen.«

In dieser Nacht schlief Hunkeler in seiner Basler Wohnung bis um zehn. Er hatte sich um halb drei von Wachtmeister Kaelin heimfahren lassen. Er hatte die Balkontür aufgemacht und dem Regen gelauscht, der den Schneefall abgelöst hatte. Er war versunken in einem tiefen, traumlosen Schlaf.

Um halb elf betrat er das Sommereck.

»Lies mal«, sagte Edi, »was die im Boulevardblatt schreiben.«

»Nein«, sagte Hunkeler, »das interessiert mich nicht.«

»Wie bitte? Da bricht eine Elsässerbande in die Basler Familiengärten ein und ermordet einen Mann. Und das interessiert dich nicht?«

»Nein. Weil es erstunken und erlogen ist. Hör um zwölf Radio Basilisk. Dann erfährst du die Wahrheit.«

»Mein Gott, was ist das für eine Welt. Wem kann man noch glauben? Ich habe da zufälligerweise eine Waadtländer Saucisson aufgetrieben. Hausgemacht von einem Bauern im Jura oben. Das ist reelle Ware, der kann man noch vertrauen. Mit Senf und Weißbrot ein Gedicht.«

»Also bring her, hauen wir rein.«

Er aß nur wenige Scheiben. Der Rest verschwand in Edis Wanst. Er trank zwei Tassen Milchkaffee, langsam und mit Genuss. Er las keine Zeitung heute, er hatte keine Lust.

Er schaute den Gästen zu, wie sie hereinkamen, bestellten und tranken. Ein junges Paar, das Cola trank und Händchen hielt. Ein einsamer Rentner, der fast eine Stunde lang die *Basler Zeitung* durchblätterte. Drei alte Frauen, die sich aufs Wochenende hin schöngemacht hatten. Ein friedlicher Samstagmorgen. Die Werktätigen hatten ihre Wochenarbeit verrichtet. Und auch die alten Kommissäre freuten sich auf zwei freie Tage.

Gegen zwölf machte er sich auf den Weg in die Stadt. Am Spalenberg betrat er eine Buchhandlung und verlangte ein Buch über Colmar. Es war keines da. Er schaute sich die literarischen Neuerscheinungen an. Schlussendlich kaufte er sich ein älteres Buch, eine Biographie über Albert Camus. Darauf freute er sich. Auf Oran, auf den Maghreb, auf die Zeit des Existentialismus in Paris.

Er ging weiter über den Barfüßerplatz und durch die Steinen Vorstadt. Es regnete in Strömen, ein richtiger Landregen war das, der den Schnee wegwusch. An der Heuwaage betrat er das Hochhaus und fuhr hoch zu Harrys Sauna. Drei Schwitzgänge wie immer, dazwischen das kalte Wasser. Dann stieg er hoch aufs Flachdach und ließ sich vom Regen berieseln.

Um vier fuhr er los nach Colmar. Er fuhr auf die Autobahn, gab Gas, drückte voll auf die Tube bei offenem Fenster. Der Regen prasselte herein, das war ihm egal. »Ganz Paris träumt von der Liebe«, sang er, so laut er konnte, »denn dort ist sie ja zu Haus.« Er sang erst in Moll, dann in Dur. Er wiederholte das mehrmals, bis es ihm zu blöd wurde. Er suchte im Autoradio eine Musik, die ihm gefiel. Er fand eine Sendung über Teddy Wilson, elegant und swingend. Er erinnerte sich kurz daran, dass er im Gymnasium den Übernamen Swing gehabt hatte. Darüber musste er grinsen.

Er parkte vor Colmars Stadtmauer und suchte das Hotel

Le Maréchal. Es lag an der Lauch, es war ein Luxushotel. Das kam ihm gerade gelegen. Seine Freundin erwarte ihn, sagte er an der Rezeption. Er erhielt den Schlüssel und stieg hoch. Es war ein Zimmer, das aufs Wasser hinausging. Er legte sich aufs Bett und versuchte, sich in die Kindheit von Camus zu vertiefen. Er nickte nach wenigen Seiten ein.

Er erwachte, als Hedwig hereinkam. Er stellte sich schlafend, er wartete, bis sie sich zu ihm aufs Bett setzte.

»Endlich«, flüsterte sie, »hast du Zeit?«

Er umarmte sie ohne weiteres.

»Nicht so wild«, sagte sie, »wart doch, bis ich nackt bin.«

Am andern Morgen um zehn spazierten sie durch die Altstadt zur Dominikaner-Kirche. Eben war Messe gewesen, die Leute drängten heraus, sonntäglich geputzt. Von drinnen war eine Orgel zu hören.

Sie gingen hinein und setzten sich auf eine Bank vor der Madonna im Rosenhag, die Martin Schongauer 1473 gemalt hatte. Eine junge, sanfte, nachdenkliche Frau mit ihrem nackten Kind auf dem Arm, umgeben von Rosen, die eigens für sie gewachsen zu sein schienen. Darüber zwei Engel mit der Himmelskrone. Auch Vögel waren da, Spatz, Buchfink, Rotbrüstchen, Kohlmeise. Rechts zwischen den Rosen zwei Distelfinken. Am Boden reife Erdbeeren.

»Wie bei uns im Garten«, sagte Hedwig. »Nur Rosen haben wir keine.«

»Stimmt. Vielleicht sollten wir einen Rosenhag pflanzen.«

»Nein«, entschied sie, »der Garten ist richtig so, wie er ist. Wir haben sogar ein Fledermauspaar.«

»Stimmt. Fledermäuse sind hier nicht zu sehen.«

»Weil es Tag ist, du Löli. Die sieht man nur in der Dämmerung.«

Hunkeler betrachtete sorgfältig das rote Gewand der Frau. Ihr hellbraunes Haar, das in Locken darüberfiel. Ihre langen, feinen Finger, die Zehen des Kindes.

»Weißt du, wie man sich bekreuzigt?«, fragte er.

»Woher denn? Ich bin doch nicht katholisch.«

»Versuch's mal.«

Hedwig versuchte es, wusste aber nicht, wie.

»Was sagt wohl die Madonna zu deinen Faxen?«, fragte er.

»Die hat auch gern etwas zum Lachen.«

»Jede Art zu schreiben ist erlaubt –
nur die langweilige nicht.«

VOLTAIRE

288 Seiten
Auch erhältlich als eBook

Es ist bereits nach Mitternacht, als der leicht angetrunkene Kommissär Hunkeler auf seinem Nachhauseweg in Basel den alten Hardy auf einer Bank sitzen sieht. Er möchte mit ihm eine Zigarette rauchen, aber der sonst so gesprächige Hardy bleibt stumm – seine Kehle ist eine klaffende Wunde. Medien und Polizei sind sich rasch einig: Hinter dem Mord steckt eine mafiöse Schmugglerbande aus Albanien. Doch Hunkeler geht seiner Intuition nach und gerät ins Basler Rotlichtmilieu und in dunkle Abgründe der jüngeren Schweizer Geschichte.

240 Seiten
Auch erhältlich als eBook

Peter Hunkeler liegt im Außenbecken des Solebads in Rheinfelden und kuriert sein Rückenleiden, als die Leiche eines Kunsthändlers aus Basel vorübertreibt. Der Kommissär beginnt zu ermitteln und taucht ein in die Welt des illegalen Kunsthandels, in der Erfolg und Verbrechen kein Widerspruch sind. Die Spur führt ihn schließlich zur sagenumwobenen ›goldenen Hand‹ Rudolfs von Rheinfelden, für die sich einige Leute zu interessieren scheinen …

240 Seiten
Auch erhältlich als eBook

Die Jagd nach Diamanten, die der Drogenmafia gehören, hält Kommissär Hunkeler in Atem. Ein libanesischer Kurier entledigt sich seiner Ware, bevor die Polizei zugreifen kann. Gefunden werden die Diamanten von einem türkischen Kanalarbeiter, der das ihm zugefallene Glück nicht mehr hergeben will. Doch der Kurier setzt alles daran, sie zurückzuerobern …
Mit diesem Fall betritt Kommissär Peter Hunkeler aus Basel die literarische Bühne.

240 Seiten
Auch erhältlich als eBook

An einem heißen Montag im Sommer erhält Kommissär Hunkeler einen dringenden Anruf von der Sprechstundenhilfe seiner Hausärztin: Frau Dr. Christa Erni liegt ermordet in ihrer Praxis. Schnell ergeben sich Verdachtsmomente gegen eine Gruppe Drogenabhängiger, die von der liberalen Ärztin mit Methadon versorgt worden waren. Aber Hunkelers Instinkt für die Abgründe der menschlichen Psyche führt ihn untrüglich auf andere Fährten.

Tagebuch
208 Seiten
Auch erhältlich als eBook

Hansjörg Schneider geht die vertrauten Wege in Basel, zum Kannenfeldpark, zum Petersplatz und wieder zurück. Wach für die Eindrücke der Gegenwart, empfänglich für die Erinnerungen, die bei jedem Schritt nachhallen, offen für literarische und philosophische Reflexionen. Ein Vergnügen, diesen außergewöhnlichen Schriftsteller dabei zu begleiten.

Auf **diogenes.ch/newsletter** erfahren Sie zuerst von Neuerscheinungen und Neuigkeiten unserer Autorinnen und Autoren.

Oder schauen Sie hier vorbei: